大鱼

有爱的青春陪伴者

悄悄告诉你，我好喜欢你

QIAOQIAO
GAOSU NI,
WO HAO XIHUAN NI

I like you

红心柚子核 著

花山文艺出版社
河北·石家庄

图书在版编目(CIP)数据

悄悄告诉你，我好喜欢你 /红心柚子核著.—石家庄：花山文艺出版社，2019.11

ISBN 978-7-5511-4796-5

Ⅰ. ①悄… Ⅱ. ①红…Ⅲ. ①长篇小说—中国—当代Ⅳ. ①I247.5

中国版本图书馆CIP数据核字(2019)第144986号

书　　名：悄悄告诉你，我好喜欢你
著　　者：红心柚子核

策　　划：张采鑫
责任编辑：卢水淹
特约编辑：蒋彩霞
美术编辑：胡彤亮
责任校对：齐　欣
封面设计：颜小曼
内文设计：cain酱
封面绘制：summer
出版发行：花山文艺出版社（邮政编码：050061）
（河北省石家庄市友谊北大街330号）
销售热线：0311-88643221/29/35/26
传　　真：0311-88643225
印　　刷：长沙鸿发印务实业有限公司
经　　销：新华书店
开　　本：889×1194　1/32
印　　张：9.5
字　　数：201千字
版　　次：2019年11月第1版
2019年11月第1次印刷
书　　号：ISBN 978-7-5511-4796-5
定　　价：36.80元

目录
contents

目录

contents

第一章

好久不见

QIAOQIAO GAOSU NI , WO HAO XIHUAN NI

十二月底，M 市一夜之间入冬。

楚清加班结束回家的时候已经凌晨了，一路上裹着一条珊瑚绒的粉色毛毯低着头哆嗦着赶路，幸好夜里街上行人不多，没人朝她投来异样的眼光。

快步到家，楚清一秒没停地洗漱完，然后缩进被窝里，她怀里抱着两个汤婆子焐了好一会儿，体温才稍稍回升。她脑子里记挂着后天要发的公众号文章，仅仅思考了一个框架就睡熟了。

次日一早，楚清照常醒来，喉咙干涩，脑袋像灌了铅般地重。她探身从床头柜里拿了红外线测温计测过体温后，起身准备去医院吊针。

三十八度五，靠退烧药是降不了温的。

穿戴整齐后打开地图，她半个月前刚搬过来，对附近还不太熟悉。好不容易挂完号，到急诊室一看，前面还有十多个人排着队。楚清靠在墙上眯着眼等待，终于听见护士叫到了她的名字。

“发烧，三十八度五，不咳嗽不流鼻涕没有其他症状，头孢过敏，麻烦您帮我输液。”楚清一口气说完后，侧着脸等着医生给她量体温。

办公桌后面的男医生盯着电脑上的病人信息没动，又抬头看了楚清两眼，见楚清微微皱眉以后才赶紧抽了一根温度计给她，还没消毒。

楚清叹了口气，默默从不锈钢罐子里取出个酒精棉球擦了擦，检查了刻度以后才老老实实地将温度计含进嘴里。

比起从前常去的那家医院的测温枪，这水银温度计的效率也太低了。而且这医生跟没睡醒一样，不知道靠不靠谱。

到时间后，楚清将温度计拿出来看了一眼，跟早晨量的温度一分不差。她将温度计递给男医生，又重复了自己要输液的要求。

“先吃点退烧药试试吧？”戴着口罩的男医生建议，“或者打退烧针。”

“直接输液吧。”楚清摇摇头。她这体质退烧难，输了液好得快些。

男医生见状也不坚持，利索地敲着键盘开药，随后让楚清拿着病历卡出去交钱。

这医院楚清没来过，她交完费后晕头转向地直奔手术室走，半路上被护士拦下来带到了药房拿药。折腾了半天终于到了输液室，楚清寻了个靠窗的软沙发坐下。医院有暖气，她坐下没一会儿眼皮子就往下耷拉。

“楚清，楚清！

“楚清，32 号楚清在吗？”

……

护士推着推车在走道里喊着，来回走了两遍，才发现了窗边缩着的人。她轻轻拍了拍楚清的胳膊，询问：“楚清吗？”

楚清这才惊醒，揉了揉眼睛小声道：“是我，不好意思……”

“没事儿，你挂哪个手？”护士略有些生涩地拆开吊针的包装，紧张地舔了舔嘴唇。她拍了拍楚清的右手手背后在楚清的手腕处勒上橡皮管，并没有想象的青筋凸起，她皱着眉，盯着楚清不太明显的血管看。

楚清将头撇到旁边去，不看她进针。很快，手背刺痛，以她吊针多年的经验，知道这第一针没找到血管。楚清抬头朝护士笑了笑，安慰道：“没事儿。”

“不好意思啊，我……我刚工作不久。”

护士将针头略微抽出来一些，然后换了个角度进针，还是没有回血。她深呼吸了一次，然后将针头拔出。

“你忍一忍。”说话间护士再次进针，还是没回血。

楚清红着眼睛，咬着下嘴唇，正要说没事儿，突然手腕被人拉了去。

“我来吧，挂左手。”程易安动作很利索，拆了楚清右手的橡皮管绑到左手，进针后粘胶布，调整滴速，最后还从口袋里拿了个空药盒出来绑在楚清的手心。

“不用。”楚清皱着眉想抽手，小孩子才绑着个防止脱针的药盒子固定手掌，她从没见过成年人用的，就算是粉色的药盒也不行。

程易安对她的话恍若未闻，用胶布将药盒和楚清的左手固定得死死的，随后转身离开。再回来的时候，他手里拎着个塑料的输液瓶，里面灌的是浅黄色的液体。

这是他们医院自制的暖水袋，将自来水注入输液瓶里，用的时候放进微波炉过两分钟就热了，可以循环使用。护士为了讨小孩子欢心还往里头加了些颜料做成了彩色的。

程易安将暖水袋递给楚清，站在原地没动。

楚清触到暖水袋后一个激灵，拎着尾部的挂环问道：“这是什么？黄黄绿绿的……”看起来实在是有点像检验科的东西。

“暖水袋。”程易安皱了皱眉，黄黄绿绿的……楚清这话一说他也觉得这液体诡异了起来。

楚清松了口气，将暖水袋抱进怀里，还没来得及向眼前戴着口罩的男医生道谢，跟前人就不见了。许是有事儿走了，毕竟急诊那么多病人，她心想。

迷迷瞪瞪地眨了两下眼睛，楚清刚要睡着，突然被人摇醒了。

“我们换个位置吧？”楚清的位置前站着个老太太，老太太一手叉着腰，一手指了指不远处的塑料板凳，语气里没带着一点儿商量，“我儿子伤了腿，坐沙发舒服些。”

楚清抿着嘴虽有些不情愿，可还是点点头。

老太太一见她答应了，连忙伸手去拿她的输液瓶，还回头招呼不远处的儿子过来。

楚清刚起身就被人按了回去，抬着头一看，是方才的男医生去而复返。她微微皱眉，有些不解。

程易安将老太太手里的输液瓶重新拿过来挂好，随后拿过她手里的病例看了一眼，说道：“您儿子是痔疮，少坐沙发，坐硬板凳有助于恢复。”程易安这话说得十分专业，没有半点尴尬。

老太太则是怒目圆瞪，有怒不敢言。

“您的病例。”程易安态度有些冷淡，将病例还给老太太后站在原地没动，直到老太太离开以后才转过身去。

“您还有事儿吗？”楚清见这医生赖着不走，怯生生地抬头问了一句。

楚清这才直视到了男医生的脸，被蓝色的口罩挡住了大半。唯一露在外面的就是一双眼睛，架着金丝边眼镜。镜片下的双眼平静得没有一点儿波澜，却又深邃得好像能把人吸进去一样。

这眼镜片也不知道是什么材质的，戴着口罩竟然不起雾。

男医生的眼睛很大，外双。楚清一眼就觉得他像个故人，随即又否定了自己。那人是内双，而且，他怎么都不可能学医……

见她发问，程易安抬手摘了口罩折叠整齐后放进口袋，然后将手里的粉色暖水袋递给了她。

楚清微微睁大了眼睛，她今日没戴隐形眼镜，此刻只能眯着眼睛，努力地想看清眼前人的胸牌。程易安的胸牌被他斜插进了白大褂的口袋里，只留一个“安”字在外面。

见楚清瞪着眼睛想看，程易安勾了勾嘴角，将胸牌抽出举到她眼前。

楚清看清楚那三个字后，脑中“轰”的一声，输液室中嘈杂的声音在那一刻全部消失了。空气中仿佛只剩下她的心跳……扑通，扑通，心率过速。

楚清微微张了张嘴，却说不出话来。她半张着嘴汲取着空气，许是因为发烧的缘故，脸像火烧一样地烫。

楚清在脑子里想过无数次和他偶然相遇的画面，独独没有今日的场景。如此局促、尴尬，她甚至不能好好地跟程易安挥手打个招呼，此刻她连故作轻松的力气都没了，浑身像是被抽干了精气神一样，只能靠在沙发里干瞪眼。

程易安跟她相比起来就淡定多了，双手插兜淡淡道：“好久不见。”

八年，从她当初不辞而别到今天。

程易安方才接到电话的时候都不敢相信，在走廊上僵了半晌。

姚宇成今天在急诊值班，打电话说刚才看见楚清了，他还重复保证了许多遍，一定是高中坐他们俩前座的那个楚清。

程易安随即翘了查房，一刻不耽误地就跑到了急诊。直到看见了窗边那顶熊耳朵的帽子，程易安才感觉全身停滞的血液又流通了起来。

“你怎么学医了？我记得你当初想学金融……”楚清反复酝酿了好久，才将舌尖的一丝苦意咽下，喉咙火辣辣的，着实难受。

程易安一家从医，当年他为了学金融跟家里闹翻了，还花了楚清半个月的饭卡。

程易安推了推眼镜，低着头似是笑了一声：“我记得当初有个人想跟我去一个城市……”最后还不是不辞而别。

年少的话几分能当真程易安不知道，那时的他只知道楚清身体不好，喜欢 M 市。所以他报考了医学院，申请了 M 市人民医院的实习名额。程易安想着每天在医院转转，是不是总有一天能遇见她，妇产科也好，其余的地方也罢，见一面就好。

见楚清低着头不语，程易安也没再说什么，指了指输液瓶示意楚清不许私自调整滴速，然后转身走了。

这丫头每次都嫌弃吊针滴速太慢，恨不得往血管上插个漏斗直接往里头灌药水才好。

楚清看他离开的背影，又低头看了看自己今日的装扮，幼稚的卡其色棕熊毛绒帽子，厚重的黑色面包服包裹得她整个人如同卡通巧克力欧包一样富态。

程易安就不同了，全身着黑白二色，尽管今日气温直逼零下，还是不显臃肿。秋冬款的白大褂又挺括，显得人更加高大挺拔。

七八年的学医生涯似乎也没让他损失多少头发，额前的发际线比楚清都要靠前。

从前人们都说男人年纪越大越有魅力，那时候楚清还不信，如今一见八年后的程易安确实比十七岁的时候多了点成熟的味道。

虽然他那时候就少年老成，不喜言语，冷淡得像块冰。

可楚清还是将人焐热了，只不过刚焐热不久她就离开了，然后一别就是八年。

吊针要打两天，楚清第二天一早就请假去了医院。将药送到护士台，她依旧坐在昨天的沙发上，不时地抬头往门口张望。

今日给她扎针的还是昨天的护士，那护士一见是楚清，扭头就走叫来了护士长。护士长是个四十岁左右的女人，进针很顺利，也没给楚清绑药盒。

楚清存了些私心，总想再见程易安一面，从进了医院开始就到处张望，却没想到从扎针开始一直到睡着，那人都没出现。

“能跟我们换一下位置吗？”

楚清的意识回笼，她抬了抬沉重的眼皮，下意识地想要答应。突然，她脑中晃过了程易安的身影，八年前和八年后重合……八年前的程易安就总是让楚清硬气一点儿，别老一副软包子的模样。想到这个，她轻轻摇了摇头，阖上双眼假寐。

半梦半醒中，楚清突然想到了八年前上学的时候。

那时候礼拜六放假，楚清前后桌四人一块儿乘公交车回家。程易安和同桌姚宇成会陪两个女生坐到家门口再分别转车回家。

楚清从小性子软，公交车上是一定要让座的。有时候十几站的工夫能让五六回，最后干脆懒得坐了，看见位置不多就站着。

有一次晚高峰车上拥挤，楚清发着高烧，人烧得昏昏沉沉站都站不稳。四个人好不容易等到了个座位，她坐着，旁边三个人将她团团围住“护法”。

没一会儿，一个四五十岁头发斑白的阿姨上车。楚清一看，挣扎着起身要让座，没想到被程易安一把摁在椅子上。

“坐好了。”程易安皱着眉不悦。

“我没事儿，你这人知不知道尊老爱幼……”楚清虽然成绩不好，但从小思想品德都是拿高分的，现下抓着这个机会就想着“教育”他。

“这是老弱病残专座。”程易安丢了一句话，转过头去不理她。

一旁的姚宇成嘿嘿一笑，手搭着车上的扶手不正经道：“小白，老程说你又弱又病……还残。”

楚清转学去的第一天帆布包上印着的就是蜡笔小新的宠物狗小白，再加上数学老师亲赐的外号“理科小白”，小白的外号就在班上传开了。

楚清还没来得及反驳，突然被人揽进了怀里。

整个车厢的人都被这突如其来的一个急刹吓得不轻，姚宇成整个人跪坐到了地上，身上还压着楚清的同桌林襄。

楚清被吓得不轻，刹车的时候差点儿倒到隔壁大叔的身上，幸好程易安一手将她护住，避免了跟“地中海”大叔来个亲密接触。她这会儿头晕目眩，胃里翻江倒海地难受得很。

程易安怀里多了个软软的毛茸茸的东西，不由得绷紧了身子。方才情急之中才将楚清护在了怀里，可这会儿行驶平稳了，这丫头竟没有半分要坐直的意思。他微微将人往前推了推，面上还是一如往常的冷清。

“别动，我晕……”楚清才不管他那通红的脖颈子，脸贴着他的校服外套不动。程易安的衣服总带着股清新的香味，她去超市闻遍了每个品种的洗衣粉都没找着到底是什么牌子的。

程易安听她这么讲也没了法子，只能由着她，顺便伸手“教育”了一下旁边挤眉弄眼的姚宇成。

半梦半醒之间，楚清只觉鼻尖萦绕着一股子气味，是午夜梦回才出现在梦里的味道。很快有人帮她拔了针，右手背被人按着，手暖暖的，就是有些糙。

“小白，小白？”

听见有人叫自己，楚清皱着眉小声应了一句，然后又歪着头睡了过去。

“小白？”姚宇成又叫了楚清两声，后者除了皱眉什么反应都没有。

程易安示意姚宇成闭嘴，然后拿过他手里的外卖盒，解开塑料袋放到楚清鼻子下面晃了晃。不出他所料，几秒钟之后，楚清睁开了眼睛，四处寻找香味的来源。

看见姚宇成手里的冒菜盒子以后，楚清咽了咽口水，还没看清眼前拎着冒菜的人是谁，就被程易安的一句话弄得不高兴了。

“你只能吃粥。”程易安指了指姚宇成手里的白粥，“一会儿去他办公室吃。”

“凭什么去我办公室吃？”姚宇成不服气。

听见姚宇成开口说话，楚清这才认出眼前的人来。她眨了眨眼睛，没想好以什么反应来面对八年没见的老同学，只能抬起左手，尴尬地晃了晃。

猛然察觉自己的右手被人牵着，楚清吓了一跳，连忙将手抽出来。她低着头，不自然地活动了一下右手关节，随后伸手冰了冰双颊。今日出来的时候没化妆，这会儿整张脸怕是也红成煮熟的螃蟹了。

“走吧走吧，去我办公室。”姚宇成拽了拽楚清的双肩包，他反正是拿程易安没办法的，每次都是他妥协。

楚清迷迷瞪瞪地起身，被他们带去了办公室。

医生办公室不是她想象中像诊室一样的地方，而是个大的办公区，白墙蓝色格子间。跟普通公司一样的格局，七八个人一起办公。约莫一间教室的大小，一半是格子间，一半是公共休息区，放着沙发和吧台。

程易安把楚清领到沙发上坐着，然后打开了白粥，随后熟门熟路地摸出姚宇成抽屉里的榨菜，撕了一袋放到她跟前。程易安拖着姚宇成坐远了点儿，打开了那一大盒冒菜。

楚清抿了一口白粥，侧着脸看那两个穿着白大褂的吃冒菜。她以前一直以为医生对吃的喝的很讲究，外卖垃圾食品通通不碰。可没想到他们也会点外卖吃，还在病人面前吃。

触及楚清的目光，程易安放下手里的饭盒，从冒菜碗里挑了一片蘑菇，放在碗边上刮了刮油才夹到了她的碗里。

姚宇成看见了直嚷嚷程易安抠门，碗里这么多肉就给人家一片蘑菇。可他也只敢嘴上嚷嚷，不敢得罪程易安。

楚清倒是满足了，发烧嘴里淡而无味，吃点辣的提提胃口也是好的。她小口地把粥喝完，抽了一张面纸擦嘴。

吃饭的时候好几个护士进来跟程易安打招呼，看见楚清的时候眼神跟见了鬼一样。以前都是程易安和姚宇成两个人一块儿吃饭，今日竟然多了个妹子，而且这妹子还不是姚宇成的老婆。一传二，二传十，今日的医生办公室都成了动物园，一个个都争着抢着看和程易安一块儿吃饭的姑娘到底长什么样。

程易安全程都是点头示意，没个笑脸。这点倒是比从前好了不少，起码懂礼貌了。上学的时候有女生跟他打招呼，他看都不看人家一眼。

吃完饭后，程易安脱了白大褂递给姚宇成，自顾自拎着楚清的背包往外走。

在姚宇成的眼神示意下，楚清忙跟着出门，还不忘用围巾将自己裹得紧紧的，只留两只眼睛在外面。

从医生办公室到电梯，短短一分钟的路程，楚清被人看得耳根子都红透了。

程易安看她偷偷拉下围巾透气，问道：“难受？”说罢想抬手去触她的额头。

楚清微微往后挪了一步，有些害羞：“没事，有点闷……”

程易安将悬在半空中的手收回来，不自然地插进兜里。

察觉到了他的动作，楚清脸倏地又红了，默默地又将围巾往上提了提。

程易安看见楚清露在外面的粉色额头，有些想笑，没想到她如今比以往更不禁逗了。

上车以后，楚清将家里的地址给程易安看了一眼，后者看见地址以后有些无奈，默默地熄了火下车。

步行五分钟的路程，开车实在是浪费。

从车后备厢拿了件大衣出来给楚清穿上，程易安领着她抄近道回家。他方才听楚清说步行要十多分钟的时候还以为有多远，没想到就在他们医院后头。

楚清跟着程易安在小巷子里七拐八拐了半天，终于看见了自家小区的后门。她偏头瞧了一眼熟门熟路的程易安，舔了舔嘴唇问道：“你、你不会也住这儿吧？”

“林襄和老姚住这儿，12 栋 401 室。”程易安见楚清一脸蒙的样子，勾了勾嘴角提醒，“林襄，你同桌。忘了？”

楚清摇摇头说没有，随后问道：“他们结婚了？”

“嗯，大学毕业就结了。”

“那我进去了，谢谢你……”楚清想将身上的衣服脱下来，程易安没让，她只得又将衣服重新穿好，“那我明天洗干净给你送过去。”

程易安点点头，目送着楚清进门他才转身离开。从昨天开始，他心里就暖烘烘的，像是被什么东西填满了。今日个个都叫唤着冷，他倒是一点儿感觉都没有。

程易安刚出电梯，正巧碰上匆匆忙忙拎着衣服找他的姚宇成。姚宇成一把拽着他就往手术室跑，着急道："副主任找你，手术观摩。"

两人一路小跑进了更衣室，换手术服的时候，姚宇成无意间瞥见程易安脖子上的红绳。

"这玩意儿你还戴着呢？"

他刚想伸手去拿，不料被程易安一巴掌拍在手臂上，小臂红了一大片。他瞪着眼睛嚷嚷："至于这么宝贝吗？摸一下咋了，我说你这红绳也该换一条了，戴了好些年了吧，都掉色了！"

程易安没理他，将宝贝红绳塞进衣服里，自顾自去洗手消毒。

楚清到家后给自己煮了碗面，吃完以后准备去公司，顺道儿将程易安的外套送去了干洗店。

干洗店的胖营业员嗑着瓜子儿，见楚清抱着衣服进来，随手掸了掸手里的瓜子壳，然后翻了翻衣服里头的标签。撂下一句羊毛的洗缩了水不负责就拿着衣服进去了，出来以后开了张楚清一个字儿都看不懂的单子给她，让一周后来拿。

"能加急吗，急着要？"毕竟是程易安的东西，楚清总想着早些送给他的好。

"加急三天，价格两倍。明天取，三倍。"胖女人说完后将二维码转向楚清，斜着眼嗑着瓜子儿，等着收钱。

楚清看了看顶上的价格表，三倍就是一百二十块钱……咬了咬牙，扫码付款。

她一到公司就收到一条新的微信好友消息，微信名是一个下划线，头像则更省事儿，微信原始头像，害得她刷新了好几次，还以为自己网速不好。

不知为什么，楚清一看就觉得这人是程易安，想都没想就通过了。

通过好友申请后，对面发了条消息过来。

【程易安：衣服不急着还。】

程易安知道楚清的性子，拿了别人什么东西总觉得心里不踏实，怕楚清晚上就巴巴儿地给他送来。

【楚清：好。】

【楚清：你怎么知道我微信？】

楚清实在是心疼那一百二十块钱，应了一声以后不愿再提那件纯羊毛的大衣。方才路上还祈祷了好久干洗店别给洗毁了，到时候就是花干洗费的二十倍怕是也赔不起。

【程易安：姚宇成给的。】

方才手术完了以后姚宇成捧着个字条就来了，说是偷摸从电子病历上记下来的，让程易安看完以后赶紧销毁。

【楚清：嗯。】

她回完以后觉得太过冷漠，又发了一个笑脸过去。那头也没再回，楚清便专心忙着自己的事情。

公司的接了个广告，她得三天内将测评赶出来。产品方那边强调了，要夹在一堆同类产品中间，突出自己品牌的优势，最好还能有一点儿无伤大雅的劣势，这样看起来比较真实。

楚清的文案被驳回来了三回，实在是脑壳疼。她最是怕遇到这种事儿多的品牌方，东西好吃也就罢了，遇上不好吃的就得想辙儿硬夸。

她一次性又写了两个文案，已经是晚上七点了。

“你还没走啊？”楚清的顶头上司赵思凡从办公室出来，看见她一个人坐在电脑前吓了一跳。

“马上，思凡姐你先走吧。”楚清将文件存档，收拾了新产品准备回家试吃。

“对了，你早晨请假了不知道，我们部门下个月团建定在了南边的度假村，那边也有意做个推广。”

楚清表示她没意见。赵思凡挑了挑眉，没个正经：“去买件好看点儿的泳衣，说不定能来场艳遇。”说完拎着包就走了，还没忘嘱咐楚清晚上打车回家，公司给报销。

楚清收拾完东西以后直接去了商场，这么多年来都没下过水，她家里那件泳衣都是七八年前的了。

到了商场以后，楚清想了想自己肚子上贴的那些“秋膘”，放弃了柜姐推荐的各种样式的比基尼，拿了件比较保守的分体式裙子，指望那蛋糕似的花边能遮一遮小肚子。

买完泳衣回家，楚清从储藏间拖了一个箱子出来。这是她从爷爷奶奶家里搬出来的时候打包的，全是小时候的东西。

房子装修完以后楚清就把东西全搬过来了，没什么大用，那时候想着留个念想也是好的。

掀开箱子，最上头盖着张数学试卷，那是楚清在市一中一年多里拿到的最高分，当时还特地带回家压在了桌子上的玻璃板子下头。楚清记得那次程易安逼着她写了一个月卷子，然后磕磕绊绊考了个全班第十二名，可把她激动坏了。

零散的空笔芯，用了一半的橡皮，程易安用来敲她脑门儿的塑料尺……楚清坐在地上，一件一件地翻。

这么多年被她藏在心里的事情重新涌上心头，本以为是忘了，如今看来竟是历历在目。

正当楚清准备将东西收拾回去的时候，无意间发现箱子的角落里躺着个小吊坠。木刻的小玩意儿，吊着条细绳儿。那是她高三寒假去庙里得的，一共两个，另外一个被她送给了程易安。

楚清将吊坠拿出来收好，又去另外一个箱子里翻出了七八年前的泳衣来。

她攥着吊坠，扭头去首饰盒里找了一条细细的链子穿了上去，吊在台灯上。铂金链子跟这木制的吊坠不太配，楚清想着改天寻条红绳回来。

八年前将吊坠送给程易安的时候，楚清专门找街口首饰店的阿姨学了两天的编绳结。不过到最后送出去的时候她也不敢当面送，偷摸塞程易安笔袋里了，也不知道程易安发没发现……

想着明日要给程易安送衣服，楚清早早地睡了。

晨起去干洗店，楚清一进门就瞧见了挂在最外头的衣服，熨得平平整整，那一百二十块钱总算是没白花。

拎着衣服出门，她想起了程易安昨日带她走的那一条小路，楚清记得似乎是在便利店旁边……

凭着记忆找到了那家巷子口的便利店，楚清观望了一圈，然后走进去。

巷子里多数是住宅，清净得很，地上的石砖高低不平，坑坑洼洼的长着青苔。楚清还专门低头留意了，想着阴暗的地方容易生蘑菇。

楚清刚走了两步路，心里就开始发慌了，这七拐八弯的路难认得很。正当她心里打鼓，想着原路返回的时候，后头传来一男一女的说话声，似乎在讨论今日哪位专家坐诊。

楚清一个激灵，靠边站不动了，等着那对中年夫妇先走，随后插上耳机，缓步跟在二人后头。

五六分钟以后，不远处出现了医院门诊部的大楼，她快步出了巷子，直奔住院部的医生办公室。

上次听姚宇成提了一句程易安的办公室在六楼，楚清出了电梯直奔护士台："你好，麻烦问一下程医生的办公室在哪儿？"

"哪个程医生？"值班护士抬起了头，瞧了楚清一眼。

"程易安医生。"

那护士一听，起身朝楚清后头的人招了招手，扬声道："梁医生，找程医生的。”

楚清见状回过头，病房门口站着个女医生，手里拿着病历夹。闷青色的大波浪束在头顶，身上有股子很好闻的中草药的幽香，跟她这身上甜腻的香水味一点儿都不一样。

她瞟到了“大波浪”的胸牌，梁瑶，良药……这名字倒是顶适合做医生的。

梁瑶听见护士的话以后抬眸看了楚清一眼，随后颇为不在意地低下头，说道：“程医生不在，你有什么事儿跟我说吧。”

“我给他送东西。”

瞟到楚清手里某网红店的糕点包装袋时，梁瑶挑挑眉笑道：“小妹妹，他不吃甜的。”

这话说得不简单，先是叫她小妹妹，无形之间拉开楚清和程易安的身份。再是一句颇为暧昧的“他不吃甜”的，隐晦地拒绝了楚清手里的东西，又让人觉得程易安跟她关系不一般。

不过程易安可不是不吃甜的，他就是脸皮薄，面儿上过不去。小时候被人说了女孩子才爱吃糖，从那以后就戒了甜食。

莫名地，楚清心里有些不舒服。她将手里的纸袋略微往前头送了送：“他衣服落我那儿了，我想着过来送给他。”

梁瑶眉头一皱，那件灰色大衣确实是程易安的没错。可瞧着楚清连程易安办公室都不认识，笃定他俩没什么深交情。

但这衣服……梁瑶脑子里冒出了一个大胆的想法，又很快否定了自己，程易安那洁癖严重得很，不可能。

“小白？”姚宇成看见梁瑶跟楚清站在一起，太阳穴一跳，着急忙慌地就上去了，梁瑶那祖宗可别把程易安这好不容易盼回来的媳妇儿给吓跑了。

“哎？大姚。”楚清看清来人，把衣服塞姚宇成手里，“那个……衣服你记得给他，我先走了。”说完扭头就走，也没看余下二人是什么反应。

等楚清进了电梯以后，梁瑶一把揪住姚宇成，问道：“那谁啊？”

姚宇成朝她眨了眨眼睛：“老程的老同学。”那“老”字儿拉得老长，一听就不一般。

姚宇成在办公室坐了一会儿，程易安就从手术室出来了。瞧着姚宇成笑得一脸的不怀好意，他眉头一皱：“她来了？”

“来嘞，还给你送了好东西！”姚宇成将程易安的衣服往茶几上一放，随后冲他招了招手小声道，“她还遇见梁瑶了。”

见程易安眉间锁得更紧，他连忙道：“不过小白可一点儿没输。”他清了清嗓子，捏尖了声音模仿，“他衣服落我家了……”

程易安一巴掌拍在姚宇成肩膀上，嫌弃道：“滚回你自己办公室。”说完，他拎着衣服起身嗅了嗅，干洗店的味道。

“咦……啧啧啧，您好好儿闻。”姚宇成见他低头闻衣服，一副痴汉样儿，捂着脸跑了，还没忘帮他将门带上。

第二章

最帅男医生

QIAOQIAO GAOSU NI，WO HAO XIHUAN NI

林襄着急忙慌地跑到小区门口，正巧堵上回家的楚清。她喘着粗气儿跑上去，叉着腰道：“我看你往哪儿跑！”

楚清被这架势吓得不轻，要不是听声儿是个女的，她非往保安室钻不可。她抬头一看，眼前一个粘着清洁面膜的女人瞪着眼睛站在自己面前，身上穿的是件某运动品牌的棉袄，长度及膝，显然是男款。脚上踩着双皮卡丘的棉拖，前头都破洞了。

见楚清盯着自己看，林襄就知道这小妮子认出自己了。无意间透过保安亭的玻璃看清了自己现在的样子，林襄爆了句粗口，拖着楚清就往家走：“你个小祖宗，我接着大姚的电话就出来了，家里还炖着银耳羹呢！”

她没担心丢不丢人的问题，倒是愁上家里的羹了。楚清低头笑了笑，这林襄的性子是一点儿都没变，还是跟以前一样，跟个女土匪似的。她身上那件衣裳还是大姚高中时候穿的，胸前被香烟烫了个洞，找不出第二件来。

两个人一路小跑到家，林襄将银耳羹盛出来给了楚清一碗，随后去卫生间洗面膜。等她梳妆完出来小口喝完了汤后，她将碗推到一边，坐在楚清对面，静静地看着楚清。

楚清舔了舔嘴唇，趁着“女土匪”还没发火，赶紧先承认错误：“对不起，我错了，你不要生气……”

当年她从市一中离开以后删了所有人的联系方式，后来索性连手机号都给换了，跟这些同学撇得干干净净。这么多年有意躲着，也一个没见过。

“你……”林襄到嘴边儿的话还是咽了下去，尽管这么多年无数次想把楚清翻出来打一顿，问问她为什么一声不吭就跑了，可真遇见了又舍不得难为她了。主要是程易安单了这么些年了，人要是被她给吓跑了他还不得天天缠着大姚不放。

楚清小嘴一撇，瞪着双大眼睛看着林襄。见她还冷着脸，楚清脑袋一歪，双眼使劲眨巴了十几下。

“噗……”林襄破功了，止不住地笑了，面儿上却还不肯服输，“这招式用了七八年了，不腻呢？”

楚清扬着脑袋得意道：“管用就好。”那时候无论是林襄还是程易安，只要她使出这绝招一般就能混过去，数学考不及格的时候除外……

“见过老程了？”

提到这个，楚清敛了笑意，答道：“见过了。”

“有什么想法？”

楚清皱了皱眉头，怎么觉得跟相亲似的。她眨了眨眼睛，故作轻松道：“没什么想法啊，就……扎针挺熟练的，技术不错。”

看她那没心没肺的样子林襄是真急：“你不知道他为什么练扎针啊？一有空就跑输液室帮护士扎针，那时候他们都以为老程看上输液室的小护士了。”

见楚清还低着头不语，林襄看了看墙上的挂钟，想着姚宇成他们没那么快回来，索性跟楚清都交代了：“老程是最不想学医的吧？读医学院为谁啊？这还有一年多博士都毕业了，一个女朋友没找，为谁啊？你倒好，八年前一声不吭跑了，八年后一出现，轻飘飘一句没想法就了了？”

楚清揉了揉被林襄念疼的脑瓜子，捂着脑袋趴在餐桌上，闷闷地说：“你怎么一口北京味儿啊……”

“我相声听多了……嘿，您别跟我打岔！”

“好嘛，天津味儿都出来了。”

“楚清！”林襄一拍桌子，“你再跟我打岔！”

楚清双手合十，叹了口气：“你也说了八年没见，总不能一见面就谈那事儿吧？”

林襄听她这话音儿觉得有戏：“就是说你还有那想法？”

“我没有！”

“你怎么没……”门口传来姚宇成的声音，林襄立刻闭了嘴，伸手帮楚清整理刘海，“乖，我说你有你就有，我去开门。”

“回来了？赶紧做饭去。”林襄一开门就将围裙套在了姚宇成脖子上，随后扬着声音朝客厅里喊楚清今晚留下吃饭，末了还给后头的程易安递了个眼神。

“哟，小白在呢！”姚宇成看见楚清的那一刻十分夸张地往后弹了一步，随后擦擦手打开了冰箱，“我来给你做一个拿手好菜……”

“你陪老程坐着去吧，在这儿碍事儿。”林襄拿了捆菠菜出来择，沥水的篮子往楚清跟前一放，随后忙不迭将人赶走。

“别，我帮你择菜吧……”

林襄眉头一皱，直摆手：“不用、不用，赶紧走。”

楚清抿了抿嘴，小步走到客厅坐下，程易安方才进来的时候两人打了个招呼以后就没下言了。他一向是寡言的，偏偏楚清这些年也懒得跟人搭话，一时间找不着话题，气氛尴尬得要命。

“现在在哪儿工作？”程易安放下了报纸，熟门熟路地从茶几底下摸出了套茶具出来。

“做自媒体。”

“拍视频？”程易安皱了皱眉回忆，“赵思……”

“赵思凡？你认识？”

“嗯，不熟。”

随后又是一阵沉默……

楚清僵着身子，迫于程易安强大的气场，刷微博的时候都不敢笑出声儿，憋得腮帮子疼。

“感冒好点了吗？”

楚清诧异地抬起头，程易安这闷葫芦这么多年进步了不少，居然会主动找话题了，虽说这话题生硬了点儿。

见她呆呆地盯着自己不说话，程易安微微皱了眉头，又问了一遍。

“啊！感冒，感冒好……好多了……”楚清挠了挠刘海儿，抓完之后才想起来方才吃了薯片没洗手，一时间手竖在半空中不知道怎么办。

程易安探身递了张纸巾过去，趁楚清擦手的工夫，他又抽了张纸巾给她擦头发。楚清蓬松的刘海上粘了些薯片屑子，程易安用纸巾拂去以后随口道：“毛毛躁躁的。”

那头厨房里的林襄看戏看得高兴，扒着门缝嘴都咧到了耳朵根。

“走吧，叫他们洗手吃……”姚宇成刚要出去叫楚清、程易安二人吃饭，厨房门都没出就被林襄拽了回去，顺便用颗生西红柿堵住嘴。

“那么没眼力见儿呢？没看见两人调情吗？”

姚宇成见状也学着林襄的姿势趴在门框上，啃了一口西红柿嚼了两口，小声道：“这西红柿怎么涩涩的？”

“没洗呢，估计是泥吧。”

“……”

“小白、老程，吃饭！”姚宇成啃完了西红柿，见外头两人无话聊了，赶忙出去缓解尴尬。

“那个……老程你带小白洗手去。”

楚清跟着程易安到了卫生间，她站在镜子前头，程易安在后。

卫生间的空间不大，有些局促。楚清按了泵洗手液，随后往旁边挪了挪给程易安腾地方。衣角不小心扫到了台子上的小方盒，里头的东西撒了一地。

楚清连忙将手冲干净弯下腰去捡，手还没碰着东西呢，脸就红成基围虾了。她抬头瞧见自己与程易安的站位，竟然脑补出了某种不可言说的场面……

“啧……”程易安看清楚了楚清手里的东西，皱着眉头将人送出去，“我来吧。”

没什么比被人发现这东西更尴尬了，楚清一出门，就瞧见了门口踌躇不安的林襄。

看见楚清这副样子，林襄就知道盒子里的物件被人看见了。她也不恼，用手肘拱拱楚清，眨巴眨巴眼睛笑言：“情趣嘛，以后你结婚了就知道了。”

饭桌上，林襄一把拽开身边的姚宇成，将他赶到对面去。姚宇成噘着嘴跟她眼神交流，说是想让他们两人坐得近些。

林襄无奈地白了他一眼，也不知道当初自己是怎么被他追上的。两个人并排坐可没意思，这要是脸对脸了，你瞧我一眼我瞧你一眼，瞧着瞧着不就对眼了……

果然不出林襄所料，楚清坐下以后埋头扒饭，她使劲儿示意姚宇成逗楚清说话，楚清每回一句话，视线就要从程易安身上走一遭，没几个回合，连脖子都红透了。

“老程你一会儿给她看看，这脸红得，别是又烧起来了……”林襄这话说完，姚宇成立刻在桌子底下踹程易安。

程易安抬头看了楚清一眼，十分自然地伸出手，试了试温度道：“没烧。”随后撤手的时候程易安还颇为贴心地帮楚清整理好了空气刘海。

楚清干笑了两声，更臊了，这下无论姚宇成怎么逗她都不抬头了，全程回避对面的人，一个多余的眼神都不给。

一顿饭在林襄和姚宇成的打岔下总算不那么尴尬地吃完了，四个人一齐收拾完饭桌，楚清和程易安二人就被林襄赶着出门：“太晚了，老程你先给清清送回去吧。”

到了门口，楚清发现了林襄家不寻常的门牌号码：“12 栋 401 ？你俩学号啊？”楚清那时候当过一学期的学习委员，对班里人的学号十分了解。

林襄难得地有些害羞：“认识十年了，婚都没求，总算在买房子的事儿上浪漫了一把。”

两人结婚的时候是毕业那天，姚宇成找人借了辆车，连人带行李直接拖去了民政局。林襄的户口本塞在了行李箱最里层，两个人在人家登记处翻了好久才翻出来。

“啧啧啧，爱情的酸臭味儿。”楚清实则是被喂了把狗粮。

“你们家老……”

“什么？”楚清没听清。

林襄突然被程易安丢了一记眼刀子，意识到了话不能乱说，随后转了话音：“你们家可老远了……赶紧回去吧！”

“不是，你刚刚……”楚清还想再问清楚，话还没说完身边的程易安就出了单元门。在林襄的示意下，她拔腿就追了上去。

“哪栋？”程易安听见脚步声后停了下来。

楚清指了指右手边：“就、就那栋啊。”离林襄家半分钟不到的路程，直线距离还没有二十米。

尽管近到两步路就到，程易安还是坚持将她送到了楼下。十分贴心地陪她等来了电梯，一直到电梯合上，他都没走。

邀请他上楼坐坐的话在楚清肚子里转了几个来回，最终还是没说出口。

楚清进了电梯以后，程易安转身退出单元门，凝神盯着楼上看。直到八楼亮了灯，他才离开。

到了家，楚清将手机连上充电器，随后窝在沙发里发呆。看着电视里的言情剧，她突然想起了林襄之前问她的话：对程易安还有想法吗？

说没有怕是假的，从那次在医院看见他的第一眼起，她的心就乱了。可若是让她像从前那样死皮赖脸地追着程易安跑，她却是怎么都做不到了……

要是程易安追着自己跑……楚清一想到那个场景，就一身的鸡皮疙瘩。程易安死皮赖脸地追着自己跑，一定是学医把脑子学傻了。

年轻时候的那份勇气和冲动终究是没了，楚清之前一度以为自己要找个人凑合过下半生。可程易安冷不丁一出现，又像是有人用羽毛挠她的心一样，痒痒得不行。

电话铃响，楚清叹了口气，不情不愿地从沙发上爬起来，慢吞吞地走到充电线旁边一看，是上司赵思凡的电话。

楚清平时能发短信绝不打电话，这会儿看见接通键怵得很。给自己做了会儿心理建设，她咬咬牙接听："喂？凡姐。"

"小楚啊，身份证号发给我，给你们订酒店。"团建的事情都是赵思凡一手在操办，这么晚了还在联系度假村那边预留房间。

挂了电话以后，楚清将身份证号发了过去。

那头回了个"OK"的表情，五分钟后，赵思凡又发来消息。

【赵思凡：我记得你和小王都是应届生啊，怎么你比她大两岁？】

【楚清：成绩不好，留过级。】

那头赵思凡发了个哈哈大笑的表情，也没再追问，只嘱咐她手上的活儿紧着点儿做。

这些天部门忙得很，年底遇上"双十一""双十二"再加上年货节，楚清光是坚果类的东西就吃了不下十几个品牌。

熬夜赶完了一个测评已经凌晨四点多了，她躺在床上翻腾了好久就是睡不着觉。好不容易迷迷糊糊地睡过去了，感觉没一会儿就听见闹铃的声音。

楚清关闭了闹铃，又不知过了多久，猛然惊醒的时候已经八点半了。

今日早上部门例会不能迟到，她抹了一层隔离，连眉毛都来不及画，抱上笔记本电脑就往外跑。

出了小区过了一个十字路口，楚清刚准备使出百米冲刺的速度，突然前头停了辆车，拦住了她的去路。

程易安缓缓降下车窗，问道："去哪儿？"

"上班。"楚清有些着急，她低头看了眼表，还有十分钟。

"我送你，上车。"程易安在驾驶位上冲楚清招招手。

楚清皱着眉，忙不迭地拒绝："不用、不用，就在前面，马上就到了。"

她见程易安还要坚持，一跺脚，嫌弃道："你这车还不如我两条腿快，我不跟你说了，快迟到了。"

没等程易安开口，楚清就跑得没影儿了。程易安看她着急忙慌的样子，手扶在方向盘上低头笑了笑，掉头往医院开。

楚清这一路上紧赶慢赶，终于在九点钟之前到了会议室。一进门就被门边的赵思凡给拽了出去画眉毛，楚清对着镜子刚描了两下，手里的眉笔就被人抢了去。

"慢吞吞的，我来。"赵思凡利索地帮她画眉、上眼影、腮红……最后还利索地上了高光扫了鼻影。

这一套动作下来楚清都看傻了，她照了照镜子，自己那张上了高光的脸像是打了玻尿酸一样膨胀了起来，气色着实比早晨好了不少。

"刚才一进来我还以为是隔壁医院跑出来的，黑眼圈都掉到地上了。"赵思凡满意地看了看楚清的脸，随后招呼她进去。

会议开了一个半小时，楚清一手撑着头，一手写着会议记录。听见"散会"二字立马起身往卫生间跑，昨日没睡好，头疼得恶心，干呕了半天也没吐出东西来。

"去医院看看，准你一天假。"赵思凡开会的时候就觉着楚清的脸色不好，要不是这丫头平时活得跟尼姑似的，瞧见她这一阵儿干呕非得以为是怀孕了。

“谢谢思凡姐……”楚清喝了口冷水，将胸口的那股恶心劲儿压下去。

赵思凡拍了拍她的后背：“谢什么，人不到可以，你手上的那个文案明天下午之前必须要交上来。”

楚清苦着脸笑了笑，老老实实地点头。她抱上电脑步行到了医院，挂完号以后上楼找诊室。

瞧见医生屋子里乌泱泱的一群人，她默默退了出去，坐在地上打开电脑敲键盘。

这次的零食她早先已经试吃过了，是那种……尝过一次就不想吃第二口的东西。楚清绞尽了脑汁，从鸡蛋里挑骨头她倒是擅长，硬是从缺点里挑出优点来就有些难为她了。

“哎，这姑娘是程序员吧？”李宗海看完了最后一个病人从门诊室出来，瞧见不远处的楚清，笑着说道。

一旁的程易安眯着眼睛，盯着不远处地上的那一团白。有凳子不坐，坐在地上，他皱着眉头叫道：“楚清？”

楚清耳朵上挂着耳机，丝毫没有察觉到有人在叫自己。

程易安让李宗海先走，自己小跑上前。他一把揪下楚清的耳机，然后拎着她的胳膊将人从地上拽起来。

“哎哟，小心我电脑……”楚清小心护着怀里刚写了一半的文案，不悦地抬头看向程易安。还没硬气到半秒，她一触及程易安吃人一样的眼神，立刻就㞞了，缩着脖子不说话。

“在这儿干什么？”程易安问道。

“看病啊！”说罢，楚清低头去寻找她的挂号单，浑身上下的口袋都摸遍了也没找着。

程易安叹了口气，蹲下去捡起了她摊在地上放橘子皮的纸，无奈道：“这儿呢……”

楚清有些不好意思，抢过他手里的东西，将橘子皮丢进垃圾桶里，抖落抖落挂号单。偏头瞧见诊室里没人了，刚想要进去就被程易安拦下了。

“去哪儿？”

“哎哟，我头疼……”楚清有些烦躁，这人干吗非拦着自己。

“这是神经外科。”程易安指了指诊室上的牌子，“你挂的什么科？”

“神经内科……”看清楚诊室名后，楚清撇撇嘴，随后嘟囔道，“那不是刚才人太多了嘛，我看见个‘神’字儿就以为……”

程易安看她这迷糊样子头都疼了，抚了抚额头无奈道：“你怎么不跑三楼去？”

“三楼？三楼是什么科？”

“精神科。”

楚清被他气笑了，程易安这是被姚宇成那个嘴里跑火车的带偏了，说话能气死人。她倚在墙上刚笑了两声，头越发疼了起来。

看楚清的神情不对，程易安也不再逗她，一手接过她手里的电脑包，一手扶着她往另一头的神内科走。没承想吃了个闭门羹，科室早没人了，这会儿靠近十二点，都吃饭去了。

楚清这会儿瘫在诊室门口的椅子上，可怜兮兮地盯着程易安，有气无力道：“要不你吃饭去吧，我下午再来。”

程易安没作声，自顾自背上她的双肩包，然后将人从椅子上扶起来往外走。

两个人好不容易磨磨蹭蹭走到了食堂，楚清一闻见饭菜的味道就觉得恶心。她拽了拽程易安的胳膊，小声道：“我能不进去吗……”

程易安看她难受得很，点点头应下。他将楚清带到小花园的长椅上，随后一路小跑去食堂找人。

五分钟后，程易安带着神内科的一把手王丰从食堂出来，后头还跟着姚宇成。

“小白！”姚宇成一看见远处的楚清就开始叫唤，惹得程易安瞪了他好几眼。

王主任眯着眼睛，指了指坐在长椅上发呆的楚清道：“就那个姑娘？”

程易安还没答，姚宇成这个人精就将王主任拉到一边儿去嘀咕：“是啊、是啊，王老师上次相亲那事儿您也别介意，他这不是心里有人了嘛。我们老程实心眼儿，等他们结婚啊我一定第一个通知你……”

三个人走到了跟前，楚清有气无力地将头从背包上抬起来：“您好。”

王主任在旁边坐下，问了一些基本的问题，发不发烧、头痛了多久之类的。

“嗯，先做个彩超吧。小程你看核磁共振用做吗？”

“不用、不用，上半年刚做过，没问题的。”楚清苦着脸道，“您先给我开一针止痛吧，我回去还得写东西呢。”

“先做彩超，小程你给领着去，做完了到办公室找我。”王主任说完后起了身，随手掸了掸白大褂上头的灰尘，“我饭吃了一半就被这两小子拽出来了，糖醋排骨要冷咯。姑娘你跟着小程去检查啊，我先走了。”

楚清扯着嘴角笑了笑，跟王主任道了谢。

在程易安的眼神示意下，姚宇成灰溜溜地跟着王丰回了食堂。

程易安从口袋里掏了个纸包着的东西出来递给楚清：“吃吗？”他记着那时候楚清不舒服的时候就喜欢吃些冷的水果，清凉甘甜的水果下肚，人都精神了不少。

楚清将纸巾拆开，里头躺着一只小小的香梨。她用手触了触，居然是温的。楚清有些绝望地将香梨翻来覆去看了一圈，小声道：“他不会把你扔微波炉里了吧？”

“咳……用温水热了一下。”

提到微波炉，程易安有些脸红。高二有一次社会实践，他们四人一块儿去邻市参加活动。那几天正赶上楚清生理期，她又嘴馋嚷嚷着要吃水果。程易安本来都要以附近没有水果店为由拒绝了，哪知道姚宇成从包里掏出了两根香蕉，说是下午开会的时候从会议桌上拿的。

楚清一看见香蕉就两眼放光，程易安拗不过她，只能拎着人去了酒店的茶水间，将香蕉丢进微波炉里。这法子是他母亲常用的，程妈妈总是说女生不宜吃凉的，凡是入口的东西都喜欢温热的。

微波炉启动以后，四个人坐在茶水间聊天打闹，约莫一分钟后，突然听见“嘭”的一声。半透明的微波炉门上沾着许多破碎的香蕉，空气中还弥散着些许难以难说的味道。

程易安赶忙将微波炉关了，一打开，微波炉里头一片狼藉。四壁上沾满了香蕉渣渣，为了不被酒店发现，三个人给他打掩护，擦了半个小时才将微波炉恢复原貌。

两个人同时想到了小时候的囧事，楚清双手捧着那只香梨，嘴角挂着笑。她低头咬了一口，汁水四溢，香梨清甜无渣，口感很好。

楚清扭头寻找垃圾桶，想将嘴里的梨皮吐了。还没来得及起身，程易安就很自然地将手伸到了她嘴边。

楚清摇摇头，指了指不远处的垃圾桶：“唔，唔……”

程易安没动，五指并拢放在她下巴旁边等着。

“赶紧吃，吃完了我带你去做彩超。”

楚清无奈，只能低头迅速将香梨啃完。

程易安起身将手里的垃圾丢进垃圾桶，再回来的时候看见楚清手里举着片酒精棉片，想要给他擦手。他觉得好笑，微微挑眉道：“你口水有毒？”

楚清摇摇头道：“纸巾用完了，只有这个了。”

“一会儿进去洗手。走吧，我送你去彩超室。”程易安刚弯下腰想帮她拎包，目光触及自己跟梨皮亲密接触过的右手，玩笑道，“你给我棉片擦手是存了这个心思？”

楚清抿嘴笑了笑，自己将包拎起来背好，随后道：“三楼西区，我认识，你忙去吧。”别的地方不敢说，医院她还是不陌生的。

“午休，不忙。”

“真不用，我熟……”

程易安先她一步往前走，不容她拒绝。扭头看她一脸纠结的样子，他忍俊不禁道：“现在不喜欢人陪着了？”

楚清那时候刚到市一中，陌生的环境，除去同桌林襄和后桌的程易安姚宇成，跟谁都不熟悉。去趟班主任办公室都能迷路回不来，后来只要出教室门都让林襄陪着。

有一回林襄和姚宇成不在，眼看着就要上课了，楚清记着老师让她去文印室领卷子，急得不行。

“你陪我去趟吧，我一个人拿不动的……”楚清敲了敲后桌程易安的桌子，“真的拿不动，老师说了让找两个人一起去。”

程易安难得地从物理题上抬起头：“去哪儿？”

“文印室！”楚清眼睛亮亮的，指了指手表，“大课间半个小时，你陪我去一趟十分钟，回来还能写一张卷子。”

“老程，走啊，打球去！”还没等楚清说服程易安，后排的体育委员手里拿着篮球，搭上了他的肩膀，“赶紧啊，翔子他们都占好场子了。”

程易安看了旁边的楚清一眼，后者耷拉着眼睛，有些失望。

他将体委的胳膊从自己肩上拿开，扬了扬手里的物理卷子道：“写题。”

“成天写、成天写，你闭着眼都能第一还写……那我们走了。”班上人都知道程易安以写题为乐，只要一头扎进了题目里了，七匹马都拉不动他。

几个男生走了以后，程易安收了桌子上的东西，抬头一看楚清趴在桌子上玩手，他用笔敲了敲楚清的椅子，道：“文印室。”

楚清一听，立马从桌子上弹了起来：“走走走！”

两个人一路走，程易安一路帮楚清复习老师办公室的方位。

“C 楼西区 301。”

“数学老师？”

“不是。”

“化学？”

“不对。”

“哦，我知道了，一定是你最喜欢的物理！”

……

从文印室出来，程易安的脸色就不太好。

文印室的老师将那三十九张卷子递给他们俩的时候，看着二人调侃了一句：“一沓卷子用得着两人来，抬回去啊？”

楚清憋着笑，一路上老老实实地不敢惹他。路过卫生间的时候，她突然觉得小腹一紧，扭捏道：“那个……我想上个厕所。”

程易安点点头：“那我先把卷子送回去。”

“你……你能等我吗？”楚清四处瞧了瞧，她分不清这是 C 楼还是 D 楼了。

程易安此刻万分后悔答应了她陪她出来拿卷子，好好的大课间就这么浪费了，刚才那道思考题还没写完呢。默念了几遍爷爷从小告诉他的金句“好人做到底，送佛送到西”，程易安抿着嘴点点头，随后趴在栏杆上，四十五度角仰望天空。

楚清洗完手出来，发现程易安姿势没变，眉头微皱。以她半学期一来对程易安的了解，他应该是想题想入迷了。楚清没敢打扰他，默默在旁边啃完了一个面包以后，程易安才回过神招呼她回教室。

……

做完彩超出来，楚清觉得小腹一紧……

“你先回去吧，我一会儿去办公室找你。”楚清攥着手里的纸巾，浑身紧绷。

“我等你。”程易安说着就要接过她手里的报告单。

“这儿全是人……”护士医生来来去去的，程易安又惹眼。

程易安没觉得有什么不妥，先行往卫生间的方向走，到了门口以后还催促她赶紧进去。

楚清臊着脸进了卫生间，以最快的速度解决完了生理问题，洗完手都来不及烘干就跑了出来，像是里头有妖怪追她似的。

一出卫生间的门，楚清看见不远处的程易安，旁边站着个老医生。察觉到程易安的目光，她下意识就往卫生间里跑。

“小程你这是等人啊？”副院长看见程易安背着个粉色的电脑包，惊奇得很。

“对，出来了，她……”

程易安余光瞧见了楚清，刚想招呼她过来，谁知道一回头，就看见那丫头往男卫生间跑。

程易安送走了副院长以后，赶忙进了男卫生间捞人。

“咳咳……”他不确定卫生间里有没有人，进去以后四处看了看，“人呢？”

楚清刚才一进来就傻了，躲在隔间里没敢动，大气儿都不敢出一声。这会儿听见程易安的声音，稳妥起见，她还是掏出了手机。

【楚清：里面有人吗？】

【程易安：应该没有。】

【楚清：那你先出去，掩护我，有人你就使劲儿咳嗽。】

程易安先行出了男卫生间，在门口给她望风。

楚清打开了隔间门，一个头探出来，轻手轻脚地刚迈出了一步，就听见外头疯狂的咳嗽声。她浑身一个哆嗦，“嘭”的一声就关上了隔间门。

“小程，这是感冒了？”影像室的医生一出来就看见程易安在卫生间门口杵着，一副恨不得将五脏六腑都给咳出来的样子。

“没事……”程易安摆摆手，寒暄了几句，将人送走。

走廊上又恢复了平静，他给楚清发了条消息，让她出来。

楚清松了口气，刚走到洗手池边上，又听见了一阵咳嗽声。这回的声音比方才的还急了不少，上气儿不接下气儿。

她吓得扭头就往里跑，洗手池边有水，脚底一滑差点儿摔了。蹲在隔间里平复了一会儿情绪，收到了程易安的消息。

【程易安：人呢？】

【楚清：？】

楚清有些蒙，他还在外头咳着呢。

【程易安：快点出来。】

【程易安：不是我咳的。】

楚清撇撇嘴，一口气小跑出去。刚一出去，她就赶忙拽着程易安离开，装作什么都没有发生的样子。

走了几步，楚清又听见了熟悉的咳嗽声。前面的一个老大爷扶着墙咳嗽，程易安见状上去询问需不需要帮助。老大爷拒绝后，程易安又走回楚清身边。

两个人拿着报告去了神内的办公室，主任王丰给楚清开了一针，写处方的时候随口道：“小程啊，带回去给你哥哥看看。”

楚清一愣，偏头望向程易安。

后者很快应下，然后带着楚清离开。

“你哥哥？”楚清问道。

“嗯，你朋友圈问可不可以插队的那个。”程易安添加楚清微信的那天就翻到了那条朋友圈，一张程易笙公众号的截图，配字：排到半年后了，不开心，想插队……

楚清有些惊喜：“那是你哥哥？”

那个医生是先前采访的一个卖了四十年油饼的奶奶推荐给她的，说是那个医生家里世代从医，一天就看六个号，节假日还休息。那天回去以后楚清就预约了，预约完一看时间，已经排到第二年夏天了。

“亲的。”

程易安这么一说楚清有印象了：“就是那个小时候背《汤头歌诀》，错一个字挨一下打，把你家戒尺打出包浆的那个哥哥吗？”

这是程易安的小学作文，那时候被老师当成范文复印后在全校传阅。姚宇成搬家的时候无意间找出来的，特地带到学校给他们看。

程易安点点头，随后嘱咐道：“别当他面儿提。”他这个哥哥脸皮薄，又记仇，怕是到时候得把楚清扔出去。

“不提，不提……”好不容易插个队，楚清还不至于那么没眼力见儿。

趁楚清打针的工夫，程易安给哥哥程易笙去了个电话。那头本来百般不情愿，一天看六个病人已经够累的了，还要往他这儿塞人。可后来一听那姑娘姓楚，立马就答应了，还给安排在了周六上午，说是要好好儿给她仔细着瞧。

周六上午正好程易安值班，没法儿陪楚清去。他给画了个十分详细的地图，生怕楚清走丢了。

楚清信誓旦旦地看着地图，保证道：“你放心吧，我认识。”

程易安皱着眉：“找不到就给我哥打电话，再不行我让姚宇成陪你去，他去过。”

“真不用。”楚清指了指那张地图上的某个角落，“你看，这儿是刘奶奶家的油饼店，这儿是李大爷家的瓦罐汤，这儿是李大爷他儿子开的现磨豆浆……”

这地方她去过很多遍了，外围一圈都是各色的开了很多年的小吃摊，到那儿吆喝一声没人不认识她。

程易安一听，总算是放下心来了，这丫头虽然路痴，可鼻子灵得很，闻着味儿都能找过去。

“从我外婆的店往里走，然后左转，别弄错了。”

楚清点点头应下，随后捕捉到了重点，问道：“你外婆？”

“嗯，卖油饼的。”

楚清蒙了，随后想到了上次的采访，似乎刘奶奶还有些亲戚也在附近做小吃。

“那隔壁卖汤面的……”

“我舅妈。”

“南边卖酒酿的呢？”

“我二舅妈，那是西边，不是南。那边半数的房子都是我外公的，你要是迷路了随便找人问，让他们带你去。”

“……”

因为程易安的那一席话，周六楚清进巷子的时候，总觉得浑身不自在，就跟带着六个摄像头一样，全方位被程易安监视着。她十分顺利地找到了程易安外婆的店，然后往前走……

到了分岔路口，楚清突然在原地愣住了，左转还是右转来着？

她刚想翻出手机里的地图，不远处的程易笙扬声叫她：“小楚。”

楚清一抬头，看见那和程易安五分相似的脸，收了手机小跑上去：“程医生你好……”

“小安说你不认路，我就想着出来寻寻，没想到你真不认识。”程易笙穿着件长衫，一手负于身后，配上这青砖灰瓦的老式建筑，倒是真有些像旧时代的先生。

程易笙一转身，露出了身后左手握着的小猪佩奇暖水袋，立马将楚清脑子里些许的文艺情怀通通击碎了。

看他通身的气质，怎么也得捧个手炉、汤婆子什么的，而且外头还得是金丝线提花的料子包着的。万万没想到是只粉色的珊瑚绒小猪佩奇暖水袋，还印着“社会人”三个字。

很快，二人走到小巷的最深处，木门大敞着。

程易笙将人领进去，将炭炉子上坐着的水壶拿下来，倒了杯水递给楚清。

“本来应该在诊所给你看的，今天放假，就让小安通知你到家里来了……没事儿，东西都齐全，一会儿我看看，不行的话我去后头叫爷爷。”

程易笙洗了手，还不忘捧上热水袋。等到楚清喝了热水暖和过来了，他才开始诊脉。

“没少熬夜吧？”

楚清不好意思地低了头，熬夜这点都用不着诊脉，看发际线都能看出来。

“平时油炸的、甜食吃得多吧……痛经严重？贪凉。”程易笙边把脉，嘴里还念叨个不停。

楚清觉得自己像是被人跟踪了一样，膝盖中了无数箭。对于程易笙的每一句话，她都无从反驳，只能默默低头说“对对对”。

等程易笙研墨准备开药方了，楚清腰都快坐断了。她这回算是知道为什么程易笙一天只看六个号了，按他这一个病人两三个小时的看法，再多两号怕是得瞧到晚上。

药名、剂量……程易笙落笔一气呵成，写了满满两张纸。他起身去后面抓药，有一搭没一搭地跟楚清聊天。

“这个煎药啊……”程易笙拿了个小小的秤，一次拉开抽屉，取药，随后再等分。

楚清听见“煎药”二字，赶忙打开备忘录，准备记录。

没想到程易笙顿了一会儿，又说道：“煎药我就不告诉你了……自个儿问小安去，这小子打小在药炉子前头长大的，熟得很。”

“呃，程医生，我会……”楚清先前也吃过一段时间中药，照着百度上煎的，反正这玩意儿怎么煎也不好喝，熬出色儿来对付喝就成。

“照着网上煎？什么都照网上查，可白费了小安从小蹲药炉子前头挨的那些戒尺了……”

“戒尺不是你挨的嘛……”楚清小声嘟囔。

“什么？”程易笙没听真切。

“没、没什么，程医生，听你的。”

程易笙利索地将七服中药挨个儿用牛皮纸包起来，随后抽了条麻绳系好，还颇为细致地扎了个蝴蝶结。

“别叫程医生了，叫大哥吧，总觉得你在直呼我的大名。”

楚清挠挠头，小声叫了声“程大哥”。

临走的时候，楚清突然想到了公司筹备公众号的事儿：“程大哥……你方便接受采访吗？不用出镜，就是文字采访。”

程易笙一听，笑道：“不是做美食栏目的吗？什么时候中药也成好吃的了？你倒是不挑口啊……”

“隔壁节目，寻找一些本地的手艺人什么的，我觉得你还挺合适的，形象也好。”

程易安摆摆手拒绝道：“算了，我还想着来年一天就看五个号，别给我招揽生意了。”

楚清笑着点点头，也不再劝。她料想到程易笙会拒绝，就是随口一提。像他们这种家庭，看病是一号难求，千金难买，根本用不着推广。

“你实在要采访，就去找小安，标题写上 M 市最帅男医生，名校博士在读，医学世家……到时候他们医院也得限号了。正好遂了我爷爷的愿，让他感受到一天忙到脚不沾地，就能回来老老实实抓药了。”

第三章

我等你

QIAOQIAO GAOSU NI , WO HAO XIHUAN NI

楚清拎着中药回了家，翻出了以前煎药的罐子。刚烫洗干净，药包还没拆呢就接到了姚宇成的电话，说是让她下楼一趟。

楚清挂了电话一刻没停就下了楼，一出电梯就瞧见了门外逗野猫的姚宇成，她上前两步，问道：“有事儿？”

姚宇成直起身子，上上下下打量了楚清两眼，问：“药呢？”

“啊？”楚清被他问蒙了。

“药啊，我拿回去给老程煎，到时候给你用袋子灌好，回来丢冰箱，省得你天天煎了。”

楚清此刻有些无奈，方才电话里姚宇成一句关于药的事儿都没提，这会儿见了面知道找她要了。

“你去南边草丛里等着……”楚清说完后转身进了电梯。

上楼以后，她将草药拿到了阳台，开了窗。楚清冲着楼下的姚宇成挥挥手，随后将药丢了下去。

“他晚上下班给你送！”姚宇成捡起了药包赶忙跑去了医院。他本来今日休假，刚才被程易安一个电话叫醒了，睡衣外头套了件羽绒服就出来了。

程易安倒是知道心疼未来媳妇，使唤起他来从来不脸红的。

傍晚，楚清给程易安发了个消息，说自己过去医院拿药就不麻烦他特地跑一趟了。那头回了个“好”字，顺便强调了一下他办公室的位置。

这几天温度回升，楚清也不像之前不乐意出门了。她戴了顶毛线帽走在路上，脑门儿开始冒细汗。

这回还是走的那条小道儿，楚清熟门熟路地从小巷口进去，然后左拐，左拐，直走，右拐……

天色渐晚，下起了薄雾。原本就冷清的巷子里没有路灯，更是觉得朦胧。

楚清越走越没有底气，这路就跟小时候的数学题一样，他们谁都不认识谁。人家说在路痴眼里，同一条路的春夏秋冬都是不同的。要楚清说，这同一条路，清晨、傍晚也是两个样儿。

她又往前走了一会儿，没想到进了个死胡同。

胡同尽头是一户人家，看起来久无人居住。古旧的木门被风吹得吱吱呀呀地响，墙上枯黄的爬山虎，墙角蜘蛛网密布的邮箱，再配上这薄雾之下的夜色……楚清打了个寒战，有些哆嗦。

她赶忙往回走，并且颤颤巍巍地拿出手机给程易安打电话。电话很快接通，程易安第一句话就是问她是不是迷路了。

楚清先是一愣，随后小声地问他现在有没有事儿，能不能来接自己。

“待原地别动，我马上来。”程易安说完后电话没挂，他怕楚清一个人在巷子里害怕。

楚清靠在墙边坐着，将耳机插上。穿巷而过的风声被程易安的声音替代，脱白大褂的声音，和同事问好的声音，电梯门开的声音……

程易安一出医院就开始小跑，傍晚开始降温，他担心楚清还没好利索就又冻着。

听见那头匆忙的脚步声，楚清心里有些内疚，低着头不说话。特别是听见程易安在那头累得气喘吁吁，还安慰她让她别怕，她眼泪都快下来了。

程易安进了巷子后，一路张望，每一个岔路口都会探头看一眼，就怕楚清缩在角落里小小一团，自己给看漏了。五分钟以后，他终于看见了缩在墙边的楚清。她双臂抱着脑袋，头埋在膝盖上。

“抬头。”程易安站在不远处盯着她。

楚清耳机里传来程易安的声音，伴随着浅浅的呼吸声，她觉得一阵酥麻，从尾椎酥到了脊梁骨。

她缓缓抬起头，看见不远处倚在墙边的程易安，身上只穿了件薄薄的夹克外套。他约莫是出来得急，连羽绒服都没来得及拿。

程易安缓缓走近，这才发现楚清脸上挂着泪。他无奈地笑了笑，弯腰将人拉起来道：“哭什么？”

“我、我以为我认识的……”楚清听他这么温声细语，鼻子更酸了。

程易安笑了一声，说：“你以为……”

她以为的事情多了去了，那时候以为自己数学能及格，最后还不是打脸了。更何况是认路这种事情，打小的毛病改不了。

“对不起啊……”楚清低着头小声地跟他道歉。

“没事，走吧。”程易安领着她往医院走，路上也没教她认路，只道下回走大路算了，累就累点，当强身健体了。

两个人一路无话走到了医院，楚清去洗手间洗了把脸出来，到了程易安办公室门口就听见里头女人的声音。直觉告诉她是上回那个梁瑶，她在门口站了一会儿没动，办公室的门开了。

程易安见楚清去了十多分钟了没回来，怕她在医院迷路，刚准备出去找她，没承想人就在门口。

“进来。”程易安向来不喜欢多问什么，既然见着人了，就侧身带她进去。

门一开，楚清一眼就看见了人群中间的梁瑶。虽说被一群护士医生围着，可梁瑶的目光始终绕在程易安身上没离开过。

程易安将办公桌上的东西拎给楚清，交代楚清用法，还有复诊的时间。

楚清一一应下，脸上红云未褪。

“你在这儿等会儿，我一会儿送你回去。”程易安还得去看一眼病人的情况才能下班。

楚清本想拒绝，可程易安说完扭头就走了，连话茬儿都不给她留。

坐在程易安的办公桌前，楚清随手翻着他桌面上的报纸。多是些医学周刊什么的，一串串专业名词她也看不懂。不过凑近嗅了嗅，似乎每一本都有冒菜味儿。

“你和程医生是同学啊？”身边的人散了以后，梁瑶就回了自己的位置，正巧在程易安斜对面。

“嗯。”楚清微微冲她扬了扬嘴角。

“他以前什么样儿啊？跟现在差不多，还是活泼点儿？”梁瑶双手撑着下巴，一副俏皮小女生的模样。那戴了大直径美瞳的眼睛不时地眨巴眨巴，楚清看得口水差点儿流下来。

“跟现在差不多。”小时候话还更加少些。

梁瑶点点头：“你们也好多年没见了吧？大姚的媳妇儿我常见，倒是没见过你。”

“嗯，七八年吧。”

……

两个人有一搭没一搭地聊了十来分钟，在楚清濒临崩溃的时候，程易安终于出现了。

他一进门就开始脱白大褂，随后冲楚清招招手，示意她可以走了。

楚清冲梁瑶笑了笑，道了再见以后拎着药小跑到门边。

程易安十分自然地接过她手里的东西，还提醒她将帽子戴好。

到了停车场，楚清直奔程易安的车后座，车门刚一拉开就被程易安关上了，他冷冰冰撂下一句“坐副驾驶位”就扭头进了驾驶位。

楚清不情不愿地坐到了副驾驶位上，总觉得浑身不自在。这回跟程易安遇见以后她莫名就有些怵他，没有高中时候相处得自然。可能是楚清心里总记着自己不告而别的事情，怕这人哪天想起来找她算账。

一路上，程易安嘱咐了楚清很多遍要按时吃药。去程易笙那儿看病的人很多，不按时吃药的也很多。现在年轻人作息时间紊乱，别说按时吃药了，能按时吃饭都算好的了。

车开到了小区大门口，楚清收拾东西准备下车，谁知道程易安直接把车开了进去，门口的保安还朝他敬礼。

“你……”楚清有些诧异，他这是跟姚宇成关系太近了顺便在这个小区也买了一车位？

“当时跟他一块儿买的房。”程易安解释道。

这是姚宇成结婚的时候走了半个月，跑断腿看下来的小区，说是位置和环境没得说，程易安也就顺便买了一套，不过还没装修完。

他停稳车后跟楚清一块儿下了车，将人送到了电梯里才开车离开。程易安现在还住在家里，也就是今日楚清看病的那个宅子。

刚一推开门，程易安就透过窗户瞧见书房里的程易笙，他推开了窗户，算是跟大哥打招呼。

“哎，见着姑娘了吗？”程易笙为弟弟的情感问题可是操碎了心，平常这会儿都应该洗漱准备看书睡觉了，今日惦记着自己这个榆木脑袋的弟弟，下午愣是多喝了几杯绿茶提神。

“嗯。”程易安点点头，准备回房。

“站住，什么叫‘嗯’啊？”程易笙起身走到窗户边，将两扇窗户大敞开。

程易安无奈地瞟了一眼老婆不在家的寂寞大哥，老实回答道：“见到了，我把药煎好给她拿回去了。”

“用密封袋给装了？”程易笙有些不可置信，手里的小猪佩奇暖水袋都快吓掉了。

“对，我跟她说了下周来复查。”程易安没发觉自己大哥的神色异常。

程易笙气得想把那炭炉子摔他头上，他昨日给程易安支着儿，说是让他帮人家姑娘煎药，增加见面的次数以增进感情。没想到这傻小子一次性煎了一个星期的药给人拿回家去了，平白无故浪费了六次的见面机会。

“你是不是脑子小时候给爷爷敲坏了？你一次性给她煎完做什么？”程易笙将手里的热水袋往躺椅上一丢，右手将窗框拍得哐哐作响，“你天天儿给她煎啊，天天儿盯着她喝，喝完了再往人嘴里塞一蜜饯。你自己倒是日日去骗小姨的蜜饯吃，怎么就不知道拿点送人家姑娘？”

程易笙说完了以后将窗户“嘭”的一声合上，留下外头的程易安一人站在院子里。

程易安舔了舔嘴唇，低头瞧了眼下午煎药时被烫到的手指头，觉得程易笙说得有几分道理。

他刚要回房，窗户又打开了，程易笙丢了瓶烫伤药出来，恨铁不成钢道：“你自个儿在这儿心疼自己有用吗？你得给人家姑娘看让她心疼啊！”

程易安拾起了地上的药瓶，静静地思考了一会儿程易笙的话。他随手将药瓶放在了案台上就回了房。

五分钟以后，他手里拿了个小便笺出来，将便笺黏在瓶子上以后丢进了口袋，第二天清晨将药瓶放在了汽车中控台最显眼的地方。

程易安一大早刚进办公室就看见了坐在自己位置上晃腿的姚宇成，这人手里抱着个饭盒，笑得十分欠揍。

“爱心早餐哟！”姚宇成晃了晃手里的饭盒，随后从口袋里掏出一袋豆浆，“还有爱心饮料。”

程易安一手拎着他的领子，一手假装掸了掸椅子上的灰尘，十分嫌弃地将他赶到一边去。

姚宇成咂咂嘴道：“看来某个人是不想吃老同学做的早餐啊……亏得人家小白大早上送到家里来的，说是昨天亲手做的，我的那份都没舍得吃，特地留给你的。”

程易安开了电脑，准备一会儿的查房。听见耳朵边飘过“小白”二字，他一个激灵，故作镇定道：“东西放下。”

“哟，我们程医生不是想赶我走吗？”姚宇成嘴硬得很，手却已经老老实实地把饭盒递给程易安了。在程易安接过豆浆的时候，他抛了个媚眼道，“人家用体温暖了一路呢。”

程易安不愿意理他，自顾自打开了饭盒。里面排着六只卡通的馒头，小企鹅、小黄鸭、哈士奇……压在最下面的是程易笙最喜欢的那只粉猪，他拍了张照片给程易笙发过去，随后一口吞下。

程易笙接到照片后激动得很，问他是哪家买的。得知是楚清亲手做的以后当即就表示一定要帮程易安把人追到手。

“哎？你的手怎么了？”姚宇成一看是烫伤，咂了咂嘴道，“啧啧啧，煎药烫着手了哟，有没有要吹吹要亲亲要抱抱？”

这话说得和程易笙如出一辙，他们结了婚的都这么不要脸？还是只有不要脸，才能结婚……

程易安低头看了眼自己的手背，看起来比昨天严重了不少，水泡看上去挺吓人的。

“你们家那祖传烫伤药呢？没用？”姚宇成刚要给他找烫烧膏，突然想到了早晨楚清的话，“小白说晚上要去离我们医院不远的那个长平街吃糖葫芦。”

姚宇成愣在原地考虑了半晌，道：“我看你这药别上了，到时候你不经意地把这小手放在小白面前晃上两圈……”

上药不急在这一时半会儿，让未来媳妇心疼才是头等重要的。姚宇成说完扭头就走了，还没忘让程易安一会儿将饭盒洗干净了给他送去。

今天没有手术安排，程易安不用跟台。上午跟主任出过门诊以后就在办公室坐着看他那只手。他让姚宇成找小护士打听了长平街卖糖葫芦的老爷爷的出摊信息，刚到下班时间程易安就抓着钥匙出了医院。

他到的时候，卖糖葫芦的老人刚刚从家里出来，一根扁担挑着两个竹筐，上头盖着一条花布，里面装得满满都是糖葫芦。

程易安车还没停稳呢，就看见马路对面招呼老人的楚清。

绿灯亮，楚清一路小跑到马路对面，瞥到不远处熟悉的车，心中一阵惊喜。脚下拐了个弯，直直地朝程易安那边跑。

“你怎么在这儿？”楚清双手扒着窗框问他。

“路过。”程易安见她双颊被冻得通红，随手将搭在副驾的围巾递给她，“围上。”

楚清随意地将围巾系在脖子上，然后冲程易安挥挥手：“我干活儿呢，你先走吧。”

她一直是做M市特色美食的，前几天因为人手不够才去隔壁组帮忙，现下“双十二”已经过去了，可以回归本职工作了。她准备这期就做糖葫芦，现下山楂大批量上市，糖葫芦正当季。

“我等你。”

楚清点点头，回身小跑到卖糖葫芦的老人身边。

“爷爷，我要一个。”楚清脆生生地说道，担心老人耳朵不好，她笑着连说带比画地竖起了一根手指。

老人慢慢放下扁担，随后用糯米纸包裹起糖葫芦装进牛皮纸袋里递给楚清，然后也含着笑意，比了个四。

楚清将早就准备好的零钱递给老人，这时旁边已经围了两三个顾客。

“爷爷，你卖了多少年糖葫芦了啊？”

老人一边给旁的客人装糖葫芦，一边回答楚清：“三十几年了。”

见人慢慢多了起来，老人索性将竹筐拉到路边，将随身带的折叠板凳拿出来坐着。

“那没有山楂的时候您做什么呢？”这东西是应季的，就算夏日里有山楂卖，也不如冬天好吃。

“帮我老伴儿卖玉兰花，还有栀子。”夏日的M市街头总有挎着小篮子的老奶奶，里头放上一串串的鲜花，玉兰、栀子，或是串成手环的茉莉。

小姑娘们喜欢买一串挂在包上，晚风一吹，香气四溢。

楚清又问了老人几个问题，在征求他同意以后，拿出随身带的相机拍了几张照片。

旧墙根下着深蓝布衣的老人守着竹筐，黝黑的皮肤如树皮般粗糙，沟壑纵横。口袋里撒出半截手绢来，蓝底白花，针脚细密。

老人见她蹲着拍照，还颇为配合地时而眺望远方，时而举着红透了的糖葫芦利索地包上糯米纸。

等到楚清收集完素材，老人的糖葫芦也卖完了。他收拾着东西回家，没走几步就瞧见不远处的老伴儿，抱着个饭盒出来寻他。

老两口互相搀扶着离开，楚清没忍住，又抬手按动快门。

忙活了半天，楚清终于得空，她迫不及待地拿出自己的那根糖葫芦，咬了一口。酥脆的麦芽糖包裹着酸甜的山楂，丰富的口感在嘴里碰撞。仿佛让楚清回到了小的时候，那时候只有过年的时候才能吃到糖葫芦。尽管那时候的糖葫芦不如现在的鲜甜，可也成了她心里最美好的回忆。

程易安见她采访完了，将车子开到她身边。

楚清急忙将嘴里的东西咽了下去，随后偏过身检查自己嘴角是否有糖渣子，确认形象完好无误以后拉开副驾的门坐了上去。

一上车，她就注意到了摆在中控台上的小药瓶，上面粘了一个跟药瓶风格完全不符的粉红色便笺，用工整的正楷写着“烫伤药”三个字。

她侧头就看见了程易安右手背的烫伤，整个手背一片红肿，还起了水泡。

“你什么时候弄的？煎药的时候？”楚清皱着眉问道。

程易安颇不在意地摆摆手：“没事儿，上过药了。”

楚清一听，探身拿过那瓶烫伤药拆开，药膏上包着铝箔纸，一点儿都没有拆开的痕迹。

“把手给我。”楚清从背包里掏了根碘附棒出来，一手抓着程易安的袖子，一手消毒。消完毒后，她又用食指取了一点儿烫烧膏，轻轻点在他的手背上，然后均匀地打圈抹开。

程易安头偏向左边，盯着窗外，全程没看她。

“好了。”

程易安闻声回头，见楚清脸都急红了，低头笑了一声，随后右手搭在她脑袋上揉了揉道：“没事儿。”

“你干吗！”楚清捂着脑袋往后躲，“你……”

程易安被她这反应吓到了，这才发觉自己的失礼，刚要开口道歉，没想到这丫头大叫了一声：“我昨天刚洗的头，别给我摸油了。”

程易安发动了汽车，驱车到了楚清家。他照样是将人送到电梯里才离开的，还嘱咐了楚清周六准时去复诊。

楚清上楼以后才发现脖子间并不属于自己的围巾，散着独属于程易安的味道。将围巾摘下来以后，她给他去了条消息。

【楚清：围巾忘还你了，我明天给你送。】

【程易安：不急，周六再说。】

两个人每次聊微信都是公事公办的态度，楚清连最爱用的鬼畜表情包都戒了。

她将围巾丢进洗衣机，倒了某月亮牌的洗衣液进去，随后暗暗发誓下次遇见程易安一定要问问他用的什么洗衣粉，能让自己惦记了八年。

周六楚清起了个大早，收拾干净自己以后背了个大包装上了带给程易笙的馒头。

她上回跟私房手作的师傅学捏馒头的时候特地多做了些小猪佩奇的，想着这回复诊送给程易笙。上回他说什么都不肯收钱，楚清心里一直过意不去。

到了小巷以后，楚清买了个油饼边走边啃。自从知道卖油饼的奶奶是程易安的外婆以后，她要加两份鸡柳的时候莫名地有些害羞。

又往前走了两步，突然从一木门下面钻出一条大黄狗来。大黄狗黑脸长腿，通身土黄色的，看起来十分凶神恶煞，盯着楚清手里的油饼流口水。

楚清被大黄挡住了去路，死死抓着手里的饼。一人一狗僵持了一会儿，她败下阵来，从油饼里挑了个小一点的鸡柳丢到大黄跟前。

大黄低头嗅了嗅，随后一伸舌头，将鸡柳吞进了肚子里。

楚清本以为它吃完了肉就可以放自己走了，谁料这狗目光越发贪婪，舌头还斜挂在外头，一副楚清如果不交出手里的饼，它就不罢休的模样。

楚清自然是不会舍得将整个饼拱手让狗，她做了个深呼吸，随后昂首挺胸，大步向前走，十分从容地从大黄身边擦肩而过。

走了两步，听见后头狗子的脚步声，楚清开始慌了，脚步越来越快。

那狗快速跑到楚清跟前，冲她叫了一声，随后发出呼哧呼哧的声音。

楚清还没遇到过这么凶的狗，她小时候被狗吓过，这么多年好不容易心理阴影散了一些，这会儿又被吓得腿抖了。

程易安坐在家里听见大黄的叫声连忙放下手里的茶杯起身出来，他估摸着楚清要到了，怕吓着她。

结果刚一出巷子，就瞧见了跟大黄对峙的楚清，那狗气势汹汹，腰杆儿笔直。楚清却被吓得缩了脑袋，眼泪都快出来了。

楚清一看见程易安，当即就卸下了战斗状态，快步跑到程易安身后，死死抓着他的胳膊，脑袋从他身后探出来道：“它、它……它凶我！”

说完，楚清恶狠狠地咬了一口油饼，对着那狗道：“就不给你吃，气死你！”

程易安觉得好笑，一手将楚清揽在后面，一手冲大黄狗挥了挥：“小黄，回去。”

大黄狗没动，一双乌漆墨黑的眼睛滴溜溜地盯着楚清转。

"回家去。"程易安又说了一遍。

那狗哼哼了两声，然后不情不愿地转过头去。它走路的步伐很慢，四条腿轮番出脚，屁股一扭一扭的，跟贵妇一样，跟方才冲着楚清汪汪叫的完全像是两条狗。

程易安打发走了狗，回身看见楚清吃得满嘴是油。

"护食儿。"程易安无奈道。宁可被狗吓得哆嗦都不肯放弃手里的吃的，怕是也只有楚清能干出来这事儿。

楚清耸耸鼻子，将嘴里的饼咽下去，委屈道："我都给了它一根了，得寸进尺……"

程易安接过她手里的包，颠了颠，有些分量："带什么了？"

"馒头。"

"馒头？"程易安一愣，粉红色背包里装满了大白馒头的场景竟然有些难以想象。

"嗯，我前几天跟一个师傅学的，做了一袋小猪佩奇的带给你大哥。"楚清将拉链拉开，把用密封袋装得好好儿的馒头拿出来，"是用火龙果汁调的色，不是色素。"

"我的呢？"程易安有些吃味儿，做了馒头送林襄姚宇成也就罢了，还惦记着自己大哥，偏偏没有他的份儿。

楚清有些无辜："你不是不喜欢这些花五花六的东西吗……"

程易安冷哼了一声没说话，手里的那袋粉红猪，怎么看怎么扎眼，恨不得将小黄叫回来，拿馒头喂狗。

"下次，下次给你带，给你捏个奥特曼好不好？"楚清高中的时候听姚宇成说过，程易安小学的时候最喜欢奥特曼，不光是文具、水杯，就连内裤都印着奥特曼的花纹。

程易安觉得面上一臊，拽着楚清的羽绒服帽子将她领进家门。

程易笙坐在院子里烧炭炉子，手里拿着把塑料的小猪佩奇的折叠扇，见他们进来起身用井水洗了个手。

“小楚来了啊，进去坐。”目光触及程易安手里的东西，程易笙突然就停在了原地迈不开腿了，那眼神跟方才大黄狗看油饼的眼神如出一辙。

“程大哥，这是带给你的……”楚清接过程易安手里的馒头给程易笙递过去，“直接上锅蒸就行。”

“哎，哎，好……小楚还会做饭呢？”程易笙乐得合不拢嘴。

楚清挠了挠头：“会一点儿。”

“真好，来来来，进屋。”

这回很快就开完了药，程易笙将药方调整了一下，一下子开了两个月的药量。

“下次是……元旦吧？我可能来不了。”

楚清今天下午开会的时候宣布了工作计划，有一个去乡里的采访需要她过去，时间就定在元旦。本来是另外的同事去的，可同事说今年定了跟男朋友跨年，楚清这个孤家寡人就自告奋勇了。

“那就元旦后，药不能断，我给你多开一周的。”

“去哪儿？”一旁小口喝茶的程易安难得开了金口。

“阳县，那边有个做了一辈子小鱼干的老人还挺值得去看看的。”

阳县离 M 市很远，跟他们待的地方气候不同，而且条件不好，整个办公室没几个想去的。赵思凡原本也不想让楚清去，怕她身子不好太折腾，可问了几个人都说元旦有事儿，只能答应楚清回来了给她补元旦的假，多给她放两天。

临走的时候，程易笙匆匆忙忙地叫住楚清和程易安二人，他特地跑到后头小姨家要了两包果脯。

“小楚啊，来拿着。”程易笙将果脯塞给楚清，“小安昨儿个特地去小姨家寻的，方才他怕是忘了。”

楚清翻了翻袋子，是两包用牛皮纸包着的果脯，她捻了一颗放进嘴里，好吃得直点头。她从前一直以为果脯就是超市里头卖的那种，死甜死甜，用烂水果做的。今天一尝，刷新了她这么多年对果脯的认知。

“这果脯卖吗？”楚清眨了眨眼，圆圆的杏眼里头盛满了渴望。

程易安一听，连忙替小姨拒绝：“不卖，不采访，别往外说。”小姨本就懒得弄这费时的玩意儿，楚清再往外一宣传，回头他自己都吃不着了。

“哦……”楚清撇撇嘴。

“要吃的话跟小安讲，自己家人供应管够。”程易笙十分大方地挥了挥手。方才他找小姨的时候小姨原本是不情愿的，一听是程易安未来的媳妇，恨不得把外头还没晾干的杏子都摘下来给他拿走。

“行了，走吧。”程易安原本想帮楚清提着那袋果脯，可一想到那姑娘护食儿的模样就作罢了。

“你不用送我了，我自己坐公交车回去。”巷子口就有公交车站，八站路正好坐到楚清小区门口，方便得很。

“狗……”程易安指了指前头，没想到楚清一听见这个字儿吓得浑身一个激灵，蹦到了他身后。

“哪儿呢？”楚清警惕地看着前方。

“一会儿遇见了，它抢你果干儿。”

楚清瘪着嘴，又纠结了一会儿，开口问道：“你今天休假吗？”

程易安应了一声，道：“休假。”

“那你中午在我那儿吃饭？正好我忘记带围巾给你了……”

“走吧。”

“那、那你在前面开路……”楚清缩在程易安身后，她对那条狗还是心有余悸。那大黄狗对她那么凶，一看见程易安就温柔成那样，肯定是个母的。

楚清领程易安回了家，路上顺便买了点儿蔬菜。到家以后，她从鞋柜里拿了一双男士拖鞋给程易安。见他神色如常，楚清也不知道这木头有没有发现他穿的鞋跟自己的脚上是一对儿。

“你先坐吧，那边是书房，书房对面是卫生间，我去做饭。”这会儿已经十点了，楚清得先进厨房做些准备工作。她原本准备中午将就吃的，如今程易安来了，特地将冷冻层的牛肉拿了出来。

程易安坐在沙发上，看了看她这屋子的结构，比他买的那套小了近一半，两室一厅，其中一间改成了书房。

“你的围巾在卫生间的烘干机里，你拿出来看看用不用熨。”楚清扯着嗓子喊道。

程易安闻言起身去了卫生间，一进门就嗅到了一股香气，方形的浴缸旁边放着一个金色的托盘，里头摆着支香薰蜡烛。他拿着围巾出去，无意间瞥过洗漱台，上面摆着一把刮胡刀。

程易安神色一冷，再仔细瞧了眼，牙刷也有两支，浴缸边上的置物架上还放着一瓶男士的去油洗发露。

他拿着围巾出去，有些魂不守舍。

“拿到了吗？”楚清探着脑袋问他，听见外面没人回答，她从厨房里出来，“你怎么了？”

“没事儿。”程易安攥着围巾，瞟了一眼阳台角落的挂烫机，“你这儿有熨斗吗？”

“熨斗没有，但是有挂烫机，在阳台角落里。你会用的话自己去阳台熨吧。”楚清说完以后就回了厨房，没一会儿里面传来油锅刺刺啦啦的声音。

程易安手握着阳台的门把手，想了想最终还是打开了。一开门，映入眼帘的就是大大咧咧挂着的男士衬衣、西裤，边上还有条男士内裤……

楚清做完饭出来，没看见程易安人。跑到门边一看，拖鞋整整齐齐地摆在地毯上。她一愣，当即想到是程易安医院有急事儿走了。她去厨房拿了个空碗，将每样菜都盛出去一大半包好放进冰箱。

第四章

都以为程易安喜欢你

QIAOQIAO GAOSU NI , WO HAO XIHUAN NI

楚清一个人坐在饭桌上难得地有些寂寞，心里还有些怨念。就算是再急，总得跟她打声招呼的。

吃完了饭，楚清给程易安发了条消息，那头一直到晚上都没有回复。

睡前，楚清将手机调至响铃状态，防止错过程易安的消息。她躺在床上翻来覆去了很久，距离中午程易安离开已经快十个小时了。楚清之前听说大手术有做十几个小时的，也没打电话问。

牵肠挂肚地睡到了第二天早晨六点，听见手机的短信提示音，楚清突然从睡梦中惊醒。她连忙抓过手机一看，是今日的天气预报……

楚清烦躁地将手机摔到一边，被子往头上一蒙，大叫了两声发泄。

她突然想起上回为一个男人睡不着觉，捂在被子里大吼大叫还是八年前。偏巧那人也是程易安，楚清气得从床上跳起来，想着自己这次一定要争气，一定不能先低头，不能先去找他。

既然睡不着觉了，她干脆穿上了家居服起身做家务。平时上班时间忙，没空收拾家里，难得有个清闲的周日。

楚清从厨房开始，擦油烟机，擦灶台，然后扫地拖地刷马桶……整个家中收拾完的时候已经是中午了。看着窗明几净的房间，她觉得整个屋子都亮堂了。

一早晨都戴着手套，手机丢在房里，楚清一眼都没看过。将家里打扫干净后，她给双手抹上了厚厚的一层护手霜，回房拿过手机一看，除了几条微博推送以外一条消息都没有。

“叮咚！”楚清刚走到房门口，手机响了。

她扭头冲到床边，打开一看，林襄的消息，说下午让她去家里。

楚清撇撇嘴，跟林襄说想现在就过去，问林襄家里有没有吃的。那头说没有，等她来了一起点外卖。

林襄方才接到姚宇成火急火燎的电话，说是让她赶紧叫楚清去家里问问情况。姚宇成说早晨程易安的脸色差得很，问他什么都不说，提到楚清更是脸都绿了。

楚清将阳台上的衣服收下来，换了另外一套上去，然后才出门找林襄。两家之间两分钟的路程，她连衣服都没换。

进了门，楚清往沙发上一坐，抓了一个苹果就开始啃。她早晨没吃，又劳动了一上午，这会儿人都饿瘪了。

“祖宗，没洗呢……”林襄说着就要去抢她手里的苹果。

楚清摆摆手，没让林襄抢去，直说：“没事儿，没事儿。”这苹果一看就没打过蜡，放衣服上搓搓就能吃的。

“你中午想吃什么啊，我来点。”林襄从沙发缝里抠了一根皮筋出来将头发扎上，大大咧咧地坐在地毯上刷外卖APP。

“随便，辣的吧。”楚清从上次感冒以后就没碰过辣椒了，想得很。

“你倒是跟老程一样，上辈子川渝地区的，离了辣椒就不能活。”程易安也爱吃辣，一周能吃八顿冒菜，还专挑一家点，每次都是打开历史订单直接按再来一单。

一提程易安，楚清就蔫了，抱着膝盖不吱声，嘴里嘎吱嘎吱地嚼着，像是跟苹果有仇一样。

“怎么了？你昨天不是去他家了吗？”林襄看楚清神色不对，再联想到姚宇成描述的程易安的反应，想来两个人肯定是闹别扭了。

“嗯……没事儿。”楚清低着头，明显是逃避问题。

林襄看在眼里急在心里，可又想着不能将人逼得太紧了，就没追着问。

医院那头的姚宇成也急得一脑门子汗，绕着程易安转圈圈，着急道：“你俩闹别扭了？你告诉我啊，我给你出出主意。”

程易安皱着眉，眼睛盯着报纸，却一个字都看不进去。他不耐地抬起头，淡淡地冲着姚宇成说了句没事儿，就又低了头。

“别啊，好歹我也是已婚人士，我……”

“结婚证是林襄拖着你去领的。”程易安头都没抬，这话说完办公室里终于清静了。

见程易安是准备咬死不说了，姚宇成气冲冲地回了自己的办公室。林襄拖着他去领的怎么了？也比这个谈起恋爱来比女人还矫情的人好。

【姚宇成：媳妇儿，那边情况怎么样？】

【林襄：一提老程就给我甩脸子。】

【姚宇成：老程也给我甩脸子！】

【林襄：老程给你甩脸子不是正常吗？】

【姚宇成：委屈屈……】

【林襄：滚蛋蛋！】

“楚楚，去开一下门！”林襄在厨房里跟姚宇成发消息，突然听见门铃响了，扬声招呼楚清去开门。

楚清将门开了一条缝，然后从容而又熟练地将胳膊伸了出去：“谢谢。”

伸着手等了一会儿，手里并没有如往常一样多份外卖。楚清疑惑地将门缝开大了一点儿，探出头去：“你好，收件人是林……”

“你好，我找林襄……”

楚清看着门外的人一愣，觉得眼熟一下子却又想不出来是谁，心内一股不好的预感渐渐升腾……

“林襄，找你的。”将人招呼进门，楚清打开厨房门，小声问，“女的，长头发，我怎么看着眼熟呢？”

林襄先是一愣，随后跟见了鬼一样把楚清拽进厨房，惊慌道：“叶姜，咱们高中同学。昨天跟我说这几天来家送请柬，我……”

楚清的记忆被林襄唤醒，她双眼瞪得老大：“我现在从厨房跳下去行吗？”她本就不愿意见高中同学，现下居然被人堵在厨房了，她此刻只想着在叶姜没认出来她之前赶紧溜。

“一会儿出去你找个借口先跑吧。”林襄拍了拍楚清的肩膀，示意她不要慌。

“不好意思啊久等了，刚刚做饭呢。”林襄十分从容地从厨房出去，顺便给叶姜接了杯水。

楚清刚准备往玄关那边走，叶姜突然腾地从沙发上起来，快步走到她身边。叶姜细细打量了一会儿，开口道：“楚清！”

楚清此刻很绝望，还没来得及跑就被认出来了，她记得以前上学的时候叶姜背语文课文记性可没这么好。

“啊……是我。”楚清见她认出自己了，也打消了逃跑的心思，毕竟还饿着肚子呢，冒菜还没到。

三个人手拉手坐到了沙发上，叶姜很是激动，一直抓着楚清的胳膊，像是生怕她跑了似的。

“你当年怎么说走就走了啊，也不跟我们联系……”叶姜连今日来的正事儿都忘了，只顾着跟楚清叙旧。

楚清“嗯嗯啊啊”地敷衍了两句，叶姜见她不愿多提以前的事情也没再细问。

她拿过某名牌包，从那巴掌大的包里掏了张请柬出来递给林襄：“本来早就要送来的，之前耽搁了。”婚礼时间在一周后，虽说请柬送晚了，可时间是早就在同学群里讲过的。

林襄接过请柬：“没事儿，我反正闲人一个，到时候大姚要是值班就我一人去。”

“楚楚，下周五有空吗？”叶姜又从包里拿了张空请柬出来，“我老公还说呢，多带几张空的出来，可不就用上了……”她利索地将请柬填好递给楚清，嘱咐她一定要去。

“我……有空。”楚清本想拒绝，可一看那酒店的名称，哈喇子都快流下来了，最终还是点头答应了。

“我们班同学得来一大半儿呢，剩下的不知道有没有空，估计也得坐满三桌……”叶姜把手机里的名单递给她们两个人看。

“程易安……”叶姜瞟了楚清一眼，见她面色无恙才接着说话，“你让大姚帮着说说，上次聚会他就没来，这回说什么都要过来，请柬我一会儿就去送。”

“行，他有空肯定去。”林襄先替程易安答应了，毕竟有楚清在，他不可能拒绝。

“对了，楚楚，你结婚了吗？把老公也一并带去给我们看看。”

“没……”

“那总有男朋友了吧？”叶姜不死心。

“没有。”

气氛突然有些尴尬，林襄接到外卖小哥的电话出门了，就剩楚清和叶姜两个人面对面大眼瞪小眼。

“没事儿，我老公那边哥们儿多，到时候你看看有没有合适的，我给你介绍。”

楚清尴尬地笑了两声，委婉地拒绝了叶姜，说自己暂时不想谈恋爱。

叶姜一听急了：“都二十五六了，怎么不想谈恋爱了？”

楚清鼻尖嗅到香味，肚子立马叫了起来。她从沙发上弹了起来，指着餐厅招呼叶姜吃饭，没搭她的话茬。

“对啊，你吃了吗？跟我们一块儿吃点儿吧？”林襄从厨房里拿了碗筷出来，招呼二人到餐桌吃饭。

叶姜摆摆手拒绝，笑道：“我得走了，约了杨迁淋去医院，我给大姚他们送体检，淋淋老念叨着不舒服，正好去看看。”

提到杨迁淋，楚清和林襄两个人的脸色都沉了沉。楚清像没事人一样走到餐桌边坐下，好心提醒道：“周末医院没有门诊。”

叶姜：“那什么……看急诊，老程不是在急诊吗？”

林襄皱着眉头似是埋怨她：“你忘了我们家大姚在内科的？今儿个正好在急诊，老程那外科的，不懂。”她说完以后放下了碗筷，去沙发边上拿手机，“我给他发个消息，说一会儿你们过去。”

【林襄：注意，敌军约一小时以后到达，通知我方友军撤退。】

【姚宇成：收到。我一会儿就回办公室去。】

【林襄：没说你，杨迁淋一会儿过去，你别让老程碰见。楚楚生着气呢，万一再弄出事儿来。】

姚宇成回了个 OK 的表情过去，心里有了主意。他挂了电话以后掐着时间，算准了叶姜快到了，他找了个由头让人把梁瑶叫下来了。

梁瑶下楼以后直奔程易安那边，一看办公室没人，询问道：“他人呢？”

“刚刚有个车祸，这不把你叫下来顶一下班。”姚宇成跟她打了个招呼以后就回了内科诊室。没一会儿，他听见外头护士的引路声，就知道是叶姜带着人来了。

“大姚！”叶姜敲门进来，看见他以后将身后的杨迁淋往前一推，“你还记得这谁吗？”

姚宇成摸了摸脑袋：“这……我们班同学？”

“杨迁淋，你忘了？当年她和程易安，一个副班长一个班长。”叶姜装作是不经意提到程易安的模样，一拍脑袋，“对了，老程呢？他不是跟你一个医院吗？淋淋这两天老头疼，想着找他瞧瞧。”

“头疼看神内，老程哪懂……”姚宇成用一次性纸杯接了水给二人递过去，“后天来吧，神内主任的门诊。”

“别，让老程把个脉又不费事儿，上次他爷爷还上报纸了，我都看见了。”叶姜说着就把杨迁淋往外推，“隔壁是吧？淋淋你去看看。”

叶姜送完请柬以后就坐在姚宇成的办公室等着，约莫十分钟以后，杨迁淋从隔壁出来。叶姜还没来得及问她情况，被她一把拉着就走。

“大姚，记得跟老程一块儿过来啊！”叶姜扬声交代着，快步跟着杨迁淋出门。

姚宇成美滋滋地关上诊室门给林襄发短信。

【姚宇成：报告老婆大人，我已击退敌军。】

【林襄：副将以何计退敌啊？】

【姚宇成：两方情敌自相残杀，楚楚坐享其成。】

接下来的整整五天零六个小时三十分钟，程易安仿佛人间蒸发了一样，不回消息，不给姚宇成的朋友圈点赞，也从来没去过姚宇成家。

楚清一大早六点多起来煎药，想着今晚就要去参加叶姜的婚礼，不知道以何种表情面对那人。

“嘶……”她用纱布包着药罐的手柄，将药汤从罐子里倒出来的时候心不在焉，泼了几滴到脚上。幸好她穿的是棉鞋，脚上并没有沾到多少。

楚清将沾着药汁的拖鞋丢到了卫生间里，然后小跑到玄关，打开鞋柜，秋冬的拖鞋只剩一双程易安上回穿过的。楚清拿了一双凉拖出来套上，随后“嘭”的一声，恶狠狠地关上鞋柜门。

要不是这鞋挺贵的，她非得将它扔垃圾通道里丢下去摔它个粉身碎骨不可。

那闷葫芦从高中起就这破毛病，说生气就生气，什么话都不说，让人摸不着头脑。

楚清记得高二有一次早晨刚一到学校，就看见程易安和姚宇成都黑着脸。按理说大早上的姚宇成应该拼命抄语文作业才对，那天却没动过程易安的作业本。

第二节下课，楚清和林襄从卫生间回来，不知怎的两个人吵起来了。说是吵架，其实是姚宇成单方面对着程易安吵，程易安时不时不温不火地看姚宇成一眼，气得姚宇成直跳脚。

本以为姚宇成过过嘴瘾撒了气就好了，谁知道上课铃一打，楚清身后传来凳子倒地的声音。平时亲得穿一条裤子的两个人打起来了，姚宇成嘴里不断念叨着："就选 B，我说选 B，就选 B……"

程易安不耐烦地挡着姚宇成的进攻，嘴一张一合，无奈道："选 C……"他牵制着姚宇成的双手，后者完全动弹不得。

"我听大姚说老程练过太极。"林襄在一旁偷偷和楚清耳语。

程易安的一招一式都十分轻松，和姚宇成那野路子只知道使蛮劲儿的不同，不管是格挡还是进攻，稳稳当当，四两拨千斤。

姚宇成很快就气喘吁吁了，折腾了半天没打到人，都快气哭了。

"干什么呢？"物理老师从门外进来，同学们将目光从程易安他们两个人身上收回来，看着头发稀疏的物理老师满脸绝望。

"老师，这节不是生物课吗？"有个胆儿大的男生问道。

物理老师没搭理他，指了指后头打得满脸通红的两个人问道："你们俩怎么了？平时好得跟一个人一样，怎么打起来了？"

一旁有个围观了全程的男生站了起来，给大伙儿解释。

昨天下午，程易安和姚宇成为了一个竞赛题目烦恼了半天。两个人各自解了好久，做出来的答案不一样，谁都说服不了谁。然后程易安就生气了，一下午没搭理姚宇成。

程易安晚上回家写了满满一张 A4 纸的解题过程，哪知道今日姚宇成一看还是坚持他做得不对，后来说着说着就打起来了。

楚清一听，怪不得觉得昨天和今天耳边清静了不少，原来是两个人冷战呢。

“楚楚，你注意了，就老程那脾气，以后在一起了还不得天天你哄他啊，冷战能跟你战一年的……”林襄听完以后摇摇头，实则是为楚清担忧。

楚清脸红了，推了一把旁边的林襄：“说什么呢……”

物理老师听完了情况，有些吃惊。自古以来为江山、为美人打得你死我活的人不少，倒是头一次看见为了个物理题目打起来的。他拿过题目看了一会儿，随后指了指姚宇成，问道：“你说选哪个？”

姚宇成脖子一梗，斜了程易安一眼，大声道：“选 B！”

物理老师微微皱了皱眉头，又看向程易安：“你呢？”

“C。”

在全班同学的注视下，物理老师挠了挠头发：“选 D。”他笑着让两个人坐下，随后玩笑道，“还好今天你们生物老师请假了，要是他来了，这两个人不是还得打？”

程易安得知正确答案后平静地坐下来，掏出了一沓演算纸放在桌子上开始重新解题。

一旁的姚宇成不可置信地抓了抓脑袋，坐下以后试图跟程易安搭话，后者并不理他。

如果楚清没记错的话，程易安和姚宇成的冷战结束于一个月后，全省物理竞赛结束的时候，两个人悄悄地和好了。据林襄说，那是姚宇成一个多月不停努力的结果。

晚上要出去吃饭，楚清下班以后特地去了造型师那边打扮了一番，换上了早晨带出来的衣服。修身的短裙，及膝长靴，外头套了件羽绒服。

她到了以后给了份子钱，按着请柬上的桌号到了位置。人刚刚到了一半左右，林襄和姚宇成都在。

“楚楚！”林襄招呼她坐到自己边儿上，“啧啧啧，今天怎么穿这么漂亮？”

“这是……”桌上的其他同学都朝楚清看过去，都丈二和尚摸不着头脑，前段时间聚了一回，没瞧见过这人啊。

“楚清，记得吗？”林襄帮着他们介绍，随后一个一个帮楚清回忆，“那个谢顶的，数学课代表王文。那是乔森，生活委员还是劳动委员来着……那边儿，徐一一，王媛钥，陈翘。叶姜旁边那是杨迁淋，副班长。”

楚清一一看过去，挨个儿打了招呼。同学们都变了不少，要是在街上冷不丁碰见，还真不一定能认出来。

“楚清，你当时一声不吭就走了，我们班数学平均分可高了不少呢！”那时的数学课代表王文跟她开玩笑，“你那时候是转学了？”

楚清笑着点点头：“回了奶奶那边。”她知道今天过来一定躲不过他们的盘问，索性一开始就交代了。

“你也是，好歹跟我们说一声啊，同学一年多，大家第二天看见你没来都吓一跳呢。”

“走得急……”

婚宴很快开始了，连楚清这桌，高中同学一共两大桌。叶姜说答应过来的都到了，就剩程易安了。

“他怎么还没来？”杨迁淋问道。

姚宇成看了眼时间，道：“老程应该在路上了，今天下午他跟主任出门诊了。”

说曹操曹操就到了，服务员将宴会厅的大门拉开。程易安臂弯里搭着件羊绒大衣，风尘仆仆地进来。

他今日也穿得跟往常差不多，白衬衫搭黑色外套，不至于抢了新郎的风头。

“老程！”姚宇成起身跟他示意，坐对面的杨迁淋掏出镜子来理了理头发，挺直了背。

楚清和姚宇成两边各空一个位置，程易安想都没想，直接走到姚宇成边儿上坐下。

班里都知道这两个人关系不寻常，方才程易安没到没敢开楚清的玩笑，如今看二人形同陌路的样子，更是闭口不言。

一套流程下来，新郎新娘开始敬酒。转到他们这桌的时候，新郎已经微微醉了，满脸通红，倚着伴郎才勉强站稳。

送走叶姜夫妇以后，菜也吃得差不多了。老同学相聚总是有聊不完的话题，隔壁班哪个跟自己班的人好了，自己班哪对又分了。虽说年纪渐长，可这八卦的本性还同八年前一样。

“小楚啊，我们当时都觉得……觉得程易安喜欢你。”王文喝醉了，话都说不利索。他那时候喜欢楚清是尽人皆知的，如今提到高中时代，心中难免有些感慨。

这话一出，喝酒的聊天的都停下，一桌十几双眼睛盯着被点名的两个人看。若是两人结了婚，这话题也就算过去了，可偏偏俩光棍……大家伙一个个兴致来了，都想从二人的表情上看出点儿啥来。

杨迁淋放下手里的手机，抬头指了指王文：“王文你还是老样子，喝了酒就说胡话，散伙饭那天就数你话最多。”

他们班毕业散伙饭的时候一个个都喝了酒，王文拖着每个同学哭着聊天，聊完一个送走一个，那场面怕是在场的一辈子都忘不了。

“就是啊，你少喝点儿，小心回去跪搓衣板！”姚宇成也接着杨迁淋的话茬。

见大家不再关注自己，楚清终于松了一口气。刚上的甜品还没吃两口，叶姜匆匆过来：“同学们，咱班主任来了。”

班主任今年刚过五十，还在学校里带高三毕业班。这会儿晚自习一下课就赶过来了，叶姜忙让后厨给他弄了点儿东西吃。

班主任在楚清旁边的空位置坐下，姚宇成拖着班主任一个个认人。这还是毕业以后他跟班上同学第一次聚会，眯眼睛一个个看去，班主任自信满满：“杨迁淋，王文，刘瑶，程易安……”

姚宇成指了指自己和旁边的林襄：“老师，我们呢？”

“大姚和林襄，我高考前说你们谈恋爱还跟我狡辩！婚都结了……”班主任笑了两声，“你小子，别人忙着学习，你是两不耽误。”

“老师您再看看这个。”姚宇成指了指旁边的楚清，“这是谁？”

“哟，楚清啊！”班主任推了推眼镜儿，随后又补充道，“就那个，数学拖我们班后腿的小姑娘，高二来的嘛，我记得。”

“刘老师……”楚清还是有些怵他，老老实实地打招呼。

“哎，还怕我呢？虽然你就在班上一年多，但是我对你印象最深。我带了这么多年重点班，从来没有偏科成你这样的。”班主任话音里带着笑，随后拍了拍楚清的肩膀，“后来去了哪儿啊？我听副校长说你休学了一年，后来在 W 市读的。”他这话声音不高，除了身边的林襄他们，其余同学都没听得真切。

“对啊楚楚，你大学在哪儿念的？”有人问道。

“M 大。”

这话说完，班上几个人倒吸了一口凉气。M 大也算是那时候他们班上大部分同学的目标了，以楚清当时在班里倒数的成绩是万万够不上的。

杨迁淋将目光从楚清身上收了回去，看似不在意地低头盯着美甲。坐这儿的都知道她高考失利，去了个不太好的学校。

“你这是转学以后奋发图强啊，连老程这个班长都教不了你的数学，哪方神仙给你补习的啊？”

楚清笑了笑，没答。

“说起来现在混得最好的还是王文，除了头发少了点儿，房子、车子、票子、儿子，都有了。”有同学指着王文和程易安调侃道，“再看看我们老班长，一心钻研医术，到现在都没毕业。除了风姿绰约不减当年以外，连个女朋友都没有。”

“你可别把我们老班气死，‘风姿绰约’是这么用的吗？”杨迁淋笑着说那人消息不灵通，“我上次跟叶姜去医院送请帖，可在老程办公室看见个漂亮医生。”

班上几个男生一听就开始起哄，闹得隔壁几桌都往他们这边看。

程易安对这些事情一向不愿意解释，姚宇成却坐不住了，嚷嚷道：“哪儿啊，那是临时顶班的，跟我们七年的同学，要成早成了……”

一群人闹到了晚上十点多钟，差不多该散了。有一半的同学是从外地赶过来的，婚宴结束之后直接上楼回了客房。

林襄、姚宇成没开车，准备跟高中时候一样，乘夜车回家。楚清落在人群的最后面，拒绝了王文要载她一程的好意，她后天就要起身出差，一会儿得去趟便利店。

林襄和姚宇成想着反正程易安在，就没过多关注楚清，想着今天程易安送楚清回去，孤男寡女的说不定就和好了。

一直到楚清步行出了酒店，她都没瞧见程易安的影子。刚吃饱的她气得胃痛，想破了脑袋都不知道哪里得罪那个祖宗了。楚清咬着唇步行回家，见石子儿就踢，狠狠地踢，当成程易安踢。

路过便利店，她买完东西后又要了几串关东煮，坐在吧台边望着窗外发呆。

自己独自过了这么多年，楚清一直觉得男朋友这种生物可有可无。说不定有了以后还会徒增烦恼，现如今和程易安还没怎么着呢，她已经愁得头发都掉了。明明旁人都是有个喜怒无常不知道她在想什么的女朋友，不知怎的到了她这儿就反过来了。

“咚咚咚……”

面前的玻璃被人敲了几下，楚清还没反应过来呢，便利店营业员大声地叫了声欢迎光临。

“小楚。”班主任径直走到楚清旁边坐下，笑道，“还没回家呢？”

“刘、刘老师……”楚清腾地站起来，就跟晚自习开小差被抓包一样紧张。

“坐，你吃你的。”

楚清尴尬地笑了笑，手里捧着杯关东煮不知所措。本想跟班主任客气一下让他也吃，话到嘴边她觉得说出来似乎更尴尬，就没吭声。

“身体现在还好吧？”当年高考结束以后他打听过楚清的情况，说是家里出了大变故，病了好些日子，高考也没参加。

“好多了，麻烦您还惦记着。”

班主任笑着摆摆手道：“都记着你呢，你们数学老师见你第二天没到，课一下就跑我办公室去了，问我是不是他话说得过分了，小姑娘脸皮薄不想上课了……”

“常老师还好吧？”

“好着呢，一直跟我搭班。”掏出口袋里的玻璃杯抿了一口水，班主任将凉了的茶杯搁在桌子上，“程易安……”

楚清抬起头，没等他说完，起身将他的杯子拿走到结账台麻烦人添了热水。慢吞吞地走回去坐下，楚清双手放在膝盖上，一副小学生等着挨老师训的模样。

“这孩子虽然面上冷，可心眼儿实，我在班上说了你转学以后他非跟着我回了办公室，追着问。”虽说他方才看两个人没坐一块儿，可这男未婚女未嫁的，说不准的事儿。又有姚宇成和林襄两个人在中间搅和着，指不定就成了，这才在看见楚清以后进来多了两句嘴。

见楚清低头不语，班主任抿了一口茶水以后起身拉上了衣服拉链准备离开。走了两步，他又回头道：“那小子本来可以保送 L 大，非不去。”L

大的金融系是国内顶尖的，也是程易安从初中就心心念念的地方。

班主任走后，楚清在便利店坐到深夜。看着路上的行人越来越少，偶尔路过一两对嬉笑打闹的情侣，她喝完便利店里的最后一杯奶茶，准备离开。

刚一出门，从后面来了一辆车。

程易安将车停在楚清跟前，默默等着。

楚清没理，自顾自往前走。车一路跟，她猛地停了下来，开车门上车。

车上暖风开得很大，程易安脸颊泛着淡淡的粉色。车里有股子烟草味儿，楚清看着中控台上躺着一截儿香烟壳，她倒是不知道程易安还会吸烟。

等楚清上车后，程易安一刻不停地发动汽车掉头，全程没出声儿。

楚清不知道为什么大半夜的他会在这儿，见他冷着个脸也没兴趣问，靠在车窗上看着窗外发呆。

程易安两个小时前接到班主任的电话，让他速到某路口便利店。他着急忙慌地赶到以后看见了店里发呆的楚清，就将车停在了不远的地方，一等就是两个小时。其间，他困得要命，却又不敢眨眼，生怕把人看丢了。

凌晨一点多，早就过了他睡觉的时候。程易安从车里翻出了半包不知道什么时候的香烟出来点燃，吸了一口，差点儿被呛得肺都快咳出来了。

咳得眼泪在眼眶里打转，他看见楚清从店里出来以后连忙跟了上去，其间又狠咳了两下，才将车停了下来。这会儿喉咙难受得很，原不知道吸烟是这么个感觉，如今感受过了就不想再碰了。

看他脸都憋红了，却还是小声清着嗓子。楚清觉得这人偶像包袱也忒重了，咳嗽都憋着。她也懒得理他，靠在窗户上闭目养神。

车停下来等红灯的时候，楚清察觉到身边有动静。她闭着眼没动，不知道程易安要搞什么幺蛾子。

程易安见她睡了，轻手轻脚地将衣服脱下来，然后探着身子给她盖上。随后还盯着她好一会儿，确保她没醒，才放心撒手。

鼻尖又萦绕着熟悉的洗衣粉的味道，本来困得不行的楚清，越来越精神。

往事一幕幕在脑海中过电影一般地浮现，她将眼睛睁开条缝，看着驾驶座上的人。

车开得平稳，窗外的路灯一盏一盏地后退。楚清突然想到了八年前，她和程易安乘夜班车回家的时候也是这样，她靠窗坐着，程易安坐在她旁边看物理题。

那时候她经常装睡，披着程易安的校服，眯着眼盯着他一看就是好久。每每下车的时候她都双颊通红，程易安只当她是被车里的空调热着的。

斗转星移，楚清早已不是当年活泼开朗的那个楚清。可程易安的性子还是没变，别扭得不行。

楚清从上车到现在没跟他搭话，他也冷着脸不讲话，一点儿想要哄她和好的意思都没有。

夜晚路上没人，尽管程易安开得跟非机动车道的电动车差不多的速度，两公里路还是很快就到了。

他慢慢在门口停稳，伸手将楚清盖着的衣服拿下来自己穿好，才咳嗽了一声，想要叫醒她。

楚清气得肝疼，紧闭着双眼装作没听见。

程易安似乎有些苦恼，偏头瞧了她一眼，静坐了几秒以后下了车。既然叫不醒，便由她睡着。他在车上坐着觉得尴尬，就干脆下去等。

楚清察觉到他下车以后在内心翻了个大大的白眼，立刻睁眼下车进小区，全程没有给他一个多余的眼神。

楚清回了家以后倒头就睡，一直到第二天下午两点起来收拾行李，又打电话跟同事确定明天早晨集合的时间。

这次出差一共两个人，一男一女。楚清本来想着提前在 APP 上预订，可搜了半天都没有酒店信息。同事说那地方偏，到了以后再找地方住也不急。

地上被她散得一团乱，一点儿头绪都没有。楚清是最烦收拾行李，平时旅游出差倒是还好，差什么缺什么到了当地直接买得了。可这回去乡里，就怕少带东西。她反反复复看了好几遍，总觉得缺点什么。

正当她一样一样往行李箱里塞的时候，门铃响了。林襄给她送了点儿吃的过来，她大学同学过来 M 市跨年，带了好些特产。

“你这是……造反呢？”林襄被满地的东西吓了一跳，瞟到角落里的两只空箱子，不可置信道，“你们老板大过年的派你出差？”

楚清斜了她一眼：“不就元旦嘛，我又不过这个……”

“元旦不得跨年啊，哪能出差啊！”林襄都安排好节目了，本来想着算上她大学同学夫妻俩，还有程易安楚清六个人一块儿跨年，程易安昨儿个说得值班来不了，没想到楚清也来不了。

早晨她还跟姚宇成开玩笑呢，别是程易安想拽着楚清私会去，如今一瞧两个人可怜兮兮的，都得加班。

“你去哪儿啊？这啥啊，防过敏药？”林襄翻出了一口袋的各色药片出来，还有好些她都没见过。

“阳县，那边潮湿，我怕犯荨麻疹。”

“就那个穷得叮当响的阳县？你到底做的是 M 市老味道还是 CCTV 财富经啊，怎么净往乡里跑。”

楚清将那一口袋药夺回来扎好丢进箱子里，随后摸了摸林襄的脑袋：“你乖，我回来给你带小鱼干。”

“啧，你爸妈要是知道你过年都得下乡出差得心疼死。”林襄这话一说，楚清脸色暗了下来，打着哈哈没接话。

送走林襄以后，楚清将箱子里的东西又检查了一遍后放在门边，方便第二天早晨一拎就走。

楚清已经提前跟老人的儿子联系过了，明天早上会到车站接他们。

第五章

这些年过得怎么样

QIAOQIAO GAOSU NI , WO HAO XIHUAN NI

这是楚清第一次去阳县，早晨下了火车后转大巴。路况不好，车开得缓慢，颠簸了近三个小时终于到了目的地。

她拽着箱子从破旧的长途车站出来，空气中带着沿海城市特有的湿度。

刚一出去楚清就看见了自己的名字，不远处一个电动三轮车上站着一个男人，手里举着“欢迎 M 市楚清小姐来阳县参观”。同事赵哲成没忍住笑出了声，当即就要拍照发朋友圈。

楚清连忙将人拦下，冲着男人招招手：“周永刚？”

被叫到名字的男人放下了手里的东西，利索地从三轮车上跳下来小跑到楚清旁边：“你好……嘿嘿。”他憨笑了两声，然后弯腰去抢楚清手里的箱子，“我来，我来……”

将行李都放到了三轮车上，楚清和赵哲成并排坐在车尾。听说从车站到他们村还要开一个多小时的路，楚清看了看这周边，确实没瞧见海。

“刚子哥，我们住哪儿啊？你们这儿有酒店吗？”赵哲成着实是被这周边的环境吓到了，想在这儿找个连锁快捷酒店怕是不容易。

“没有，哪儿有酒店，都是小旅馆。”周永刚指了指旁边的几家某某旅店、某某住宿，“镇上凡是家里空几间房的，一楼做些小买卖，二楼做客房。那被子都是长霉的，墙上都是霉点儿。”

赵哲成咽了咽口水，他跟楚清一同进公司的，刚工作不久。这下算是知道了为什么组里的人一听见去阳县都避如蛇蝎。

“那我们……”

周永刚大叫一声：“抓稳了！”

话音刚落，前方出现一个坑。三秒的工夫，楚清整个人被颠得屁股离地三尺，她觉得自己的脑浆都快出来了。再一看旁边的赵哲成，一双眼睛瞪得老大，显然是还没缓过神来。

“你们啊，就住我们家。客房早就收拾好咧，床单被套晒了好几天，一点儿都不潮。”周永刚说完将车子减速停了下来，“你们坐这儿等会儿我，这几天镇子里来医疗队，我去问问我娘的病，马上就来。”

周永刚跳下车就往里跑，远远地楚清瞧见了红十字的标志，也没当回事儿。医疗条件落后的地方确实会经常有大城市组织的医疗队过来义诊，反正他们也不赶时间。

等周永刚的这段时间里，门口来看病的人就没停过。出来的病人闲聊的时候，楚清听见了模模糊糊几句 M 市，也不知道是 M 市哪个医院的。

约莫等了一个小时不到，周永刚出来了。大冷天的，他被挤出了一头汗，脸颊热得通红。他一出来就忙不迭地道歉：“不好意思啊楚……楚小姐……里面人太多了，还有人插队，我都差点儿跟人打起来。”

“没事儿，周大哥你以后叫我楚清吧。”一口一个楚小姐听着别扭。

“哎，哎……咱走吧，家里饭估计已经做完了。”周永刚继续往村里开，一路开一路跟他们两个人唠嗑。

“刚子哥，你结婚了吗？”赵哲成问道。

楚清无奈地笑了笑，他们公司无论男女，都怪八卦的。

“结了。”

“哟，什么时候结的啊？”

周永刚道去年，家里正好盖了新房子，他们去了有地方住。

这两年由于各种农贸商品 APP 的兴起，家里的日子好过了不少。但毕竟那种 APP 还是以瓜果蔬菜为主，鱼干销量不太高，大多还是靠零散的销售和集市售卖。

“现在你们家都在做这个吗？还是有干其他工作的？”既然鱼干卖不出去，总得靠旁的方法谋生。

“我跟着老丈人出海捕鱼，这块儿大多是以捕鱼为生的，谁也不比谁富些……”

说着，楚清瞧见前头的村子，家家户户烟囱里冒着青烟。

“刚子哥，是那边吗？”

周永刚应了一声，然后开着车子进了村。村子里邻里关系融洽，一路上周永刚挨个儿地打着招呼，不时地跟孩童笑闹两句。

屋子是很老式的那种砖瓦结构，如今稍微富裕一点儿的农村都盖起了三层四层楼房，这边多是一层的，看起来跟十年前楚清奶奶家那边的样式差不多。

前几天刚下过雨，路上还有些泥泞。孩子们打闹摔倒了起身拍拍土，带着满身的泥巴接着玩儿。

赵哲成是土生土长的 M 市人，什么时候见过这种阵仗，从进了村开始拧着的眉头就没松过。

往前开了十几户人家，就到了周永刚家。还没进门就看见院子里晾的鱼干，风一吹像风铃似的。

“妈！我把客人带回来了。”周永刚用方言朝院里叫着。阳县离 M 市和 T 市都不远，方言有些四不像的意味。

楚清他们采访的主人公刘奶奶从屋里出来，手里还拿着一条鳞片刮了一半的鱼。见他们到了，她随手将鱼往水池里一丢，招呼他们进去吃饭。

“刚子啊，你去帐篷那边看过了吧？”刘奶奶顾及着楚清他们在，尽量用普通话跟周永刚交流。

赵哲成听见刘奶奶说普通话吃力，笑着让她用方言就好：“我和小楚都是M市的，听得懂。”他人长得周正，笑嘻嘻的样子十分讨人喜欢，几句话就把刘奶奶哄得乐呵呵的。

“这回是刘医生来的不？”刘奶奶说着咳嗽了两声，楚清听着觉得她有些气短，喘不上来气的感觉。

“不是，这回是个年轻医生，听说会把脉，过两天我带你去看看。”

楚清听见“把脉”二字一个激灵：“周大哥，医疗队是哪个医院的你知道吗？”

周永刚摇了摇头，表示不太清楚：“各个医院都有，好些个人呢，M市、T市、S市，都有。”

楚清点了点头，想来也没这么巧。两个人上回还说话的时候，她提到自己要去M市，程易安一点儿反应都没有。

吃完饭后，楚清和赵哲成两个人被周永刚带到了院子西边一个独立的房子里。

“这是去年新盖的，一共两个房间，你们住。有什么需要随时叫我。”周永刚客客气气地拎了两只热水瓶来，“热水瓶也是新的，我老婆嫁过来的时候带来的，没用过。”

楚清他们本想今天下午就开始干活儿，周永刚非不让，说是这地方不大，明天一天就能走完，下午让他们好好歇着。

赵哲成进两个屋分别看了看，将南边那个给了楚清。那屋子里有个朝南的大窗户，阳光透进来看起来就暖和。

楚清也没跟他谦让，拎着行李进门。她确实是累了，早晨六点多起来折腾了半天，身子骨都快散架了。

楚清从行李箱里拿了睡衣换上，又灌了一只热水袋塞进被窝里。棉被蓬蓬松松的，一摸就是刚晒过的，还带着些……网上说是“阳光杀死螨虫的味道”，也不知是真是假，反正挺好闻。

不知道睡了多久，楚清觉得肚子一阵一阵地疼，她迷迷糊糊地睁开眼，太阳已经落山了。披上羽绒服以后去了厕所，楚清当即就觉得不对劲。

这回不是像往常一样的胃痛，倒像是急性肠胃炎。她倒了一杯热水，吃了两颗药，随后拿着药去敲赵哲成的门。

“你没有哪里不舒服吧？”楚清见开门的赵哲成气色是白里透红有光泽，想来是没什么事儿。

“我没事儿……你怎么了？”

楚清脸色发白，脑门上冒虚汗，倚在门框上看起来吓人得很。

“肚子疼，可能是吃坏东西了。”楚清走到客厅的沙发上坐着，双手捂着肚子。

“难道是中午的饭菜？”赵哲成猜测道。

“应该不是。”如果是中午饭菜的问题，赵哲成这城里小伙子脾胃虚肯定也受不住。

“你今天还吃什么了？”赵哲成皱着眉，在这地方生病可不行，诊所的赤脚郎中他信不过，最近的三甲医院得开两个小时的车。

“我没吃什么啊……”楚清也觉得奇怪，她今天是跟赵哲成一块儿吃的早餐，也没吃什么特别的东西。

“你是不是吃了汽车服务站的麻辣烫？”赵哲成突然想起来了，他们坐大巴车的时候路过了汽车服务站，路边有卖麻辣烫的。

“就吃了两串……”楚清咽了咽口水。她那时候有些饿了，就下车买了两串丸子垫垫肚子。

赵哲成叹了口气：“坏事儿了，你先看看情况吧，不行的话让刚子哥送你去医院输液。”

楚清现在万分后悔，跟赵哲成打了个招呼就上床躺着了。她一向自诩肠胃功能很好，除了偶尔饿得胃痛，其余时候怎么造都不会腹泻什么的，没想到如今竟然倒在了两串丸子上……

晚些时候，周永刚来叫两人吃饭，了解了楚清的状况后急得在院子里转圈圈。

“这样，我找隔壁借车，去医院瞧瞧。”人家本是好心来给他们采访宣传的，身体出毛病了他们可担待不起。

“别，今天太晚了，我睡一觉明天就好了。”大晚上夜路不安全，路上有坑都看不真切的。

“刚子啊，你带小楚姑娘去镇上看看，大城市来的医生，总比我们这儿诊所的好。”刘奶奶端了碗热水出来，“来，姑娘，喝碗糖盐水。”

楚清听见“糖盐水”三个字，突然觉得有些反胃。这东西腹泻的时候喝确实是好，补充水分和盐分。可那味道实在是……

不好辜负老人家的好意，楚清接过碗来，憋着气喝了一口。她深吸了一口气压下心里的那股子恶心劲儿，又一连闷了半碗下去。楚清觉得胃里一阵翻腾，丢了碗就往厕所跑。

“赶紧，赶紧去镇上给看看，这可不得了。”他们老一辈觉得单是腹泻或者呕吐问题倒是不大，如今上吐下泻的，刘奶奶就慌了，连忙推着周永刚出去拿车。

刘奶奶找了个皮垫子垫在三轮车上，又拿了床棉被出来给楚清裹得严严实实的：“别冻着了，来，手放进被子里去。”

赵哲成又将楚清的围巾拿了出来，扎在她脖子上，将人和棉被固定在一起。弄完之后，他还拍了个照片留念，在楚清的威逼利诱下才放弃了发朋友圈的念头。

楚清此刻觉得自己被他们打扮成了木乃伊，恨不得把头钻进被子里不见人了。

一路颠颠簸簸到了镇上。托了这大棉被的福，再怎么颠簸楚清都稳稳当当地坐在三轮车里，仿佛一块大秤砣。

周永刚将车停在他们义诊队住宿的院子里，然后撒腿就往里头跑。

楚清是叫都没叫住他，好歹先把她解开啊……

约莫五分钟以后，周永刚拖着一个白大褂出来，嘴里念叨着："就那个，车上那个，快快快，上吐下泻，严重得很……"

楚清将头抬起来，掀开眼皮子看了看远处的医生。风度翩翩走路带风，看起来是个靠谱的。可没过几秒，又定睛一看……她想死的心都有了。

比包成木乃伊的时候被人发到朋友圈里更丢人的事情就是……包成木乃伊的时候遇到了自己曾经喜欢的人，而且两个人还冷战呢。

楚清头埋在棉被上装乌龟，她此刻小脸蜡黄，头发乱糟糟，脑门上还有前几天胡吃海喝长出来的痘……

"医生，你给开点药还是输点儿液，这都拉一个下午了，刚才还哇哇吐。"听见周永刚的描述，楚清恨不得找个地缝钻进去。

"带她进来。"程易安说完转身就去了义诊的帐篷里，全程十分冷静，半分笑容都没有露出来过，让楚清好受了不少。但凡他只要嘴角扯了一点点弧度出来，楚清一定跳上驾驶座就跑。

她哆哆嗦嗦地跟着周永刚进了帐篷，里面还有个年纪大些的老医生。老医生问了楚清几个问题，随后开了方子让楚清进去输液。

这地方本来是镇上一个干部办公的地方，如今给临时改成了诊所，一楼二楼都设成输液室了。

程易安拿着方子起身出去，见楚清还傻坐着，一手搀着她的胳膊将人提溜起来。

周永刚见状想要上前扶，程易安没给他机会，将开药的单子塞到他手里："去交钱拿药来二楼。"

将人扶到了二楼的一个小办公室里，程易安打开了空调。

"你怎么在这儿……"楚清这话刚一说出口就恨不得扇自己耳光，前几天明明对着皇天后土发过誓的，不会先开口跟程易安讲话，如今怕是腹泻把脑子给泻没了……

“义诊。”程易安将她的右手从口袋里拿出来，然后半蹲下来将橡皮管勒到了楚清的手腕上。

她双手冰凉，找不到血管。程易安拆了橡皮管去隔壁拿了个橡胶的热水袋过来给她焐着。

没一会儿周永刚也到了，手里拿着药瓶和一次性输液器，愣愣地瞧着程易安发呆：“医、医生……东西拿来了。”

程易安接过他手里的东西，淡淡地说了句：“你回去吧。”

周永刚挠了挠头：“我、我等她。”

“明天早上来接，两瓶水挂完天都亮了。”程易安利索地拆了输液管插进输液瓶底，然后拉来挂输液瓶的夹子，调滴速，排气……动作一气呵成，跟人家干了好多年的老护士一样。

“没事儿，我就坐这儿等，大晚上的姑娘家家一个人不安全。”周永刚笑了一声，“小楚姑娘要喝个水什么的我还能照看着。”

程易安斜了他一眼，算是默认了。

楚清察觉到面前人不悦的情绪，内心一阵窃喜，随后看向周永刚：“周大哥你先回去吧，这儿也挺冷的，你明天早上过来就行了。”

“别啊，我……”周永刚警惕地看了看程易安，觉得他不安好心。他方才明明看见隔壁房间有小护士，哪里还要医生亲自给输液的。

楚清无奈地笑了笑，指指眼前半蹲着给她找血管的程易安道：“这是我高中同学，你放心吧。”

程易安直接将兜儿里医院的证件给他：“神外程易安。”

周永刚眯着眼看了好几遍，随后嘴里嘟囔着：“神经科……看神经病的还会看拉肚子啊？”

周永刚嘀咕完转身就走了，还没忘回身嘱咐楚清有事儿就给他打电话。

楚清低着头，将脑袋埋在围巾里，紧闭牙关憋了半天才将笑意憋回去。她抬头一看眼前人的脸都绿了，扎橡皮管的力道似乎都比以前大了不少。

趁着楚清愣神的工夫，程易安进针、粘胶布、固定手背……一气呵成，将滴速调至适宜，程易安转身出门。他没过一会儿就回来了，拎了一只暖水瓶，手里还抱着被子。

房间里有两张躺椅，楚清靠着一个，程易安将另外一个躺椅拉到窗户边放倒，随后躺了上去。两个人中间隔着老远，最起码能停辆周永刚家的三轮车。

程易安躺了两分钟后，突然睁眼坐直了。

那躺椅用了许多年了，力气大点儿就嘎吱嘎吱的，跟要散架一样。楚清听见声音之后偏头看去，见程易安直勾勾地盯着自己看，有些奇怪又莫名有些期待……

闷葫芦终于憋不住要跟自己说话了？

“你今天药吃了吗？”

楚清等了半天等来了这么一句，没头没尾的。她愣了一会儿才知道程易安说的是中药。她乖乖回答道：“早上吃了，晚上没吃。”

程易安点点头，随后又躺了回去：“停两天再喝。”

天色已经很晚了，程易安那种保持着八点睡六点起的老年人作息的人早就困了。他闭着眼睛养神，却又不敢真睡去。

没一会儿，听见隔壁窸窸窣窣的声音，程易安转了个身看去，楚清狼狈地举着输液瓶满地找鞋。

“吵醒你了？”楚清尴尬地低头看着脚尖，拖鞋不知道被踢哪儿去了，寻了半天都没看见。

程易安起身呈俯卧撑姿势趴在地上，在躺椅下面发现了她的粉红色碎花拖鞋。弯腰捡起来放到了楚清脚边，程易安接过她手里的吊瓶：“走吧。”

楚清尴尬地拽了拽棉衣，小步往外走。厕所在走廊的尽头，没有灯，黑漆漆的。像是一个巨大的漩涡，能把人吸进去一样，看得楚清浑身一抖，鸡皮疙瘩掉一地。

程易安一手举着吊瓶一手举着手机给楚清照明，到了厕所门口的时候他敲了敲门，确定里面没人后先一步进去。

楚清被他这举动吓得不轻，愣在原地不敢进去。直到二人距离越来越大，垂着的输液管都快要拉直了，她才小步跟上去。

在厕所里头寻了半天，程易安才将目光锁定了水箱旁边的一个小凸起，他试了试高度，正好可以挂输液瓶。

安顿好输液瓶以后，程易安也没忘找了个地方支着手机给楚清照明，弄好之后他退出了隔间，示意楚清进去。

程易安出去以后，楚清看了看眼前的那手机照明灯，想起了某手机的广告词：照亮你的美……可在厕所，照亮的也不知是美还是其他什么东西了。

十分钟以后，楚清揉了揉蹲麻了的小腿随后起身，转身拿吊瓶的时候听见“啪”的一声……她顿时浑身僵住，血液逆流，仿佛听见了钱包里的钱离去的声音。

门外的程易安也听见了动静，他心头一紧，等了一会儿里面没有其他动静才放下心来。只要不是“扑通”一声掉进水里，手机摔了就摔了吧。

楚清忙低头去捡手机，眯着眼睛检查了两遍，就是碎了钢化膜，屏幕没碎。她总算是松了一口气，这个月工资还没发，真摔坏了就是把她给卖了都赔不起……

出去的时候程易安紧张兮兮地盯着她，楚清以为他是担心手机，连忙道：“钢化膜碎了，手机没事儿。”

程易安将手机接过，瞧都没瞧一眼，低着头往她的手背上看去，确认没回血才收回目光。

“手机……”楚清见他一点儿都不上心的样子，又提醒道。

“坏了拉倒。”程易安不耐烦地摇摇手，随后拽着她的袖子往输液室走。

再次躺到了躺椅上，楚清就着那盏老式的拉绳台灯，偷偷从眼罩缝里看旁边的人。程易安闭着眼睛，一手放在额上，一手揪着衣角，眉头微蹙。

两张躺椅间的距离，就像两人中间隔着的这八年。看起来似乎不是什么大的问题，很轻易能迈过去，可至少得有一个人主动才是，不然就是马里亚纳海沟。

如今两个人不干不尬地僵着，楚清觉得挺憋屈的，可又不敢轻易主动，少了点儿年轻时候的冲动，怕被拒绝。

“好点了吗？”程易安翻了个身对着楚清问道。

楚清将眼罩往上提了提，将双眼遮住，清了清嗓子道：“好点了。”她咬着下嘴唇，想就着话音儿跟程易安多说几句话，可嗓子眼却堵着发不出声来。

“这些年过得怎么样？”

“挺好的……”

“各方面都挺好的？”

“嗯。”

那头沉默了一会儿，没再开口。楚清鼻子一酸，眼泪夺眶而出，一部分被眼罩吸收，一部分顺着鼻子两侧的缝隙往下淌。

月光透过窗户进来，照得楚清脸上的泪亮晶晶的。程易安翻了个身不再看她，叹了口气：“睡吧。”

楚清隔着眼罩揉了揉眼睛，觉得委屈，上次复诊之前一直都好好的，不知道为什么两个人就成这样了。

程易安听见楚清的呼吸声渐渐平稳，翻了个身面朝着她。豆沙粉的眼罩都被她哭湿了，不知道的还以为她是受了多大的委屈。他觉得明明是自己更委屈些，八年前一声不响地被人给丢了，八年后好不容易回来了，人还跟他没什么关系了。

楚清输液瓶里的药水见底，程易安轻手轻脚地起身换药瓶。他弯腰将楚清脸上的眼罩给摘了放在一旁，伸手给她擦了脸上的泪水。

程易安刚想转身出门，不知道着了什么魔，脚步突然顿了顿。他低头慢慢凑近熟睡的人，耳边突然想起了八年前楚清刚进班自我介绍时说的话：我叫楚清，项羽的那个楚，清水的清，我觉得我右脸比左脸好看。数学不太好可能要拖同学们的后腿了，希望大家以后好好加油，把我那份的分数也考出来……

程易安低头屏住呼吸在她的右脸颊轻轻碰了一下，这事儿本是想留在高考以后做的，如今晚了八年，却也算是了了心愿……

第二天，楚清睁眼后偏头看去，旁边的躺椅上已经没人了。她揉了揉又红又痒的眼睛，起身活动了两下。肚子已经不痛了，精神也好了很多。

抱着棉被一出门就遇到了匆匆上楼的周永刚，楚清朝他笑了笑：“周大哥早。”

“哎，小楚姑娘，我们走吧。”周永刚接过她手里的东西，“我特地找了个会开汽车的兄弟给你送回去，天儿冷别着凉了。”

楚清走到楼下，等着她的是一辆白色的SUV，新的。她狐疑地看向旁边的周永刚：“这……”

“邻居的儿子，刚买的新车被我拉过来帮忙了。”周永刚解释道。

楚清朝驾驶座上的人笑了笑表示感谢，那人冷冷瞟了她一眼，一点儿反应都没有。

“他、他打小儿就这样，没事儿……”周永刚打开后座的门让楚清上去，然后自己坐到了副驾驶座给指路。

“他不是你邻居吗？不认识回家的路？”楚清问道。

周永刚被她问得一慌，眼睛乱瞟，支支吾吾说不出话来。

驾驶座上的人十分淡定地打方向盘掉头：“现在住镇里，很多年没回去过了。”

楚清瞟到他腕子上的表，这人前段时间她在医院的彩超室见过。那时候隔着帘子没瞧见脸，可手表和腕子上的痣她不会认错。

回了周永刚家后，楚清连坐都没坐，拽着赵哲成就开始工作。她负责录音记录，赵哲成负责拍照。

赵哲成早晨趁楚清不在的时候，已经将村子周边走遍了，给刘奶奶也拍了好些照片，甚至还买了好些海产品准备带回去。如今只差文字采访了。

“奶奶，你多大开始做这个啊？”

“五六岁就开始弄了。”刘奶奶一边回答楚清的问题，一边手里处理着新鲜的鱼。

刮除鱼鳞后，刘奶奶用小刀利索地将鱼破肚后抠出内脏，然后丢进桶里。等所有的鱼都处理好了以后再用鱼线串起来晾晒。

刘奶奶家不仅做鱼干，还干制各种贝类等海产品。楚清听赵哲成说村里的好多家也在做鱼干，就想着可以走网购这条路。这篇文章发出去以后肯定会有人慕名来买，而不方便过来的人就得找代购。与其便宜了代购中间商赚差价，不如就直接从源头上掐了。

“刚子哥，你们这里最近的快递点在哪儿啊？”赵哲成从昨天到现在一个快递员和外卖员都没见过。

周永刚放下了手里的活计，随意地将手放在围裙上抹了抹走到刘奶奶身边坐下：“那得问我媳妇儿，应该在镇上。”

“那不远啊，你们可以尝试着开网店。”楚清将APP打开递给周永刚看，“现在挺多的这种店，就是原生态无添加的销量才高。”

“月销量六千……”周永刚摆摆手，“就是我把兄弟姐妹都叫回来也做不出这么多鱼干啊。”

赵哲成称这个不用担心，他看过这附近的人家，少说一个村子就五六十户：“到时候你从他们那边收购，有钱大家赚。”

周永刚还有些犹豫，说是要等媳妇回来跟她商量商量，他对什么APP网购一窍不通。

傍晚，楚清回房间整理素材，赵哲成被周永刚带出去逛了，顺便给他讲讲关于网店的事情。

“姑娘，我进来了？”刘奶奶在门口敲门。

“哎，您进。”楚清放下手里的东西赶忙去开门。

刘奶奶手里拿着个砂锅，砂锅的盖子半敞着，米香味从锅里溢出来。她将砂锅放到桌子上，又转身出去端了一小碟黄瓜进来：“喝点儿粥，拍黄瓜没放油，可以少吃一点。”

将刘奶奶送出去以后，楚清小口喝完了粥，或许是从昨天中午到现在都没怎么吃过东西，总觉得这一碗米粥格外香甜。

楚清整理完材料以后就开始收拾行李了，幸好没因为昨日的突发情况耽误了行程。

他们接下来还得去趟 M 市的一个地级县，后天就跨年了。公司敲定了下周六团建，赵哲成急吼吼地想着早点结束工作回去参加。楚清也没有意见，不花钱的温泉不泡白不泡。

两个人第二天中午的时候就到了目的地，楚清的身体状况已经完全恢复了，吃了几顿白粥觉得肠胃都通畅了不少，脑门上的痘也消了。

傍晚，两个人结束工作以后在酒店歇下，楚清正对着镜子修眉，全神贯注生怕多刮走一根眉毛……突然，一阵急促的敲门声响起，楚清吓得一个哆嗦，生生将右边的眉毛刮掉半条。

楚清捂着眉毛开了门，赵哲成手里拿着手机，急得不行：“小楚，刚子哥说刘奶奶突然胸闷喘不上气了，听说你认识个什么医生，想让你帮忙……”

楚清一听，也顾不得什么眉毛不眉毛的了，她一把抢过赵哲成的手机：“喂？周大哥，现在什么情况？”

“刚、刚刚说是胸闷，喘不上气……”

楚清一愣：“刘奶奶以前有哮喘吗？”

“没有啊……”

“家里有咖啡吗？给她喝点儿，我给医生打电话。”

那头应了一声，随后一阵翻箱倒柜的声音。

程易安靠在栏杆上发呆，听见里间有人叫自己，不紧不慢地进去：“怎么了？”

方呈指了指茶几上的手机：“你电话。”

程易安一看是楚清的来电，先是一愣，随后心脏咚咚咚狂跳。

见他要接听，方呈上前一步想阻止：“程哥，她不是……”

程易安示意他别打岔，楚清能这个点儿打电话过来一定是有急事。

“喂？”

“六十五岁，咳嗽一个多月，胸闷气短，喘不上气……”

“是不是姓刘？”程易安当即就想起了上回周永刚描述的病情，老人咳嗽了很久，吃止咳药做雾化都没用，当时他就建议让周永刚带老人去大医院检查。

“对，怎、怎么办？”

“立刻让他带来镇上，我找人送去市医院。”程易安挂了电话以后急忙拖着方呈往下跑。

方呈也没忘揪上白大褂和听诊器，嘴里还絮絮叨叨：“我一个做彩超的，也不知道领导怎么想的，把我弄过来义诊，又没机器……”

到了楼下，方呈才知道程易安带他下来干吗，把他当司机当上瘾了。

程易安将方呈往停车的方向一推：“发动汽车。”随后，他跑到帐篷里拿了一会儿可能会用到的药，并且捎上了一个专看呼吸道疾病的医生。

一行三人上了车，方呈开出了铁门才想起来：“程哥，去哪儿啊？”

“上次你送……送楚清去的地方。”

“楚清？楚清是哪个？”

程易安冷着脸瞟了方呈一眼，方呈当即就反应过来了：“行了行了，我知道了，你的白月光……”

他们开了十几分钟，就看见了骑三轮车的周永刚。

程易安让方呈停车掉头，随后和呼吸科的医生一起下车去查看老人的情况。

老人呼吸还是急，但没有大的问题。医生做过处理以后给她服了药，随后周永刚背着刘奶奶上了方呈的车。

车里坐不下五个人，程易安环视了一圈，不让周永刚跟着去肯定是不行，呼吸科的医生也得带上……

“方呈，你把三轮车骑回去，我开车带他们去医院。”程易安说完以后就招呼他们上车，留下方呈一个人站在原地。

方呈瞧着远去的汽车，欲哭无泪。他就不应该听姚宇成瞎忽悠，这义诊哪是人干的啊，看病戳针当司机也就罢了，如今还得骑三轮车，他连自行车都不会骑……

程易安上车以后让周永刚给楚清打电话报平安，随后开了导航一路往区里的医院走。

“你是小楚的对象不？”刘奶奶这会儿精神好了不少，虽然偶尔也咳嗽两声，但呼吸算是平稳下来了。

“不是。”程易安专心开车。

周永刚拍了拍刘奶奶的手：“妈，你好好歇着，小楚姑娘哪里来的对象……”

“那么好的娃娃咋的就没得对象？”

“人小赵说了，公司就是看他俩没对象才给派来出差的，后天元旦，有对象的都忙着在家过节呢……”

程易安皱了皱眉头觉得奇怪，可现下也不是纠结楚清的时候，老太太的身体要紧。

紧赶慢赶的总算是在半个小时以后到了医院，这是离周永刚最近的二甲医院，以老太太的身体状况不合适再赶路了。

程易安跟着周永刚进了急诊，基本检查做完以后将老太太送进了病房输液。

等着老太太睡着了以后，周永刚跟着程易安回去收拾住院的东西。

上了车以后，三个大男人闷在狭小的空间里，气氛怪怪的。

“那个……医生，你和小楚姑娘，啥关系？”周永刚搓着手发问。他想了半天，谈造房子晾鱼干这两个医生也不懂，只能聊聊楚清了。

“高中同学。”

后座的人已经睡着了，呼噜声震天响。

“我还以为你俩有事儿呢……”周永刚笑了笑，“你喜欢她吧？”

程易安咽了咽口水，不自然地瞟着窗外没答。

“我说你们城里人就是矫情，我追我媳妇的时候，直接跑她家里去了。同意就处，不同意拉倒，哪那么多磨磨叽叽的事情……”

周永刚说十句，程易安回他一句。两个人一直这么交谈了一路，到周永刚家的时候他嗓子眼儿都说冒烟了。

程易安等他收拾完东西后又将他带回了医疗队拿三轮车，刚进门就看见浑身是土的方呈坐在台阶上拿稻草秆撒气。

“你这是去高粱地里滚了一圈？”呼吸科的医生被他这副样子吓得困意全无。

方呈也没理他们，气呼呼地回了自己的房间。

程易安送走周永刚以后也坐到了台阶上，这地方空气好污染小，晚上星星多得扎眼，跟小女孩儿衣服上的水钻似的。

他想到了方才路上周永刚的话，心里的那点儿火星又复燃了。他掏出手机来想给楚清发个消息问问，半天都没敢。

退出的时候不小心点进了楚清的朋友圈，小姑娘的朋友圈多数跟吃的有关，要不就是炫耀一下新发现的表情包。

程易安一翻就翻入了迷，直到看见一件熟悉的男士衬衣……

【楚清：朋友说独居点外卖要点双份，阳台上得挂男人衣服。买了件衬衫她还不满意，给我网购了全套过来让我换着挂，连内裤和袜子都有……（汗）】

程易安反复阅读了三遍，随后噌地站了起来。

这时，他收到了程易笙的消息。

【程易笙：你是不是有朋友在日本，帮你小嫂子买点东西寄回来方便吗？】

消息后面跟了十几张图片，程易安在里头看见了一把似曾相识的刮胡刀……

【程易安：你不是不用新式的刮胡刀吗？】

【程易笙：拜托……那是脱毛刀，你有没有常识。】这句话是刚刚他向黎菘提出疑问的时候，后者对他讲的，他此刻原封不动地还给了程易安。

程易安按灭了手机屏幕，他头一次觉得自己的智商可能有点问题……

第六章

了却心愿

QIAOQIAO GAOSU NI , WO HAO XIHUAN NI

程易安在院子里转了好几圈，尽管已经凌晨了，可他一点儿困意都没有，想给楚清发消息可又不知道发什么，最后还是决定等回了 M 市以后再说。

三楼的方呈趴在栏杆上，看见底下的程易安着了魔一样满院子踱步。他笃定程易安是跟自己一样想家想得失眠了，他当即决定下楼同程易安说一个重大的消息。

方呈越想越兴奋，他激动地小跑下楼，压着声音道：“程哥，程哥，你走的时候队里通知了，我们得下周五才能回去。”

他们的原计划是明天就能走，可因为这两天过来看诊的病人比原计划多了不少，还有部分没排着队没看成的，领导就临时决定延长义诊时间。

程易安一听，转过身看向方呈，他微微皱着眉，似是在确定消息的真实性。

方呈见状十分严肃地点了点头，随后，他在程易安脸上看到了绝望。

他立刻回房把这个好消息告诉了姚宇成，后者老跟他说程易安喜怒不形于色，比雍正还雍正。

【方呈：姚姚！程哥刚才听说义诊时间延长了很不开心！】

【方呈：我就说他也不乐意来这苦兮兮的地方你还不信，他刚刚那表情你是没看见，都快哭了！】

那头的姚宇成很快就回了消息，也不知道这么晚不睡觉是在做什么。

【姚宇成：小子，这你就不懂了吧……】

【姚宇成：能让你程哥有反应的，只有女人。】

【方呈：你没毛病吧……能让他有反应的不是女人还能是男人吗？】

至此，姚宇成那头没再回过消息了，方呈觉得他很可能也去解决女人的问题了。

程易安当晚一直亢奋到凌晨四点半才上楼，不过睡了一个多小时，早晨六点就睁了眼。

他那二十多年的家族遗传性生物钟不是说说而已的，他就算是昨日通宵不睡，第二天六点也得准时醒。

程易安简单洗漱完就下楼帮着布置义诊的帐篷，跟他一个点儿起的都是些老医生，其余的小年轻不到八点准不下楼。

八点钟外头开始排队的时候方呈才急急忙忙地下来了，下楼梯的时候还差点儿因公负伤，领队直言他是不想干了就着骨折的名头回 M 市去。

八点多一点，后勤开始发早饭，程易安就着白水啃了一个馒头，又吃了两个鸡蛋。

老医生看他狼吞虎咽的样子笑道：“小程今天胃口不错啊，前几天吃得也太少，比人家姑娘都吃得少。”

“程哥是昨天累着了……”方呈捧着白馒头，腮帮子十分有规律地动着，味同嚼蜡。

“哟？小程啊，注意身体啊！”老医生笑得十分不可描述，还颇为老不正经地挑了挑眉头。

程易安臊得脸都红了，只能踹方呈一脚出出气。

接下来的几天，程易安都异常兴奋，精神饱满。两点睡六点醒，看一天的病人连个哈欠都不带打的。

他想着早些回去解决人生大事，连带着对人的态度也和颜悦色了不少。倒不是他以前给别人甩脸子瞧，而是这几天见人有了笑脸儿。

程易安这副和蔼可亲的样子可把方呈吓坏了，他觉得自己怕是觉睡少了出现了幻觉，要不然就是程易安晚上吹着风了，脸僵了。

六天后，医疗队打包回了 M 市。

程易安捡了两天假期，医院准了他们医疗队的成员两天假，周末好好休整休整，周一再去上班。

他刚收拾完行李准备补眠，损友蒋睿给他打电话说是傅仲莛带着女朋友请客吃饭，人都约齐了让他务必到场。

程易安叹了口气，自然是兄弟聚会重要些，补觉什么时候都能补，这几个“牛鬼蛇神”能聚齐了可不容易。

蒋睿是程易安的大学同学，当年读完研究生以后说什么都要转行，八匹马都拉不住。

他毕业找家里人借了一笔钱，植发、开酒吧，如今混得还算不错。植发的效果也不错，头发茂密得一点儿都看不出来以前是秃的。

其余几个人都是蒋睿的发小，程易安是通过蒋睿才认识的。其中唯一能跟他扯上关系的就是傅仲莛了，小学隔壁班抢他数学年级第一的男人，程易安大一第一次见他的时候一眼就认出来了。

方彭泽和顾时迁是这两个人的朋友，性格都是自来熟，加上程易安后来帮着两个人挂了几回专家号，也算是死党了。

四个男人一台戏，程易安全程捧着红酒杯看着他们玩闹，心里只惦记着回家睡觉。

好不容易散场了，蒋睿又嚷嚷着要打游戏。困得眼皮子打架的程易安又被他们拖到了蒋睿家，终于在他第三次将技能放反、第八次送人头的时候，这几个祖宗才饶过他。

一觉睡到了第二天六点，程易安还没睁眼就听见了隔壁房间骂娘和摔键盘的声音。

他迷迷糊糊地打开房间出门，确定他们一夜没睡以后默默地叫外卖、热牛奶、煎鸡蛋……他估摸着他们这一把游戏结束了，跟老妈子一样地进去催他们出来吃饭。

三个人坐在饭桌上嘬着面，还不忘方才的战局，絮絮叨叨个没完。

“那个打野我真服了，比老程还菜，开局送三个头……”

“还有上局那个射手，眼睛比老程还歪，技能都放不准。”

“你还说人家，你自己好得到哪里去你？”

“我哪儿不好了！你怎么不撒泡尿看看你自己什么德行……”

……

眼看着三个人又要掐起来，程易安头疼地揉了揉太阳穴，放下碗就准备走。

他还没摸得到门把手呢，就被蒋睿拦住了：“一会儿跟我们泡温泉去。”

程易安嫌弃地将他的手甩开：“不去。”

蒋睿咂了咂嘴劝道：“去吧，你在阳县待了快两周了，好好放松放松。”

程易安白了他一眼，他觉得回家更放松。

“啧啧啧，行吧行吧，你走吧。”蒋睿一摊手，将大门让了出来，故作遗憾道，“我可是听说赵思凡要带手下的员工去团建，特地找人拉了关系才订到房间了，某人还不去……啧，枉费我一番好意啊，这种不识好歹的人就应该孤独终老。哪个姑娘瞎了眼要找这么个闷葫芦，除了对人体结构了解一点儿其余一无是处……”

程易安眯着眼睛听他絮叨，从蒋睿老太太裹脚布一般又臭又长的发言中，他抓到了重点“赵思凡的员工”。程易安当即丢了手里的钥匙，十分自然地走到餐桌边坐下，并且催他们快点吃，吃完他来洗碗。

半个小时后，程易安坐在了去往某温泉度假村的车里。

与此同时，昨天刚刚到家的楚清也坐上了公司安排的大巴。她昨晚的一觉睡得极好，此刻精神饱满，对温泉……温泉蛋充满了向往。

到了度假村以后服务员将他们带回了各自的房间，楚清收到集合通知：午饭可以去大厅也可以打送餐电话，下午自由活动，晚上集合吃饭。

楚清想了想，懒得出去，躺在床上拨打了送餐电话。听了好几遍菜单，她才勉强相信了温泉度假村不提供温泉蛋这个事情。

随便挑了个炒面，她拉开箱子收拾东西。行李箱出差回来都没动，塞了泳衣进去就直接带了过来。楚清将装泳衣的布袋子拿出来，打开看了一眼……

她默默将泳衣塞回去，然后又打开看了一眼……原来不是她打开的方式不对，是她真的带错泳衣了。

不知道是哪个环节出现了问题，楚清将高中时候穿的那件泳衣带了过来，嫩黄色的分体两件套，上身是蛋糕裙一样的吊带，下身是差不多设计的短裙。

她此刻有些想哭，还想家。这套泳衣是露脐的，正好能露出小肚子……偏偏她那几个女同事的身材又跟妖精一样，这几个人要是站一块就是减肥药的活广告：减肥前和瘦了二十斤后。

这时候，服务员端着炒面在外面敲门。

楚清刚一打开房门，肚子就开始狂叫，这度假村也真的是不务正业，炒面居然做得这么香……

呼哧呼哧吃完了一盘面，她满足地打了个饱嗝。泳衣什么的随它去吧，反正一下水也没人盯着她肚子瞧。

吃完饭又睡了一觉，下午三点多楚清才磨磨蹭蹭地出门，外头披着件浴袍，将自己裹得严严实实。

看了其他人的动态，都在大池子里玩儿。楚清一路乱晃，想着找个地方接着睡觉。

突然瞟到不远处的滑梯，楚清眼睛一亮，走到那边一看池子里一个人都没有，她果断脱了浴袍下水。

程易安正睡着呢，突然被蒋睿给弄醒了，他皱着眉头有些不悦：“做什么？”

蒋睿朝着方才楚清路过的地方努了努嘴：“刚才有个肤白貌美的大长腿姑娘从这边过去了，啧啧啧，漂亮得啊，又漂亮又清纯，看得我春心……”

程易安起身将他的脑袋按进水里：“心跳不正常就去医院看看，真有问题就换一个。”说完程易安双手撑着池边上岸，他裹着浴巾左右看了看，没瞧见楚清人。

蒋睿呛了两口水还是不老实：“你给我道个歉我就告诉你姑娘走哪儿去了！”

程易安没理他，径直往有滑梯的方向走。

蒋睿挠了挠头，气得狠捶水面，骂道：“这人会算卦吧，不是说古时候中医巫医不分家吗……”

到了滑梯边，程易安正巧看见楚清坐在顶上准备往下滑。他躲在树后头没动，怕吓着她。

程易安眯着眼睛，眼前的场景和记忆中八年前的场面渐渐重合。

高二的暑假，姚宇成说是得了几张水上乐园的门票，撺掇着他们一块儿去玩。

前后桌四个人在水上乐园门口集合后一起进去，临到门口了姚宇成将程易安拦着了，说是票就三张，让他自己买去。姚宇成存了心没告诉他，程易安那个性子要是知道过来还得排队买票，准不会来。

程易安气得瞪眼，比物理大题做不出来还气。但他也没辙，只能老老实实排队买票——花了二十分钟乘公交车过来，总不能在水上乐园外头看一圈就走。

趁程易安买票的工夫，姚宇成带着两个姑娘进去了，直到三个人换完泳衣下水都没瞧见程易安的影子。

楚清一进泳池就往滑滑梯那边走，成人区滑滑梯不是小孩子玩的那种矮矮的五颜六色的，滑梯很高很陡，有螺旋和直的两个滑道。她手脚并用地上到了顶端，然后发现人家都携带了游泳圈。

楚清在原地愣了好一会儿，她不会游泳，但此刻下去租个圈再上来好像也太丢面子了……

“你滑不滑？不滑麻烦让一下。”后头的一个看上去约莫小学六年级的小朋友拍了拍楚清的胳膊。

楚清见状也来不及思考了，忙道要玩，然后坐了上去。她看着下头跟下饺子一样的泳池，心里有些慌，默念了三、二……

“啊……”她还没念到一呢，不知道谁在后面推了她一把，她尖叫着往下滑。不知道是不是泳衣面料的问题，她觉得屁股跟滑梯摩擦的地方烫得都快起火星子了。

快滑到底的时候速度已经快到楚清不能控制了，下面的人纷纷避让开，生怕被楚清撞到。

下一秒，楚清整个人入水。不是想象中的浮在水面上，而是整个人，连头带脚全部浸入水中。

入水的时候楚清太过慌张，嘴是半张着的，呛了好几口水。她只觉得胸口生疼，像是要窒息了一样。还有……消毒水的味道很不好喝。

就在这时，楚清被人架着胳肢窝拎了起来。头部出水，她才觉得自己活过来了。大口大口地呼吸着新鲜空气，她缓了一会儿才察觉到不对劲……

她的胳膊攀着一个人的肩膀，那人十分干瘦，骨骼硌得她肉疼。深水区脚踩不到底，她一脚踩在一个温温热热的东西上，另一条腿盘在跟前人的腿弯处……

她抬头一看，被程易安那张脸吓得差点儿又窒息了。她连忙撒手后退，慌乱中惊觉自己脚踩不到池底，又歪着身子摔了下去……

程易安站在原地没动，很是淡定地伸手去拉她，他一手抓到了她的胳膊，另一只手抓到了她的泳衣肩带……

这下两个人都愣住了，程易安的双颊倏地就红了，抓着肩带的那只手很快收回。

“啪嗒！”

“啊！程易安你干吗？”楚清龇牙咧嘴地揉着肩膀，游泳衣的面料十分有弹性，弹得她肩膀红了一块。

程易安连忙道歉，他方才一紧张只顾着撒手了，没有计算肩带的弹性。

楚清不敢轻易撒手，双手死死抱着程易安不放。

程易安无奈，只能半拖半拽将人弄到了浅水区。松开楚清以后，他自己靠着池边坐了下来降温，他此刻浑身都发热，皮肤透着粉。

……

程易安慢慢靠近温泉，解开了浴袍放在一边，随时准备下水捞起呛水的楚清。

“嘭……”楚清捏着鼻子，紧闭嘴唇入水，她学乖了不少闭着气，而且她早就试过池子的深浅，不至于脚踩不到底。

楚清一从池子里探头出来就看见有个男人脱了浴袍背对着她下水，她连忙退到温泉的另外一端，警惕地看着那个身材还不错的男人。

程易安转过身去就瞧见了楚清警惕的眼神，双手抱在胸前，像是随时准备叫救命。

看见那身材不错的男人是程易安以后，楚清更想跑了，这人怕是阴魂不散了，出差也能遇见，泡温泉也能遇见。

程易安舔了舔嘴唇，随后又清了清嗓子，而后又咳嗽了一声……见楚清皱着眉头隐隐有些不耐烦，他才赶紧开口：“巧啊。”

“嗯……”楚清无奈地走到浅水区坐着。

带滑梯的池子都会稍大些，分深水和浅水，免得滑梯滑下来落在浅水区坐得屁股疼。

程易安也慢慢往楚清的方向挪，想着蒋睿讲的撩妹法则……他抹不开面子张嘴，光是想想就觉得臊得慌。

“阿姨……还好吗？”程易安想了半天，只憋出了这么句话。

“去世了。”楚清淡淡地答道。

程易安蒙了，愣了一瞬随后低头道歉：“不好意思……”

楚清不太在意地摇摇头：“很多年了，没事儿。”

“那叔叔呢？”

楚清又重复了方才讲的三个字，程易安听完之后再次道歉。这下他彻底不说话了，低着头发呆。

“刘奶奶还好吗？”楚清看他那纠结的样子，主动开口道。

程易安闻声抬头，一脸茫然地看着她：“我奶奶姓王。”

“我说的是那个卖小鱼干的刘奶奶……”楚清无奈地挠了挠头发，怎么觉得跟程易安聊天这么费劲呢，她记得只有提到物理题程易安的话匣子才会打开，也不知道现如今这开关移哪儿去了。

“挺好的。”

随后又是沉默，良久的沉默。

楚清靠在池边，快疯了。这闷葫芦谁要是“娶”回家去，都不如一个智能音箱好玩的，起码买个智能音箱还能哄你开心，跟你撒娇。这人怕是除了脸蛋儿好看和会看病以外，也就剩能给孩子辅导功课这一个优点了。

“一个人住注意安全。”

“好。”

“记得过几天去开药。”

“知道了。”

“药没停吧？”

“没停。”

“嗯，要坚持喝……”

“好。”

程易安很努力地找话题，想要讨好楚清。可楚清似乎并不是很想理他，一时间他有些尴尬，不知道怎么办了。

突然想到了蒋睿教给他的话，程易安想着死马当活马医说出来试试：“你、你这么多年没想着找个男朋友？年纪也不小了……”

楚清一愣，随后很快接话：“想过，年后准备相亲。”

这下程易安更蒙了，蒋睿教的是女生说想找，然后男方回你觉得我怎么样。可蒋睿没教他女生说准备相亲应该怎么回应啊……

程易安只能“嗯”了一声，然后继续沉默。

楚清见他一点儿反应都没有，甚至还答应了一声，火噌地就蹿上来了。她猛地起身，冷言：“我有点儿累，先回房间了，你慢慢泡。”

“好。”程易安皱了皱眉。他隐约觉得自己可能得罪楚清了，可又不知道哪句话得罪了，如何补救。

楚清上岸的时候没踩稳，略微晃了一下，她放低中心刚刚站稳，突然腰间伸过来一双手……

两秒钟以后，她整个人坐在水里，准确地说是坐在程易安的腿上。

程易安双手环住楚清的腰，整个人僵着不敢动……

温香软玉在怀，程易安也顾不得什么礼仪什么廉耻了，他低头凑近楚清的脸颊小啄了一口。触感软软的，凑近看楚清的脸上还有细细的绒毛，看起来跟水蜜桃一样诱人。

程易安见她没什么反应，又低头去啄她的嘴唇，刚碰了一下，怀里的人挣扎着起身。

楚清将程易安推开，想要上岸。

上岸途中，程易安托了她一把，楚清连忙躲开，随后用脚往后蹬，上岸以后披着浴袍头也不回地就跑了。

程易安被楚清踹进了深水区，呛了两口水。他红着眼睛上了岸以后默默将蒋睿拉进了黑名单，不知道他出的什么馊主意，没一个有用的。

楚清气得不行，那闷葫芦不知道着什么魔了，前几天对她爱搭不理的，今天就直接变了性子，搭话不行直接动嘴……以前也不知道他这么流氓。

恶狠狠地抹了两下脸颊，楚清红着脸回了客房部。

路上遇到同事孙冰瑶，她停下来打了个招呼："冰姐，出去啊……"

孙冰瑶见她脸跟煮熟了的螃蟹一样，狐疑道："你怎么了？脸怎么红成这样？"

楚清用手背碰了碰脸颊，摇摇头道："没事儿，可能是温泉泡久了。"

"赶紧回去歇着吧，我还以为你瞧见哪个帅哥了，鼻血都快出来了……"孙冰瑶往楚清的方向走了两步，小声问道，"你刚才有没有看见帅哥？巨帅巨多金的那种，我听说今天度假村老板的朋友带哥们儿来了，特地找工作人员拿了件比基尼……"

楚清咽了咽口水，坚定地摇摇头。巨帅巨多金的她没看见，只遇到一个巨闷巨喜怒无常的。

那头的程易安在楚清上岸以后也回了客房部。

蒋睿等人在游戏房打牌，看见他整个人从脚丫子红到了耳朵尖儿，蒋睿丢下手里的麻将颠儿颠儿地跑到他旁边问道："怎么样怎么样，成功了吗？有没有结束你二十多年的单身生涯？"

程易安没答，冷着脸斜了他一眼，抬脚就走。

"哎哎，别走啊！没撩到？不应该啊……"蒋睿挠了挠头发，不知道哪个环节出现了差错，"这样啊，我再教你一招。我一会儿管他们要那姑娘的门牌号，你晚上啊……"

"滚。"程易安就知道蒋睿狗嘴里吐不出象牙来，他拎着蒋睿的衣服将人扯开，扭头就走。

蒋睿无辜地站在原地，心想果然单身狗脾气就是大……他就是想让程易安给姑娘送点吃的过去献献殷勤，刷刷好感度，也不知道哪句话得罪他了。

楚清换了衣服，不愿在房间里待着，她来的时候听说客房部后面有个花园，披了件羊绒围巾出门了。

可能是因为有温泉的缘故，度假村的温度会比城里高些，树木也多翠绿。

楚清坐在凉亭的台阶上，跟前是一汪小小的温泉池，呼呼地冒着热气，看起来久无人来。

她原本想着下午能在池子里待上一两个小时，驱驱寒气，谁知道计划全被程易安打乱了。

楚清小步走到温泉边坐下，将脚伸进池子里。她将裙子又往上捞了捞，往前坐了一小步，将小腿也伸进去。

正当她想要再往前一步的时候，后背的衣料突然被人拽住了，衣领卡着她的脖子。

当即，楚清想到了一个表情包，名为“抓住命运的后脖颈”。

她挥着手示意身后的人松开，回头一看，果然又是程易安。

楚清没好气地翻了个白眼，没敢翻给程易安看，她是偷偷低着头翻的。

“你做什么？”楚清皱着眉问道。她如今都怀疑这人是在自己身上装了 GPS，怎么走哪儿哪儿都能遇见。

GPS 是真没有，倒是有一个收买了服务员的蒋睿，一发现楚清出了房间就迫不及待地去告诉程易安。

程易安本来在睡觉不愿意出去，蒋睿直接将人拖出房门，嚷嚷着早点解决终身大事，晚上两个人一块儿睡还不冷。

程易安刚想开口说话，楚清的手机响了。赵思凡催她去大厅吃饭，方才去敲她房门楚清没应，问她在哪儿。

“我领导催我了……”楚清挂了电话以后将脚从池子里拿出来，左右看了两圈没找着鞋。

“等会儿。”程易安握住她湿漉漉的脚，从口袋里掏了一条毛巾出来。

“你跟踪我呢？”出门凑巧遇见也就罢了，哪能巧到口袋里正好带了一条擦脚布啊。

程易安低着头没答，算是默认了。他用毛巾包住楚清的脚擦去水珠，随后握着她的脚脖子细细擦干。

楚清觉得痒痒，不断地往后躲，她的脚从来没人碰过，也不知道有没有脚臭……

“别动。”程易安给她擦干以后将楚清放在一边的鞋拿过来，左右寻了两圈没瞧见袜子，皱着眉不悦地看向她。

楚清最怕他这副神情，从前她做不出数学题他就这么瞪着她，如今忘穿袜子也瞪。

“我忘了……没事儿，这儿又不冷。”楚清撇撇嘴，然后利索地套上靴子拔腿就跑，没给程易安训她的机会。

楚清走了以后，程易安也掉头直接去了餐厅，等他慢慢晃到餐厅，在位置上坐下了也没在厅里看见楚清的影子。

他寻思楚清是迷路了，低头给楚清发了个定位过去。

五分钟后，餐厅的门开了一条缝，楚清低着头小跑到隔壁桌坐下。

“哎？思凡姐呢？”楚清落座后没看见赵思凡，拽了拽旁边的孙冰瑶问道。

孙冰瑶指了指隔壁桌的赵思凡，道：“那儿呢，找帅哥去了。”全公司都知道赵思凡单恋成和的二把手傅仲莛，青梅竹马从小黏到大。

“哎，小楚，你看那个怎么样？”孙冰瑶偷偷指着隔壁那桌，“就那个穿黑衣服，捧着红酒杯不说话的，啧啧啧，手指头长得哟……”

楚清无奈地低下了头，她可不会以为孙冰瑶嘴里的手指头长是单纯夸程易安手长得好看。

“你帮我看看啊，那人看起来跟那几个做生意的不太一样……”孙冰瑶拽了拽楚清的胳膊，“哎哎哎，他是不是看我了？”

程易安盯了楚清好几眼，那姑娘都缩着头装蜗牛不抬头。

他手里的红酒刚喝了一口就被蒋睿抢了去，蒋睿凑近他耳边：“怎么样？我的情报还靠谱吧？”

程易安冷哼了一声，将自己跟前的那根葱烧海参递给了蒋睿。这东西是按人头上的，一个人一只，他知道蒋睿素来爱吃这些玩意儿。

蒋睿嘿嘿一笑，一口将海参吞了，边嚼边给程易安支着儿：“一会儿人姑娘出去了你也跟着出去，看看月亮，吹吹风，从诗词歌赋谈到人生哲学……”

“你算了吧，就程易安那闷葫芦……估计只能跟姑娘从中药医学谈到物理化学。”隔壁的顾时迁将头从斗地主中抬起来，说完以后将平板电脑往程易安手里一塞，“老程快快快，再输我就没欢乐豆了。”

程易安接过平板电脑后，顾时迁戳了戳旁边的蒋睿：“他看上哪个妹子了？”

蒋睿使劲儿咳嗽了两声，随后故弄玄虚道天机不可泄露。为了保护程易安那薄如蝉翼的脸皮，他觉得在革命尚未成功之前还是不要大肆宣扬了。

吃完饭，赵思凡回了楚清那桌，招呼他们一块儿去唱歌，并说度假村还有私人影院和游戏厅，不愿意去的可以自由活动。

楚清本来想回房间睡觉，谁知道孙冰瑶非要拉着她过去。一想到孙冰瑶盯上程易安了，楚清就气不打一处来，闷葫芦一个也不知道怎么这么招人稀罕。

两拨人浩浩荡荡地往 K 歌房走，到了地方以后楚清的同事们坐一边，那头程易安的几个哥们儿坐一边。

楚清和程易安正对着，位置是孙冰瑶挑的，说是这样方便观察。

一坐下，对面跟程易安关系很好的一个男人就嚷嚷着做游戏。

“真心话大冒险”，抽到最小牌的抽签。

一沓牌传过来的时候已经没剩几张了，楚清随意拿了一张，偷偷瞄了一眼……数字3。

她咽了咽口水，这数字似乎有点儿小。楚清小声问旁边的孙冰瑶：“冰瑶姐，你的是几啊。”

孙冰瑶大大方方地将牌翻过来亮给楚清看，随后冲她挑挑眉：“要不要跟我换？”

楚清急忙摇摇头，数字2，还不如她的红桃3呢。

所有人都亮牌以后，目光都集中在了楚清身上。

“红桃3的美女，来……”蒋睿示意她从签筒里头抽一根。

楚清蒙了，她指了指隔壁孙冰瑶的牌，有些不解。

“2可比你的3大多了，没玩过斗地主吧姑娘。”斗地主十级玩家顾时迁说话了。

“哦……”楚清无奈，只得拿起签筒。

“先介绍一下自己吧，我们都不认识呢。”那头一个娃娃脸的男生笑了笑，“红桃小姐叫什么呀？”

他这话说完旁边的两个人脸色各异，程易安面色如猪肝，随时准备打人。蒋睿笑得贱兮兮的，随时准备看好戏。

“我叫楚清。”楚清微微弯了弯嘴角。

“小姑娘一个，你们悠着点儿。”赵思凡素来知道他们爱开玩笑的，怕把楚清吓着。

蒋睿乐呵呵地出来打圆场：“我们可都是纯善的五好青年，朴实的四好公民，赵总这是哪儿的话。”

楚清接过签筒上下摇晃，闭着眼。她只求别让她坦白恋爱史什么的，一母胎solo（母胎单身）当着大伙儿的面承认自己没谈过恋爱，有点儿尴尬。

“啪”的一声，竹签落地。

蒋睿迅速跑到楚清边上捡起竹签，然后小跑回座位大声朗读：“回忆一下你学生时代的初恋。”他加重了“学生时代”四个字，还踹了一脚隔壁的程易安。

楚清有些诧异，蒋睿见状将签子给一旁的赵思凡看了一眼："我应该识字儿吧？"

"嗯，识字儿。"赵思凡不知道他葫芦里卖的什么药，不好拆穿他。

程易安看似不经意地瞟了一眼，那签子上白纸黑字写着"你最不喜欢吃的菜是什么"。

"我没有初恋。"楚清大大方方地开口。

这话一出程易安脸就黑了，手里的饮料杯都快被他捏碎了。

"不会吧楚楚，你上学的时候没谈过恋爱？"一个女同事不太相信，"那关系好一点的男同学呢？"

"就……后座的男生吧，上语文课老睡觉。"

"帅吗？帅吗？"

楚清有些尴尬了，不敢看对面的程易安："还行。"

"啧，学霸和学渣的故事？是不是后来你帮他疯狂补习，然后他对你心生崇拜，芳心暗许？"楚清这个同事是做文案的，平时自己还写写小说，脑洞大得很。

"我是学渣，他给我补习来着……我坐倒数第二排是因为学习不好，他坐我后面是成绩太好，上课睡觉坐前排遭人恨。"

"后来呢？"

"我转学了。"短短四个字结束了话题，楚清也不愿意多提什么。

对面的蒋睿吓得眼睛珠子都快瞪出来了，怎么跟说好的不一样？合着程易安心心念念了八年的白月光跟他压根儿就没在一起过？

游戏进入下一轮，楚清再一次拿到了那张红桃 3，摇到的签子是给初恋打个电话。

"打给你那男同学？说不定……"

楚清一听连忙摇手："不打，没可能，我喝酒吧。"

程易安听见那句"没可能"脑子里"嗡"的一声，觉得刚刚就喝了一杯可乐的自己居然有些上头。

"要不让小楚给唱个歌，她唱歌好听。"赵思凡提议道。方才回忆了个男同学，楚清脸都红了，要是让她打个电话恶作剧告白什么的，估计假期回去这姑娘就得辞职。

"行啊,唱什么,我来点。"蒋睿自告奋勇地跑去了点歌台,"喵喵喵喵喵，还是嘴巴嘟嘟嘟？"

"那个那个！叫什么来着，就是你刚来的时候唱的！"孙冰瑶突然脑子短路了，"凡姐，你记得吗，小楚来的第一天唱的，巨好听。"

"我来点……"赵思凡用手机扫码给楚清点了歌。

蒋睿站在点歌机旁边，讪讪地将伴奏声调大了一些，还放了个鼓掌的特效。

伴奏声起，楚清无奈地拿起话筒。

《相爱恨早》，这歌当着程易安的面唱着实是有些怪异，虽然两个人当初也没什么吧……可总有种缅怀初恋，爱而不得，惦记了好多年的感觉。

一曲唱完，楚清靠着沙发没说话，从前听这歌还能掉两滴眼泪，如今却已经免疫了。听多了唱多了，就脱敏了。可能是因为今天程易安在场，总有种异样的情绪在。

另一头的程易安盯着屏幕，手里的饮料杯空了。楚清的声音从音响里传出来的时候，听得他的心生疼。

程易安不知道当年她为什么不辞而别，不过也大约能猜到一二。这么多年一个女孩子无依无靠地走到现在，对她当年离开仅剩的一丝怨念也没了，只剩心疼。

蒋睿拿过话筒打岔："小妹妹这是有故事啊！"

话音刚落，身边的程易安突然起身："医院有事儿，我先走了。"

“哎，不是，你有什么事儿啊？”蒋睿挠了挠脑袋，有些疑惑，“不是说好放两天假吗……”

程易安心头烦闷，不愿在屋子里待下去。他在车里坐了良久，看见副驾驶座上蒋睿落在车里的烟。他拿了一根出来，这烟和上回抽的不同，烟卷细细的，很秀气，凑近闻还有一股子薄荷味儿。

他用点烟器点燃，然后猛吸一口……烟草味儿混着薄荷的气息充斥在整个鼻腔内，他舒了一口气，随后又是一阵剧烈的咳嗽。

等他冷静下来想要回去的时候，电话响了。医院通知他赶紧到医院，市中心发生特大车祸，很多患者都在送往医院的路上。

程易安挂了电话一刻也来不及耽误，发动汽车就往医院赶。

第七章

谁抱着我谁就是我女朋友

QIAOQIAO GAOSU NI , WO HAO XIHUAN NI

因为度假村路途远，程易安是最后一个到达医院的。到了急诊后，他马不停蹄地往更衣室跑，换衣服消毒。

其间听同事讲了今晚事故的具体情况，酒驾，连环追尾。八辆车相撞，其中一辆还是旅游大巴。

这会儿 M 市周边的所有医院都乱成了一锅粥，能叫回来的医生都叫回来了，就连在隔壁市吃女儿喜酒的副主任此刻也在往回赶。

“王主任，外面又来了一个开放性颅脑损伤……”传话的护士敲门进来。

“去三号手术室等着，看看刘医生和杨主任那边结束了没。”神外主任王平之头都没抬，专注于手里的工作。

这时，又一个护士跌跌撞撞地跑进来：“主任，你……你去看看二号手术室吧，病……病人快不行了。”

王平之一愣：“是那个平头的小伙子吗？小程，你去看看。”

程易安接到命令一刻不停地往门外赶，几百米的距离，他却一刻都不敢喘息，这是在跟死亡赛跑。

一进门，手术室里头鸦雀无声。

“刘医生。”程易安走进了两步，瞟见一旁的检测仪上显示已无生命体征。

“寰椎骨折脱位，脊髓高位损伤，脑部受损严重……”人送过来的时候已经快不行了。

“宣布死亡吧，外面还有病人。”

刘荣点点头，随后让护士通知骨科的医生不用过来了，醒了醒神准备下一个手术。

“那个浑蛋……”刘荣出门的时候还在骂。酒驾的是个二十岁的学生，听说之前就被吊销过驾照，这回还是无证驾驶。

程易安刚出手术室，迎面被人挥了一拳。他捂着脸往后退了几步，打他的人被几个护士拉开。

“你们这些医生不怕丧良心吗？受害者不救，拼了命地去治肇事者，你们这些拿钱办事儿的东西……”那大汉面色通红，对着程易安破口大骂。

这话一出，走廊上等着的家属也纷纷闹了起来，一个个全往程易安身边围。

“要我说就转院！还没看明白吗，谁有钱先治谁，我那可怜的二侄子进了手术才半个小时就宣布死亡了，谁知道他们治没治啊，就知道让我们家属签承诺书，签完了还不治。”

程易安舔了舔嘴边的血，叹了口气道：“二号手术室的患者头部挤压严重，寰椎骨折脱位，送过来的时候……”

“你别给我扯这些没用的，老子听不懂，老子只知道送进来活的，被你们治死了。而且给那个肇事的小王八羔子手术的是个主任，给我侄子动手术的就是个主治医师……”

旁边围观的家属也纷纷议论了起来，还有人小声商议着转院的事情。

“转院对患者没有任何好处，麻烦大家不要吵闹，安静等待。”程易安说完以后扭头进了手术室，重新换手术服净手，绕了远路回到了王平之那边。

王平之听说人没救回来有些遗憾，当时两台手术摆在他面前，他挑了手里这台手术难度大但是存活率高的，这是他最好，也是唯一的选择。

程易安连轴转了将近二十个小时，一直到第二天晚上才闲下来。

他从手术室出来的时候已经快八个小时没吃东西了，人靠在更衣室的柜门上脑子里乱糟糟的。

这是程易安实习以来工作最久的一次了，急诊忙到没地方下脚，就连姚宇成一个内科看呼吸道的都被发配过来清创了。听说他动作太过细致速度太慢，还被护士嫌弃了。

准备休息的时候，程易安听见外头同事说医院上热搜了，他也没去翻。从昨天家属闹的时候他就预料到了。前几年一次车祸也是类似的情况，最后肇事者活下来了，受害者没救下来，受害者的家属在医院门外摆了三天的灵堂，招来了电视台的人。

程易安刚入学的第一天老师就说过，做医生的救人不问身份出处，就算是十恶不赦的人，也得救活了再交给法律制裁。医生只负责将人从死神手里拉回来，不负责审判人的生死。

睡了两个小时多一点儿，程易安起身巡房。王平之年纪大了，做完手术就回去休息了，嘱咐他多盯着点术后情况。

他刚看了一个病人，一出门就听见前面的吵闹声。

“程医生，那边家属吵起来了……”护士没辙，病房里都快打起来了只能出来找人帮忙。

程易安快步赶到，是肇事者林麟的家属和一位受害者的家属。

林麟没有意外的话明日就能从重症监护室转到普通病房，家人先过来查看病房情况。没想到同病房的人一听说是那个酒驾的小子，死活不愿意跟他一间房。

人之常情倒是也能理解，可如今科里没有多余的病房了，就算是林麟家财大气粗要单人间也没地儿给他变去。

程易安咽了咽口水，他最不擅长就是调解关系，只能开始陈述事实，争取两方谅解："现在科里病房紧俏，我们……"

"我们说什么都不跟杀人犯一块儿住，你们医院就应该把他赶出去，害了两条人命了还有脸活着吗？听说还是主任给动的手术，我们家就是一副主任做的，还不知道有没有后遗症。"

"这个您放心，手术没有问题的，我……"

"你是医生还是护士啊？"家属突然发问了，盯着程易安，"这么年轻，实习的吧？让你们主任来，我不跟你扯。"

"我们主任不在，有什么事情我可以转告。"

"换病房，我们不可能跟那种人待一间屋子的。"

"实在是没有多余的病房了。"其余科里都快在走廊加床了，他们神外还算好的了。

"那我们就转院啊，M 市这么多医院又不是非要在你们这儿看！"

"行啊，转院啊。"梁瑶刚才一到办公室就听说程易安被拽过来调解矛盾了，急得抓着白大褂就跑。

家属一看门口又来了个医生，态度还这么强硬，有些愣怔。

"就你们家儿子这个情况，签保证书，转院的路上出任何问题我们不负责任，只要你签完了，说一声去哪儿，我找救护车给你送过去！"梁瑶双手插兜，头发束在脑后，看起来十分干练，架势唬人。

这牙尖嘴利的女医生可比程易安难缠多了，家属一时间说不出什么话来，只能重复着"不跟杀人犯住"。

林麟的家属在旁边叹了口气，其中一个头发花白的老人突然九十度鞠躬："我那个不成器的孙子……您放心，不会给你们添麻烦的，到时候床帘拉上，保证你们眼不见心不烦。"

"还有一个办法。"梁瑶指了指门外，"好多科室都在走廊加床了。"

“凭什么我们去，要去也得那小子住走廊。”

梁瑶耸了耸肩：“是你们嫌弃人家的，人家又没嫌弃你。”

程易安示意护士将梁瑶拉走，他从进医院开始就没见过这么调解矛盾的，这不是越调解越严重吗……

他又费了半天口舌，把这个月的话都说完了才勉强让家属同意跟林麟一个病房，并且承诺一有空病房就让他们过去。

程易安回了办公室，靠在椅子上发呆，他觉得刚才在病房的那半个小时，比他跟两台手术还累。

他从抽屉里将手机拿出来接上充电器，想了想，给楚清发了个消息。

【程易安：明天有空吗？】

消息刚发了过去，那头的楚清很快就回了消息，说是没空要加班。

程易安有些失望，按灭了手机。他愣怔了半晌，突然从座位上起身，动作大得吓了隔壁的同事一跳：“老程，干吗呢？”

“还有一半病房没看。”程易安语罢快速出门，他方才调解完矛盾就直接回了办公室，将查房的事情忘得一干二净。

多数患者麻药已经过了，家属也都从各地赶来陪护。程易安一间间地看过，细细交代术后注意事项。他当晚一直在医院待到了十一点多，交完班以后开车回了家。

程易安一直想着从家里搬出来，他经常三更半夜回家，要不就是三更半夜被叫走，住在家里多有不便。更何况医院离老宅太远，路上顺畅都要开二十分钟，不如新房来去方便。

次日轮休，程易安吃完午饭后就拎了随身的衣服去了新房打扫。他路过楚清家楼下的时候抬头看了一眼，阳台上飘着一件他没见过的格子衬衫，还有男士牛仔裤。

他又想到了前几天在阳县听护士们闲聊得来的“妙招”，说是女孩子头发出油严重的话用某款男士洗发露效果极好。

这么一来楚清家中的所有男士用品都有了合理的解释，程易安如今除了怨自己嘴笨，一点儿招数都没有。这臭脾气生生将人给作走了，约饭都约不着。

程易安到了自己家楼下的时候，单元门里突然蹿出了一条狗，黑白二色的，直往他身上扑。程易安僵着身子，屏住呼吸不敢动。

今日阳光很好，照得空气中飞舞的狗毛格外显眼。

“噗噗，噗噗……”很快，单元门里出来一个老奶奶，手里拿着条粉色的狗绳，到处找狗。

这狗也机灵，看见主人出来了当即就从程易安身上下来，躲到灌木丛里去了。

程易安冲老奶奶挥了挥手示意，随后从灌木丛里将狗拖出来。他固定着狗子的前爪，让老奶奶给它系好了牵引绳。

“绳子松了，我还没来得及拴就跑了……”老奶奶往狗屁股上踹了一脚，没使劲儿。她这才注意到跟前的程易安，高高帅帅，一表人才……

“孩子啊，你有对象了吗？你住这儿啊，还是你父母住这儿？”

程易安有些吃惊，竟然不知道如今随便从路上拽一个人就能说媒。

“我住这儿，我女朋友……也住这儿。”

老奶奶似是有些遗憾，应了两声以后牵着狗往花园里走，边走还边嘟囔，约莫是家中的孙女儿老大不小了还单身，有些着急。

程易安回身上楼，一出电梯，就看见自己家对面里头全是穿着工作服的工人，叮叮当当，也不知道在做什么。

见程易安掏出钥匙开门，其中一个小哥像是瞧见了商机，殷勤道：“兄弟，赶紧看看你家漏没漏……”

程易安一愣，进门一看，又默默地退了出来。

那小哥靠在走廊里等他，瞧程易安一脸凝重地出来，咧嘴嘿嘿一笑：“漏了吧？”

“嗯……”

“楼上那户出门四个月没关水，你这儿不常住吧？没事儿，等我们修完隔壁就给你修。”

小哥利落地从口袋里掏出维修表，边记录边冲着门里的几个弟兄嚷嚷：“1501 修完了去隔壁 1502 啊！”

程易安拎着行李箱跑去了姚宇成家，今早出来的时候他跟程易笙说了这些天不回去，程易笙当即就让阿姨将程易安房间的床给拆了。他那床得补漆，要不然天暖了得生蚂蚁。

敲开门以后，姚宇成睡眼惺忪地站在门口问他：“你干吗啊你？”

“借你家住两天。”程易安说完就要进去，没想到被姚宇成挡在门外。

姚宇成关上大门将他拉到旁边，问道：“你没地方去？”

“嗯。”程易安点点头，“借你家住几天，等林襄回来了我就走。”

“没地方去你找我？”

程易安皱了皱眉，没觉得有什么不妥。林襄这几天不在家，而且姚宇成家有现成的客房。两个人每天去医院的路上还能做伴儿，最重要的是姚宇成会做饭。

“我家是绝对不可能给你住的，你自己想想这附近的，还有谁家能住。”姚宇成朝他抛了个媚眼，“你懂的。”

程易安眉头还是紧锁着，觉得不妥。

姚宇成看他这苦大仇深的样子接着开导他：“你知道我们科副主任是怎么找到老婆的吗？死皮赖脸在他女朋友家门口蹲了两天。你知道妇产科的老刘当初是怎么结的婚吗？你再想想骨科的老杨……”

“女朋友都没有这脸要了干吗使啊？能当右手用还是咋的？”姚宇成说罢按了电梯的开门键将程易安往里头推，“你用你的脑袋瓜融会贯通地想一想，小姚老师就告诉你一个中心思想——脸这种东西没有媳妇重要……行了行了，走吧。”

电梯门缓缓关上，程易安抬手摸了摸脸颊，一出电梯就往楚清家跑。进单元门，乘电梯，出电梯，敲门……

程易安一手握拳，一手紧紧握着行李箱的把手，手心沁出了冷汗。

敲了两次没人开，程易安突然冷静下来，就像是跑完一千米以后被人泼了一头凉水，清醒万分。

冲动往往是一瞬的，那一瞬间的冲动结束以后，之前是怎么㞞的还是怎么㞞的。

他拖着行李箱开车去了蒋睿的酒吧，让蒋睿在楼上开了间客房。

蒋睿陪他去客房的时候听他说了刚才的经历笑得不行，难得冲动了一次人姑娘还不在家，他这囧样够蒋睿笑一年的了。

“哎哎，兄弟，等会儿，特殊服务需要吗？”蒋睿撑着门框跟他开玩笑。

正巧后头路过一个服务员，穿着西装领带的一看就是楼下的酒保。他颇为正经地冲程易安点头致意，随后道：“先生，我们这是正经酒吧。”

程易安难得开了句玩笑：“听见没有，你们员工说了，正经酒吧。”

蒋睿甩了甩头发，给他支损招儿：“我让赵思凡把那小楚约过来呗？给她灌上两杯，到时候你给她告白，保准抱着你边哭边吐边答应。”

“去你的。”程易安皱着眉赶他走，“我刚才看见有人在楼下打听你，你赶紧去看看。”

蒋睿捂着嘴，故作夸张道：“一定是情债，我得赶紧找个地方躲一躲。”

蒋睿说完就下了楼，没想到刚一到大厅，就真遇见了个找他的姑娘。

楚清瞪着个大眼睛往里头张望，像是他这地界有毒一样，半步都不敢踏进来。

“小美女，有什么可以帮你的吗？”蒋睿走进一看，这姑娘面熟啊……

“你好，我们想做一个 M 市酒吧的合集测评，赵思凡赵总说是直接找你们蒋总。”楚清身上套着件厚厚的面包服，还裹着围巾，说话的时候将围巾往下拽了拽，露出整张脸来。

蒋睿这才将人认了出来："小楚吧！"他心里感叹这是什么运气，刚说完曹操，曹操就送上门来了。他现在恨不得立刻就将楚清送到楼上跟程易安好好掰扯掰扯清楚，说不定十个月以后他干儿子都有了。

楚清眨了眨眼睛，问道："您是？"

"我，蒋睿，就那个温泉度假村！还记得吗？"酒吧灯光昏暗，蒋睿连忙打开手机闪光灯往自己脸上照，"你说说你这衣服一穿我差点儿都没认得出你……"

"啊不是，你瞧我这张嘴……我是说你，你羽绒服好看！"他跟大老爷们待久了嘴里没遮没拦的，连忙往回找补，幸好楚清方才没听清他说了什么。

"啊，谢谢，那采访……"

"你随便看，有问题就问我。"蒋睿给她递了杯白开水过去，"这事儿我老早就听赵思凡提过，没想到把你给派来了，你说说……"

"你们这儿还没营业呢？"楚清左右看了看，酒吧里除了打扫的小哥以外一个客人都没有。

"下午七点营业，晚上八九点人比较多，你看你要不进来坐会儿，我让他们给你……"

"不用、不用、不用！"楚清连忙拒绝，"那我晚上再来，正好把摄影师带过来拍照。"

"要我说外面也挺冷的，要不我让人去接摄影师，你就……"蒋睿还想着帮程易安把人留下。

"真不用，我回趟公司。那个……蒋总回见啊！"楚清说完将围巾往上一扯，盖住脸，扭头就跑了。她跟这人也不熟啊，怎么热情得跟古代剧里的某不可明说的职业一样。

楚清晚上八点半和赵哲成约在了酒吧楼下，两个人会合以后上楼。赵哲成今日穿得格外扎眼，红色卫衣，牛仔裤上还挂着个莫名其妙的金属链子，一看就是不良少年的模样。

“你就穿这个去酒吧？”赵哲成不可置信地看着楚清的运动裤。

楚清撇撇嘴，还嫌弃起她了……

一进去，赵哲成撂下一句分头行动有事儿给他打电话就跑得没影儿了。

楚清走到吧台坐下，翻了翻酒单，字儿是都认识，连起来是一个都没看懂。

这酒吧不像电视里演得一样那么吵，台上坐着个民谣歌手，胡子拉碴大烟嗓，听起来倒是挺沧桑挺颓废的……

酒吧里侧是沙发卡座，边儿上是吧台。这个点确实人挺多的，可也多是三五结伴来的，没瞧见几个落单的。

楚清随意地在酒单上指了个名字挺好听的酒，看起来也粉粉的……

很快，调酒师将酒推到楚清面前。三角鸡尾酒杯上戳着半片柠檬，酒里冒着泡泡，看起来应该挺好喝的。

楚清低头抿了一小口，皱起了眉头。她先前听说鸡尾酒是酸甜的，这么一尝还是有酒味儿的，酒味儿还不轻。

“美女，一个人来的？”突然走过来一个男人，自以为很有魅力地靠在吧台上。殊不知上衣太短，肚子上的肥肉都露出来了。

楚清下意识起身，退到了椅子后面，还顺便把自己的酒往后拖用手心盖住。她听说有人会在酒里下药，然后把女生弄晕扛走。

远处的程易安看见她后退还不忘拿着酒，有些哭笑不得。

“交个朋友，我请你喝酒，草莓味儿的。”那男人说着让调酒师拿了杯酒来。

酒还没递到楚清跟前，两人之间伸出只手来将酒推远。

程易安走过去面对楚清，将身后的男人隔开。他将手里的酒杯举到楚清嘴边，将头凑近她，声音里略带了些哄骗的意味：“我的酒是巧克力味儿的。”

楚清听见“巧克力”三个字下意识地咽了咽口水，她瞟了眼杯子里的酒，看起来十分诱人。

程易安注意到她咽口水的小动作，闷声笑了笑。随后，他将脑袋凑得更近，一手撑在桌子上，俨然一副调情的模样。

身后的男人十分识趣地离开，还带走了那杯草莓味的酒。

楚清看他这副样子心里的第一个念头就是他喝了假酒，而且还喝了不少。

“你怎么在这儿？”楚清将他手里的酒杯推开，“医院的事情结束了？”

楚清那天晚上看到了本地新闻，想来程易安提早从度假村离开是因为这个。

程易安不想多谈那天的事情，他又将酒杯递回到楚清唇边：“尝尝，真的是巧克力味儿的。”见楚清要用手来接，他紧握着杯子不放手。

楚清无奈，只得就着他的手抿了一口。葡萄酒的酸甜混着巧克力独有的香气，香甜而又不厚重，十分清爽。她的双眸亮了亮，惊喜道：“真的是巧克力味儿的！”

程易安失笑，将酒杯递给了楚清，嘱咐道：“少喝点儿。”

随后，他将人带去了里间的卡座。

蒋睿见他们过来立马起身离开，走的时候还给程易安使了眼色，让他抓紧机会。

楚清一边小口抿着酒，一边盯着旁边的程易安。他手里拿着杯洋酒，也不知喝了多少，脖子都红了。

见楚清盯着自己看，程易安突然勾着嘴角笑了，他动了动嘴。

楚清没听见他说什么，将头凑近了一点儿：“你说什么？”

“盯着我做什么？好看吗？”程易安往前挪了挪，下巴直接倚到了楚清的肩头，酒气冲天直往她的脸上扑。

楚清浑身汗毛都起来了，连忙将人推开：“你喝醉了……”

“嗯……没醉。”程易安摇摇头，将杯子里的酒一饮而尽。

楚清见他又要拿酒瓶子倒酒，连忙抢过那小半瓶洋酒藏到身后：“别喝了，回去吧。”

程易安咂了咂嘴，将杯子丢到一边，他用手指了指天花板道：“没事儿，我就住、住楼……”

远处的蒋睿一直注意着这两个人的动向，一看势头不对，连忙以百米冲刺的速度跑到程易安边上：“他家就……就在医院旁边的那个小区……”

楚清眨了眨眼：“你这儿不是有客房吗？”她记得刚才进来的时候看见门口挂着客房的收费标准。

蒋睿被她问得一愣，很快反应过来：“没了，满房了！你也知道，酒吧嘛……大晚上的醉汉多，我哪儿还有地方给他住。”

“那要不你送他？”楚清无奈地推了推旁边的程易安，示意自己实在是弄不动一个一米八几的男人。

蒋睿摊着双手，十分无奈：“我走不开啊，我得盯着，万一他们哪个违法乱纪打起来了你说是吧？”

“蒋总啊，我……”

蒋睿随手拽了个扫地的小哥，将口袋里的车钥匙塞给他：“这样，我让他给你们送回去。”

那扫地的小哥一抬头瞧见楚清肩头上的程易安：“这位客人不是住……”

“住你家附近对吧！啊？”蒋睿瞪着那扫地小哥，一副他要是敢说个不字儿就炒了他的模样。

“啊……对对对。”扫地小哥贴近蒋睿的耳朵，“哥，我家在哪儿啊？”

“闭嘴……”蒋睿咬牙切齿道，“去，帮着将人扶走。”

楚清和扫地小哥一块儿架着程易安起身，程易安睁着眼睛，嘴里嘟囔着没醉，要上楼睡觉。

蒋睿恨不得把这祖宗的嘴给堵上，他突然想到了程易安口袋里那张房卡，不动声色地绕到三个人后面，从屁股兜里将房卡转移到自己口袋里。

楚清扶着程易安出了酒吧，程易安不愿让那小哥碰，扫地小哥就只能默默走在两个人旁边。

好在程易安酒品还算是好，除了脚步虚浮以外也就是偶尔嘟囔两句废话。

不得不说睡着了的程易安比平时要可爱多了，带着一股子独特的少年感，时不时瞪着个大眼睛到处张望。

扫地小哥将他们送到了小区门口，楚清扶着程易安进去，路上找了个长椅坐了下来。

“嘿，你家住哪儿啊？”楚清拍了拍程易安的脸颊问道。

程易安迷迷糊糊地睁开眼，看了看四周的环境：“1502……”

“哪栋？”

“二班。”

楚清皱着眉头，又问了一遍，得到的回答还是二班。

高三二班一号，高三二班五十二号。

这小区一共十六栋楼，那应该就是二号楼。

楚清将人扶着往二号楼去，刚进了单元门就听见不远处熟悉的狗叫声。

“噗噗？”她试着叫了一声。

随后，公司楼下卖米糕的奶奶牵着狗匆匆从花园里过来。

“小楚啊……”

“哎，王奶奶。”楚清将程易安扶到墙边。这人喝得跟烂泥一样，双手扒着她的肩膀就是不肯老实站好。

“你这是……”王奶奶看见她身上趴着个男人，笑得眼睛都细了，“这是男朋友吧！你这丫头也不告诉我，我昨日还看见个帅小伙儿，还想着给你……”

“哎？”王奶奶歪着头盯着程易安看，觉得他有些面熟，“噗噗啊，你看看这是不是早上的那个……”

“汪！”那狗机灵得很，围着程易安左跳右蹦的。

“我早晨遇见他了，我问他你有没有女朋友啊，他跟我说有，也住这小区。”王奶奶冲着楚清笑，“你俩什么时候的事儿啊？”

楚清连忙摇头：“没有，没有的事儿……”

“别走，别走……”程易安突然双手收紧，搂着楚清的脖子不松。

王奶奶瞧着两个人感情好，拖着狗就走了：“小楚啊，这大晚上的你们要闹回家闹啊，听见没有？”

楚清僵着笑脸，这话答应也不是，不应也不是……

好不容易将人拖到了家门口，楚清将程易安扶到电梯口的脚凳上坐着。她蹲在程易安旁边，问道：“你钥匙呢？”

程易安眯着眼睛，伸手捏捏楚清的脸，又摸摸她的耳垂，就是不说话。

“钥匙，家门钥匙。”楚清又问了一遍。

程易安这才听懂了，他茫然地摇摇头：“没有。”

“没有？”楚清伸手去摸他的外套口袋，“你是喝了多少……我是谁你还知道吗？”

“楚清……”程易安说罢又用手去戳她的脸，嘴里重复念着楚清的名字。

“行了行了，烦死了，碎嘴。”楚清叉着腰站在原地，上衣口袋里确实没摸到钥匙。

她慢慢将目光转移到程易安牛仔裤口袋，在确定程易安醉得神志不清以后，她缓缓伸出了右手……

程易安坐在凳子上，裤子口袋不方便摸。

楚清咬着嘴唇，哆哆嗦嗦地将手伸到他右侧插袋旁边。哪知道这人突然往旁边一倒……她触到了一个软乎乎的东西。

楚清连忙将手抽回，她丧着脸都快哭了。早知道就应该将人丢在酒吧自己走，反正是他朋友的地界，不怕他被人拐了去。

屏气呼吸又来了一次，这回除了大腿的软肉什么都没摸到。

"出门不带钥匙，成心的吧……"楚清没好气地踹了他一脚。

听见程易安闷哼一声，以为是自己劲儿使大了，她连忙蹲下身子去捞他的裤腿看有没有踢坏。

这时，电梯门开了。隔壁1501的业主看见一男一女在楼道里坐着似乎是在调情，连忙捂住怀里小孩儿的眼睛。

"大晚上的做什么哦！"1501的大哥快步走到家门口开门进去，关门的声音震得程易安一个哆嗦。

楚清眯着眼睛，察觉到了什么，那大哥开门没用钥匙。

她连忙将身上的人形挂件撇开，然后走到了门口一看，他家装的是指纹锁。

拖着程易安到了门口，楚清抓过他的右手食指往上一按……开了。

楚清十分得意地打开门，被眼前的场景吓到了。地上堆着地板和水泥，一片狼藉。她探头看了一眼，这怎么看都不像是能住人的地方。

"逗我呢？"楚清暗骂了一句，随后将大门关上，又拖着程易安下楼。

深夜，她扶着一个男人在小区里游荡，引来了巡逻保安的侧目。她看见保安的时候仿佛看见了救星，她当即冲保安招手询问是否能帮忙。

两个好心的保安大哥架着程易安健步如飞，将人丢进电梯以后同楚清敬礼告别。

"去哪儿？"程易安突然站直了，揉了揉眼睛开口问道。

"我家。"楚清见他终于清醒了一点儿，甚感欣慰，"你好点了吗？"

程易安揉了揉脑袋，回答："还好……"跟着楚清出了电梯，进了门，他径直走到沙发上坐着。

楚清倒了蜂蜜水回来，瞧见他这衣衫不整的样子吓得不轻。

程易安解开了衬衣的大半纽扣，大大咧咧地躺着，连皮带都抽了。

"喝点儿蜂蜜水。"确定程易安不该露的地方没露出来，楚清才敢坐过去将水杯送到程易安嘴边。

程易安呼吸粗重，看起来难受得很。他低头喝了一口蜂蜜水，随后眉头紧锁：“甜……”

楚清笑了一声，拆他的台：“你不是喜欢吃甜的吗？”

下一秒，手中的蜂蜜水被人抢走。

楚清被程易安压在沙发上，眼前的人衬衫纽扣只扣了最下面三个，露出胸前的大片肌肉。

她此刻有些呼吸不稳，耳边除了心脏的咚咚声就剩下了程易安的呼吸声。

楚清愣了半分钟，意识才渐渐回笼。她轻轻地推了推程易安的肩膀，红着脸道：“你干吗啊……”

“你干吗啊……”楚清这话说完以后恨不得将自己的嘴缝起来，这话没有半分自己想象中的硬气，入耳满满都是撒娇的意味，甚至还带上了几分欲迎还拒。

程易安此刻双眼发红，他本身酒量就不是很好，喝两口就上头。这会儿整个人热成了火球似的，呼出的热气烫得楚清忍不住后缩。

楚清抿着嘴，见他缓缓将头凑近。

和上回泡温泉时的猴急不同，这次喝醉了的人反而温柔了不少，动作跟调了 0.5 倍速一样慢。

唇瓣相贴的时候，她闭了眼。

蜂蜜水的清甜混杂着洋酒的味道，说不上好闻，却又不令人反感。

楚清这会儿晕晕乎乎地有点喘不上气来，伸出手想揽住程易安的腰，在空中挥了两下却扑了个空。

程易安亲完以后撒开手，又重新躺回了沙发上，眼睛一闭，进入梦乡。

楚清睁眼瞧见他睡过去了，气得恨不得将人扔出去，合着就是过过嘴瘾，亲完就不认人了。

面红耳赤的楚清坐在沙发上深呼吸，撩人撩一半就跑，她今天可算是长见识了。

她冷静了一会儿，起身去里头抱了被子出来给程易安盖上，怕他夜里冻着又开了空调。

楚清洗漱完躺在床上翻腾了半天都没睡着。她每隔半个小时就出去瞧一眼沙发上的人有没有踢被子，宛如一个操心儿子的老母亲。

第八次出房间的时候天已经蒙蒙亮了，楚清先是去了厕所，随后进书房找了本小说催眠。等她再绕到客厅的时候，沙发上已经空了，上前摸了摸被子，还是温热的。

楚清坐在沙发上，抱着膝盖发呆。八年前自己一声不吭地转学了，如今八年以后，程易安好的没学着，这不说一声就跑倒是学了个十成十。她也不好怨人家，坏毛病打自己这儿来的，哭都没处哭去。

楚清这回连电话都不愿意给他打了，程易安每次对她好几天又冷她几天，跟打摆子一样忽冷忽热的，弄得她干什么都提不起劲儿。

“干吗呢？”程易安迷迷糊糊地看见沙发上坐着一人，吓得觉都醒了。

楚清也被吓得不轻，赶忙低头将眼泪抹掉：“你走路怎么没声音的……”

程易安耳朵尖，一听就知道楚清哭过了。他小步走到沙发边上，一手托着楚清的腿弯，一手揽着腰将人抱到腿上坐着。

“以为我走了？”程易安刚睡醒，声音有些哑，还带着鼻音。

“没有，我、我起来上个厕所。”楚清撇过头去不看他，“你放我下来，我去睡觉。”

程易安抱着她没撒手，直接抱着楚清起身。

“你干吗！”楚清身体突然腾空，下意识地将程易安搂紧。

程易安没答，径直往楚清房里走。将人放在床上用被子捂好以后，他站在床边没动。

“你还站在这儿做什么？”楚清将被子拉到了脸上，只留一双眼睛在外面扑闪。

“腰疼。”程易安静静地站在床边，像是在等待什么。

楚清瞪大了眼睛，故作震惊道：“你怎么了？”

程易安随手抄起一个毛绒玩具就往楚清脸上丢，解释道：“沙发太软了，睡着不舒服。”

楚清将被子抱紧，伸出一只手来指了指门口，给他建议：“要不你回去睡？反正也不远，两分钟就到了。”

程易安见她成心不搭话茬也没辙了，原本已经拔脚想出去了，突然脑子里响起了两个损友反复交代他的话：找女朋友得不要脸。

他咬咬牙下了决心，没给楚清反应的时间，弯腰掀开她的被子钻了进去。躺好后，他还将人往那侧赶了赶，硬是抢了半个枕头过来枕着。

楚清半张着嘴说不出话来，这酒壮尿人胆还真不是说笑，依她看程易安在酒吧喝的那酒怕是叫熊心豹子胆，方才的强吻还不算，如今居然还强……强硬地爬上了她的床。

程易安见她没有什么特别的反应，觉得长征两万五已经走过了一半。他又缓缓伸出了右手，将手从楚清的脖子下面穿过去将人搂住。

楚清还是瞪着眼睛不语，除了震惊以外她还想看看这人最出格儿能干出什么事情来。

随后，程易安的目光缓缓从楚清的脸上下移……

楚清略有些紧张，她咽了咽口水，眼睁睁看着程易安伸出手，往她的胸口探去。

“不、不了吧？我觉得有点……”

正当她准备制止的时候，程易安的手已经离开了，指尖捏着一根头发丝儿，问她：“有纸巾吗？”

楚清白了他一眼，揪过那根煞风景的头发丝儿随意地丢到旁边去。

“你觉得什么？”

楚清僵笑了一声："没、没什么……"

程易安点点头，手里把玩着楚清床头的毛绒玩具。

"你不困吗？"楚清看了眼时间，都快五点了。那个木头不知道哪儿来的精神劲儿，一双眼睛瞪着她瞧，就是不睡觉。

程易安摇摇头，他此刻清醒得很。而且一会儿也该起了，闭眼养养精神就行。

楚清又打了个哈欠，跟他商量："那你别盯着我了，我想睡觉。"

那木头默默翻了个身，改盯天花板了。

楚清将头靠在他肩上，寻着舒适的位置，脑门儿突然硌着个东西，她皱着眉伸手在程易安胸前四处摸。

程易安往后缩了缩，手捂着胸口，那委屈的动作显得楚清好像是强抢民女一样。

顺着他脖子上的红绳，楚清抽出个坠子来。她看清楚那坠子后，趴在程易安肩头不动了。

木雕的小玩意儿被他贴身戴了这么些年乍一看像是个老物件了，油油亮亮的挺唬人，跟盘出了包浆似的。

"你一直戴着？"楚清心里酸酸的不是滋味儿。

见楚清眼眶红了又要哭，程易安一把将坠子抢下来塞进衣裳里："习惯了，摘了总觉得少了点儿什么。"

楚清刚走的时候，程易安将坠子贴身戴着，总觉得是个念想。后来念大学忙起来了不小心丢过一次，那几天他始终魂不守舍的，在实验室的时候把化学试剂洒了一手。

姚宇成觉着程易安的魂儿在那坠子里，摸黑寻了好些个教室把坠子找回来了。他怕要是找不回来，哪天程易安非得把实验室给炸了。

楚清咬着下嘴唇，支支吾吾道："我、我高考那天去学校了……"

她那年没考，高考那几天特地赶回了 M 市，在学校门口从早蹲到晚，眼睛都看酸了都没看见程易安。

程易安不知道说她什么好，伸手给她抹了抹眼泪，叹了口气道："高考不在本校考。"

"我不是第二年才知道的嘛……"楚清觉得委屈，"我待了一天呢，还被无数个家长问了是不是不会写提前交卷了。"

程易安拍着她的后背，楚清虽然看起来瘦，摸起来肉乎乎的，后背连骨头都摸不着。

楚清："你还记得我晚上带你回来的时候遇见谁了吗？"

程易安有些茫然，他完全不记得自己是怎么到楚清家来的，方才睁眼的时候还以为是在酒店，转了好几圈才确定这是楚清家。

"某个牵哈士奇的奶奶……"楚清接着提示道。

程易安此刻脑子飞速运转，将早上自己和那个老太太的对话全部过了一遍，找到了问题所在。

"她说要给我介绍女朋友，我告诉她女朋友跟我住一个小区。"

楚清憋着笑："哦？"

程易安一本正经地点点头："10 栋 801，我女朋友。"

"谁是你女朋友！"

"谁抱着我谁就是我女朋友。"

第八章

跟我回家过年

QIAOQIAO GAOSU NI , WO HAO XIHUAN NI

程易安这话说完后楚清立马挣扎着往后缩，他紧了紧手臂，用被子将人死死裹住，不让她动：“别冻着。”

楚清气呼呼地瞪着他，整个人被裹成了木乃伊觉得气儿都喘不匀了：“你老实说，昨天晚上是不是你策划好的！”

先是让蒋睿找赵思凡把自己骗来，然后他喝醉赖着楚清不走，抑或他根本就没醉，装来着……

程易安突然怔了一下，随后清了清嗓子道：“我房子漏水，本来打算住蒋睿那边的，没想到你把我带回来了。”

这事儿还要归功于蒋睿，要不是他偷了程易安的房卡还给他打包送给了楚清，估计程易安这漂亮媳妇也没这么快追到。

“这么说跟你一点儿关系都没有？”楚清微微抬高音量。

程易安连忙担保：“没有。”

楚清眼睛瞪得更大了，跟黑猫警长似的：“你的意思是没有今天这一出你就不打算找我了？”

听完这话程易安愣半天，他觉得跟女生说话真是门艺术，以后得好好学习……他永远都不知道楚清哪句话里头有坑，而且还是连环坑。

“是不是你电话响了？”楚清隐隐约约听见手机振动的声音。

程易安凝神听了听，他倒是什么都没听着。

“嘿嘿……”楚清突然笑了两声，“你终于有东西不如我了！”

“行了，睡吧。”程易安起身出去找手机，下床的时候也没忘给她盖好被子。

出去不过一分钟，程易安匆匆忙忙地进来：“你好好睡觉，医院有点事儿。”

楚清一听，立刻挥挥手让他赶紧走：“衣服穿好，外面冷。”

程易安赶到医院的时候人已经推进手术室了，这个患者他印象特别深，六十八岁的老太太，出车祸的时候在一辆大巴车上。

昨日手术完了以后只有一个大女儿陪在身边，老太太嘴里念叨的老伴儿和儿子连个人影都没见着。

“什么情况？”程易安前天晚上回去的时候还特地去看过她的情况，并没有异常。

昨天值班的医生冷着脸坐在办公桌前，手里搅和着一盒凉掉的三鲜面：“他儿子昨天下午过来了，闹着要给老太太办出院。你说说老太太那情况能出院吗？被我和梁瑶挡回去了。我晚上查房的时候人还在呢，睡一觉起来上厕所就看见群里说人不见了，找了半天都没找着……”

梁瑶将手里的手机一丢，气儿不打一处来：“那浑蛋找了几个人把老太太抬走了，夜里四点多钟又背急诊去了，说老太太快不行了。”

程易安脱了外套，穿上了白大褂，扣扣子的工夫，门口护士站的护士进来送材料。

护士听见他们在聊那老太太，说道：“人家儿子说了，没钱在我们这儿治，要回县城治。老太太的手术费医药费全是她大女儿给的。”

“昨日老太太醒了以后还念叨呢，儿子忙，这回来M市是给儿子送土特产的，全程不提她闺女。”

“那他昨天还给背回来？”一谈到八卦一个个的都过来了，隔壁办公室的医生也凑过来听。

“老太太去了吃谁的养老金啊，就他那表、那车，还真是他自己赚来的怎的？”梁瑶瞪着眼睛嚷嚷，脚下的细高跟踩在地板上响得刺耳。

“行了。”程易安皱着眉头打断他们，一个个的八卦起来就没完了，给病人看见了不像样。

他起身去了趟手术室，在手术室外正巧碰见了病人的家属。瘦高个儿的男的嘴里叼着烟，跷了个二郎腿坐在椅子上打游戏，嘴里还骂骂咧咧的。

“不好意思，医院禁烟。”程易安进去之前提醒他。

那人头都没抬，手里乱七八糟按了一通，然后屏幕灰了。

“二郎腿”十分不悦地抬头看了眼程易安，将烟卷丢到地上踩灭，还吐了口唾沫。

程易安冷着脸没再管他，进了手术室。

“刘师兄。”他打了个招呼在一旁观摩。病人的状态很差，病危通知书已经下了一次了。

两个小时后，宣布抢救无效。

程易安跟着刘荣后头出去，“二郎腿”又开了另一局游戏，烟倒是没再抽，改嗑瓜子了，瓜子壳吐得满地都是。

刘荣还是头一次见这种家属，到嘴边的话都说不出来，他咳嗽了两声，见“二郎腿”抬了头才鞠躬：“我们尽力了。”

“二郎腿”将瓜子壳一吐，瞪着一双三角眼：“你说什么？”

“去见最后一面吧……”

“去你的……”“二郎腿”起身揪着刘荣的衣领，还没忘手里的游戏，他将手机塞到一个护士手里，“帮我玩会儿。”

“三个小时的手术，你说抢救无效就无效了？”“二郎腿”突然瞟见了程易安，“怎么他一进去就无效了啊！”

刘荣将程易安往后挡了挡：“这是我师弟，进去观摩的。”

“我怎么知道你们是不是拿我妈给这小白脸练手的？”“二郎腿”抢过护士手里的手机开始打电话，斜着眼睛指了指刘荣、程易安二人，“我跟你们讲，你们一个都跑不了……”

“手术室有录像，你有疑问的话可以申请调查。”

刘荣示意程易安先走，后者刚走了两步就被“二郎腿”给揪住了：“别跑，给我看看你叫什么，我回头找你们主任去。”

程易安皱着眉盯着他那双嗑完瓜子没洗的手，主动将胸牌举到他面前：“程易安。”

“二郎腿”松了手，眯着眼睛打量了两眼。

程易安不悦地掸了掸方才被“二郎腿”揪过的衣袖，径直往办公室走。还没到办公室就听见了里面吵架的声音，就数梁瑶的嗓门最大。

“老太太恢复得很好，昨天你妹妹还进去探视了。”

“我说了不治了，你让人把管子拔了吧。”为首的是一个中年男人，矮矮胖胖，身后跟着两个女人，一个捂着脸哭，另一个双手插兜，一副漠不关己的样子。

捂着脸哭的那个女人，程易安记得，前天她在急诊抓着主任的手下跪，求他一定要救活老太太。

“李兰英的家属？”程易安换了身干净的白大褂过去。

“这是她儿子说是ICU住不起，让拔管子的。”梁瑶冷着脸解释。她这几天奇葩遇多了，显然是看淡了不少，有气无力的。

程易安点点头，随后面向那一男二女解释道：“李兰英的手术是我们主任亲自做的，很成功，术后好好恢复其实是很有可能恢复的，而且……”

“我不管成不成功，重症监护病房四千块一晚，找个小姐都用不了这么多钱！”那男人言语粗鲁，实在是不堪入耳。

“你找个小姐能给你妈治病啊！”梁瑶瞟了一眼旁边的女人，嗤笑道，“你丈夫还挺懂行，常去吧？”

程易安还想要跟男人解释病情，李兰英是这回神外进来的几个病人中最有希望完全恢复的，而且住ICU最多再有两天就能转普通病房了，现在拔管子实在是不妥。

“你说得倒轻巧，转入普通病房得接着挂水吧？出院以后得吃药吧？得复查吧？你们医院就是个无底洞，进来了不给我掏空了能放我们走？”那男人叉着腰，油盐不进的模样实在是看得人来气。

两方僵持不下，程易安好话说尽，对方还是坚持终止治疗。

程易安叹了口气，缓缓开口：“要不然……”

“你给我闭嘴！”梁瑶直接将程易安的话堵了回去，指使另外一个医生把程易安带走。

当时研究生实习的时候也是他们三个人在一个科室，程易安那时候生老病死还见得不多，心肠太软。他帮着一个新生儿交了手术费，孩子手术成功出院以后，过了几天那孩子的父母居然给他打电话说是没钱买奶粉了。

梁瑶怕他方才这么一开口，下辈子不光是得给老太太养老送终，连带着老太太的这一家子都得赖上他。

梁瑶的父亲以前是二院的院长，从小在医院长大，这种事儿见得多了，知道再劝也没用。她对着那男的说道：“你自己考虑好了就去签字，但是我们的话已经说得很明白了，老太太现在情况很好，有希望恢复成原来的样子。而且你母亲也才六十岁，年纪不算很大，平时身体也硬朗……”

话已至此，医生办公室里的人都噤了声。舍不得给家人看病的人他们见得多了，能提出拔管子的多半是铁了心了，他们外人费再多口舌也没用。

那男人带着老婆转身走了，剩下老太太的女儿还坐在办公室的椅子上哭。

梁瑶给女人拿了纸巾擦眼泪，她不擅长安慰，只能拍了拍女人的肩膀。

“医、医生……要是给、给治，一共大概要多少钱？”那女人突然抬了头，眼眶通红，嘴唇微微哆嗦着。

梁瑶比了个数字，女人刚刚平复下来的情绪又崩溃了。

“我一个人带孩子，实在、实在是……”她起身给梁瑶鞠了一躬，然后捂着嘴出门。

梁瑶关了办公室的门，扭头看见沙发上坐着的程易安就觉得气：“程医生，你是家里有矿啊？见一个帮一个，娶媳妇儿不用钱的？”

程易安双手覆在脸上不答，旁边的医生一听来劲了，问道：“程医生什么时候有女朋友了？”

“你问大姚去。”梁瑶不愿多说。她上回和姚宇成在急诊值班的时候听完了程易安和那女孩子的事情，那叫一个瞠目结舌。

果然男朋友还是要早点就开始物色，又长情又靠谱。梁瑶那次听姚宇成说完后恨不得把手里的纱布塞他嘴里。

好歹他们三个人同学七年了，姚宇成一个字儿都没跟她说，害得她在程易安这棵歪脖子树上挂了这么久，错过了多少青年才俊。

“梁医生，八号床叫。”护士进来传话，梁瑶起身走了，还没忘嘱咐程易安下个月就情人节了，让他早做准备。

程易安平复了一下心情，回到了办公桌前坐着。楚清给他发了两条消息，问他医院的事情顺不顺利。

【程易安：嗯，你吃早饭了吗？】

医院的事情永远不能用顺利来概括，只有尽人事，听天命。

【楚清：吃了鸭！】

【程易安：鸭？】大早上起来吃鸭子？

【程易安：早上少吃油腻的。】

楚清收到消息以后笑了好久，寻了张表情包给程易安发过去——做加油状的唐老鸭，上面配字：今天也要加油鸭！

【楚清：“鸭”是最近流行的“语气词”。】

【程易安：好的“鸭”！】

临下班的时候，程易安去了趟 ICU，路过李兰英病房的时候看见里头站着个人。他凝神看清了里头的人，敲了敲玻璃示意她出来。

那女人出来后摘了口罩：“医生……”

“你兄弟不是说放弃治疗了吗？”

“我给治，前夫留了套房子，已经找了中介了。”女人吸了吸鼻子，下定决心道，“治好了我们娘仨过，没事儿……”

程易安抿着嘴，心中有些感慨：“中介价格不满意我可以帮忙，有任何事情去办公室找我。”

“哎，麻烦您。”

程易安从医院出来，想着先去趟蒋睿那边拿行李，然后回楚清家，他觉得楚清应该不会拒绝他暂住的请求。他的车也在蒋睿那儿，只能步行过去。

走到医院拐角的巷子口时，两个人拦住了程易安的去路。一个胖子二十来岁的模样，一个瘦高个儿长得跟羊驼一样脖子上黑乎乎地纹着文身。

程易安稍一打量心里就有了数，其中一个男人跟李兰英的大儿子长得很像。他看出来这两个是来找事儿的，站在原地没动，松了松骨头。

对方一看程易安这是挑衅，握着拳头就上了。

二打一，原本是碾压的局面，愣是被程易安一个从小学太极的人搅和得不占一点儿优势。程易安小时候就跟着爷爷练太极，大了些还练过散打。虽然很久没练了，可对付两个野路子还是没话说的。

那胖子只知道往程易安的方向跑，拳头还没出去就被程易安卸了力，拳拳都打在棉花上。

“羊驼”倒是像常打架的，出拳狠，还能躲程易安的招数。程易安回身挡胖子的工夫，嘴角挨了一拳，还挺狠，打出血了。

程易安用舌尖顶了顶腮帮子，解了大衣的纽扣，动作更利索些。胖子的肚子挨了程易安一拳，哀号的时候，“羊驼”抬眼瞧了他一眼。

程易安抓住机会，绕到身后往“羊驼”右腿一踹。“羊驼”一个踉跄没站稳，跪到了地上。

“集中注意力。”程易安淡淡地说道。

胖子一看就剩自己一个人了更慌了，双手呈拳击格斗状举在胸前，实则半步都不敢往前。

程易安秉承着你不打我我不打你的原则，站在原地等他调整心态。

“羊驼”挣扎着起来，往胖子腰上踹了一脚，骂道：“㞞货，上啊！”

胖子爆了句粗口，那架势十分唬人，脸上的横肉上下晃动。

程易安根本都懒得动手了，这胖子质量大惯性大。趁他快到跟前的时候，程易安往旁边一躲，随后抬腿往他后腰上一踹，人就摔到了花圃里。

程易安每一下都打在人身体最疼的地方，两个人龇牙咧嘴地却还没想着跑，着实是勇气可嘉。

没几分钟那两个人就没劲儿了，他们和程易安拉开了距离，喘了口气儿，随后一左一右一齐冲程易安跑过去。

程易安回身躲开一个，然后握住一人的手腕往后拧，另外一手也没闲着，抓住了另一人挥来的拳头。他脚都没抬呢，保安就带着警察过来了。说来也是巧了，警察去医院做完笔录出来就遇上打架斗殴的，一齐给带回了派出所。

程易安十分配合地将家属的手机号码给了警察，然后老老实实地有什么答什么。

“警察同志，这……这医生他打人啊！”听说程易安可以走了，那胖子李谋不干了，“医生打人！”

“医生怎么了，你们没打？”警察觉着有趣儿，监控一清二楚，他们先动的手，还是二打一。

“他是个医生，都快把我打散架了，我要找我大哥。”

正说着找大哥呢，李兰英的大儿子李勇骂骂咧咧地进来了，一看见程易安就怒目圆瞪，上来就揪他的领子。

程易安十分配合地起身给李勇揪着，他一进派出所就一副人畜无害的模样。

他那一米八几的大个儿跟看起来一百八十多斤的李勇一比，跟手无缚鸡之力差不多。

“放开，给我放开！”两个警察将李勇拉开，“这是派出所，还想打？”

“警察同志，这孙子教唆我妹妹给老太太治病！”

程易安一听差点儿没笑出声来，几个警察也是一样的反应，以为是李勇说秃噜嘴了，问道：“他没给你家老太太治病？”

“我要放弃治疗，他愣不让，不知道使了什么迷魂药，我那妹妹非得给老太太治……”李勇说起这个就来气，他儿子等着钱上学呢，这么一闹，老太太那房子就黄了。

二儿子李谋更急了，女朋友说了，没房子就不结婚。听李勇说完事情经过后，他立马从老家跑过来了。

“这事儿不归我们管……”旁边一个戴眼镜的警察十分无奈，这片儿两个医院都在他们的辖区内，一天天的什么都不管专处理医患关系了，不过打人的医生也还是头一回见。

楚清匆匆忙忙地进来，直往人堆里冲，看见里头程易安嘴边挂着彩，她跟那刺猬一样，满身的刺儿噌地就竖起来了。

“你不是挺会打架的吗？怎么弄成这个样子？”

程易安往墙边的椅子上一靠，在三个大汉中间显得十分柔弱的模样，皮肤白得晃眼，更衬得嘴角的伤骇人。

他眼皮微微耷拉着，像是在外头受了欺负的小奶狗，就差嘴里哼哼叽叽地要抱了。

程易安抬手试去嘴角的血迹，开口道：“他们两个人打我一个。”

楚清一听没控制住情绪，爆了句粗口。

那胖子李谋还在跟警察诉苦，说是程易安打人怎么怎么疼，就差躺着撒泼了。

楚清一瞧这不是碰瓷儿吗，撒泼谁不会啊！

“警察叔叔，你看看我男朋友那嘴，破了相了！这人哪里像是受伤了，一身的肉坐也得把我男朋友坐散架了，这两人就不是一个重量级的啊！”

警察被这两个人吵得头疼，让李谋闭嘴了以后又指了指程易安说道：“姑娘，你可别小看了你男朋友，一打二厉害着呢。”

一旁的李勇还跟警察唠叨着家里的那点儿破事儿，越说越激动。他死活咬着是程易安教唆妹妹给老太太继续治疗的，嚷嚷着医院就为了骗钱，ICU 一天就是四千多块，家底儿都被掏掉了。

楚清花了半分钟时间理解了一会儿，大概理清楚了来龙去脉，她皱着眉头问程易安：“你想救他妈？”

“嗯。”

“他不让你救他妈？”

程易安点点头。

“他有病吧……”楚清最近跟着林襄听了不少相声，愣是培养出了一口北方口音。

几个警察都低着头憋笑，戴眼镜的警察将文件递给楚清道：“签个字儿把你男朋友带走吧，这里没他什么事儿了。”

楚清签完名以后拉着程易安出门，嘴里还絮絮叨叨：“你们医院应该给他拉进黑名单，他以后要是有个大病小灾的也甭治了，反正他儿子也舍不得钱给他治……”

程易安在派出所里装得冷静，一到家就不行了，嘴角跟裂了一样，动弹不了，只能躺在沙发上哼哼。

楚清举着个手机电筒对着他嘴角照，还不敢动手去扒他的嘴，只能干着急问道：“牙没事儿吧？”

见程易安摇头以后，楚清去找了碘酒给他涂上。她看程易安外套胸前有些脏，也不知道有没有打着其他地方。

“没什么内伤吧？”楚清逮着机会了，在程易安胸前摸了两把，“这儿疼吗？这是胃吧？”

“这是肠子。”程易安靠在沙发上，也不反抗，楚清这熟了以后就显现的女流氓属性他已经见怪不怪了。

“这儿呢？不疼吧？我以前听说人家打架把脾脏打破了的……”

程易安将她的手拿开：“这是肾，你盼我点儿好……”哪儿都能坏，肾可不能坏。

“没事儿，大不了买点儿肾宝片。”楚清将他翻了个身，敲了两下后背，“真没事儿吧？”

程易安再三跟她保证了除了嘴角哪儿都没打着，楚清这才放下心来。她盯着程易安的脸看了一会儿，咂咂嘴道：“怎么就偏打脸呢……”

程易安气笑了，刚一咧嘴又疼得赶紧闭上：“嘶……”

“吹吹就不疼了，乖哦！”楚清笑着要给他去拿煮鸡蛋滚脸，刚起身就被他拽了回去。

程易安扬着脑袋，不知道为什么，楚清瞧他这表情有点贱兮兮的……可能是跟姚宇成待久了被传染的。

“做什么？”

“吹。”程易安从牙缝里挤了一个字儿出来。

楚清差点儿没从沙发上滚下去：“你多大人了？撒娇不管用。”

三岁的孩子念叨着呼呼就不痛了倒是可爱，这都快奔三的人了……

程易安姿势不变，紧紧攥着楚清的睡衣不松。

“行行行，呼呼。”楚清白了他一眼，然后凑近她们家三十岁的大宝宝，哄道，“呼呼就不痛了，下次还敢打架吗？我知道你还敢……”

她抬起头刚凑近了一点儿，程易安直接贴了上来。他嘴张不开，只能用另一边没伤着的唇瓣去蹭楚清。

楚清皱着眉头，将人推开。她噘着嘴吧嗒亲了他一口，然后用手背抹嘴，嫌弃道：“行了行了，你那一嘴的碘酒味儿……”

“叮咚！”

“你去开门。”楚清回厨房剥鸡蛋，听说得热着滚，冷了就没用了。

她在厨房听见那破锣嗓子就知道是姚宇成来了，楚清举着鸡蛋出去，被那一地的行李吓得不轻。

“大姚你这是……”

姚宇成踢了踢程易安的行李箱，解释道：“蒋睿送过来的，老程的行李。那什么，他不是没地方住了嘛……蒋睿说他那边装修还是拆迁，哎哟，反正就是也容不下他了。你要是不要就给丢天桥上，再写一牌儿‘亲一口十块钱’。”

“那个呢？”楚清见旁边还有一个大包，不知道是什么东西。

“那个啊……我们兄弟的一点心意。”庆祝二十多年的光棍终于找着女朋友了，哥儿几个都激动得很。

程易安见楚清想打开，赶忙上前一步将包裹往旁边踢了踢，制止道：“晚些再看。”

姚宇成笑了声，夸道：“要不怎么说老程这眼睛跟X光一样……”

“行了，走吧。”程易安将人往外赶。

“别啊，我这听说你被人打了……”

“可开心了吧？”楚清接话道。

“可不是！我放下手头堆积成山的‘奏折’就出来了。”

程易安将他往外头赶：“赶紧回去吧，姚公公。还有十分钟就换班了。”

姚宇成一听，扭头就跑：“我明天再来看你。”

“你们医院也要打卡吗？迟到罚钱？”

“迟到罚两个夜班。”

转眼还有十来天就过年了，楚清一直一个人住，寻常的节日基本上都靠一包速冻饺子对付了。过年还是不能将就，打扫卫生免不了。

程易安这几天赖在她家里不走，楚清抓到了个壮劳力可不会轻易放手了。礼拜天两个人在家里，程易安从早到晚一刻都不歇息。擦完了玻璃，擦抽油烟机，擦完抽油烟机楚清本想让他歇会儿，哪知道他寻了个马桶刷子就跑厕所里去了，半天都没出来。

楚清乐得清闲，将家里的吃的喝的都收拾了一遍，过期的东西都进了垃圾桶。他们公司经常有零食测评要做，品牌方一寄就是一大箱，楚清包括其他同事个个家里都跟开小超市的一样。

“你过几天该回去了吧？你那床别说上个漆了，这么些天就是现砍木头做一张都能躺了。”

程易安哼哼了两声，没有正面回答。他此刻十分惬意地躺在沙发上翻着楚清的电子书，还嫌弃书库里头的书不全。

“你要找什么书？”楚清只当他是电子产品玩不利索，放下了手里的电脑准备去帮他。

“《汤头歌诀》。”每年年三十爷爷都会抽查，别说背错了会怎样，就是打一个磕巴压岁钱都要减半的，错一个字儿就得家法伺候了。虽说是小时候一字一句刻在骨子里的东西，可想到老爷子那紫檀的戒尺，程易安觉得回去之前还是得温习一下。

楚清愣了好一会儿才反应过来他说的是什么东西。

“《汤头歌诀》？程大哥小时候为了背这个手心都肿了？”

见程易安点头，楚清一把将她的宝贝电子书抢过来，皱着眉没好气儿道:

“你们一个个的都什么毛病……”林襄上回瞧见了这玩意儿急吼吼地要寻《金瓶梅》来看，搜索了半天没找到，也抱怨了好久。

“你过些天收拾收拾东西，和我一起回去吧。”程易安没了电子书，只能翻楚清的小说瞧。虽说这作者他没听过，可起码不是高中时候看的什么《霸道总裁带球跑之媳妇你真俏》了，程易安莫名地有点欣慰。

“跟你回去？回哪儿啊？”楚清嘴里抱怨着他，可还是老老实实地帮他搜索着《汤头歌诀》。

“回老宅过年，我哥说家里收拾了间客房出来给你，让你一块儿回去。”今日程易笙给他来了电话，让他实在舍不得女朋友就将人一块儿带回家。

程易笙还说了要是楚清不愿住客房就跟程易安一间，程易安那张床他特地让人加固过，无论怎么造都散不了……

不过这话自然是不能跟楚清说的，说了就骗不回去了。

“不了吧……”两个人才谈了一周多的恋爱，同居也就算了，直接回家过年算是怎么回事儿。

“人多热闹，不少你一口吃的。大哥特地让我告诉你小姨前几天晾了杏干，Q市的大伯寄了熏鱼过来，爷爷的老战友前几天从内蒙古寄了羊肉，黎崧还从比利时背了好些巧克力回来，塞了半个冰箱，让你过去挑些走……”

“你闭嘴……”这人是越发坏了，知道自己的魅力不够大就用吃的诱惑她，这闷葫芦平时一声不吭的，报起菜名来还挺利索。

“爷爷也想见你，还有我父母，你以前也见过的。”程易安不是非要带她回家过年，但凡楚清过年有地方去，他也不会勉强。

可这冷清清的一个姑娘家，吃年夜饭、守岁都是一个人，程易安实在是看不过眼。

楚清还是有些犹豫，她这一步也跨得太大了。寻常人好歹也谈几个月恋爱然后见家长，他们两个人跟别人一比，跟开了八倍速一样。

“旁的人是为了培养感情。”程易安起身凑到了楚清坐的那张单人沙发上，“我们不用。”

他这些天黏人得很，只要见着楚清定会挨着她坐，手也不消停，捏捏脸摸摸手什么的……

“我看某人是怕回家过年的时候想我想得睡不着觉吧？”楚清将程易安的“爪子”从自己的肩膀上拿开，嫌弃道，“你老实一点儿，别动手动脚的。”

程易安这次十分顺从，顺从得让楚清有些不敢相信。

平时楚清只要是将他的手拿开，不出三秒钟他必定又黏上来，今日他居然老老实实地端坐着，骨节分明的手垂在身侧。楚清觉得自己真的是着了魔了，居然从一只“爪子”上瞧出了几分落寞来。

楚清刚刚愧疚了几秒，程易安就歪着脑袋将头凑了过来，不能动手动脚就动嘴，这么简单的道理他无师自通。

“你，唔……”自从程易安的嘴角好了以后楚清的嘴就不太好了，薄薄的两片唇瓣恨不得被他啃成了香肠。

“你可以了啊……”程易安贴上来的时候楚清就闻见了他晚饭吃的是冒菜，他再这么亲下去，怕是连他冒菜几分辣加不加蒜和香菜都品出来了。

这人第一次谈恋爱就像是要把成年后到现在缺失的所有亲亲抱抱全都补回来，逮着机会就跟楚清腻歪，楚清现在烦他烦得要命。

昨日，程易安刷微博的时候看见了某博主在迪士尼乐园的 vlog（视频博客），屁颠屁颠地跑过来问楚清想不想去。楚清一看那画面上的汽车总动员，就知道是程小朋友自己看得心痒痒了。“不想去”三个字到了嘴边，看着他兴致勃勃的样子就偏偏说不出口了。毕竟是程易安二十多年来继奥特曼和物理题之后最感兴趣的东西了，叫她如何忍心拒绝。

“回不回？”程易安松开了一点点，让楚清换口气。

楚清眨了眨眼睛问道：“什么？”

“跟我回家过年。”

“哦……”她被程易安这么一闹都忘了刚才的话题了，没想到他还记着。

“爷爷他们跟我们不在一个院子，平日里只有我们和我大哥大……大嫂。”程易安每次提到他的准大嫂黎菘都觉得怪怪的，管一个小自己四岁的人叫大嫂，别扭极了。

“程大哥结婚了啊？”楚清还有些吃惊，不过想想也不稀奇，程易安这性子都能招一堆姑娘喜欢，更别提程易笙了。论长相不比程易安差，还幽默风趣。

“酒席年后办，找了个刚大学毕业一年的姑娘。”程易安当时见黎菘的时候吓得不轻，她正巧去幼儿园帮侄女儿表演毕业节目，穿了一粉色的连衣裙，乍一看跟未成年一样。

“你肯定喜欢她。”程易安又补了一句。黎菘的性格跟八年前的楚清很像，没心没肺、大大咧咧，时不时能把程易笙都逗得面红耳赤。

程易安抚着楚清的头发，她这些年不知受了多少苦，性格远没有当初读书的时候活泼了。

“行了，我都跟你说了别薅了……”楚清看他神色不对劲，心中一酸，赶紧瞪着眼睛假装生气逗他，“没几根毛了，你还天天薅。”

程易安一听，抬手抓了抓自己的头发没作声。

“你不要太过分……”楚清是真的羡慕他那一脑袋的头发，匀三分之一给自己多好啊。

“我之前听人说掉发要补肾？你……”楚清盯着他小腹瞧，“你老实交代，你是不是肾宝片吃多了？”

程易安这回再听见“肾宝片”三个字可以说是十分淡定了，他从容地点了点头道：“你有福气了。”

楚清当即脸就红了，一周多来她无数次怀疑程易安是假酒喝多了变得黏人，如今听他这么讲，倒像是假酒喝多了把脑子烧坏了。

程易安年前值了整整一周的班，就是为了过年多休息几天好好陪陪楚清，顺便去趟迪士尼。

满打满算八天，楚清见程易安的时间不超过两个小时。

每天楚清起床的时候程易安已经走了，楚清睡觉的时候他才回来。

没个人黏着自己晚上看偶像剧都不得劲儿了，电视里的女主抱着男主，楚清抱着程易安的羽绒服。女主哭的时候男主给她抹眼泪，楚清哭的时候只能拿程易安的羽绒服抹眼泪……

终于在某部电视剧结局的时候，楚清重新拥有了一个乖巧黏人的男朋友。

程易安由于元旦那几天在阳县义诊待了半个月，这回春节就没排他的班。

楚清一早就收拾好了两个大箱子，准备等他一闲下来就跟他回老宅。

第九章

半夜翻窗

QIAOQIAO GAOSU NI , WO HAO XIHUAN NI

大年三十前两天，程易安一手一只二十八寸的箱子推到了地下停车场。他将楚清安置在副驾驶位坐好，转身又上了楼。

姚宇成和蒋睿的一片心意不能丢在这冷冰冰的家里，得一齐带走才是。

楚清见他抱了个盒子下来也没在意，以为他是有什么东西落了。可眯着眼睛细一看，似乎有些眼熟。

“那是不是上回大姚来的时候带的？”楚清问道。

她记得上回送走姚宇成之后一扭头盒子就被程易安拿走了，这么些天也没见着。

“什么东西啊？”

程易安发动了汽车：“没什么。”

“眼神飘忽，向右下方瞟，还不正面回答我的问题……”楚清说着就要回身去后座拿那盒子。

程易安一看慌了，想伸手去捞她没拦住。

楚清那小身板从驾驶位和副驾驶位中间一钻就出去了，她抱着盒子重新在副驾驶位坐好：“你紧张什么？”

“没事。”程易安没忙着开车，双手交叉放在胸前，注意着楚清的表情。

楚清狐疑地打开盒子，只看了一眼就合上了。

里头都是花五花六的TT，还有一些楚清叫不上名字，但也差不离能猜到用途的东西。

“大姚是把人家成人用品店抢了吗？”

这玩意儿用得了这么多？

看完以后楚清将盒子盖上，丢到了后座。

只听“扑通”一声……

楚清暗道不好，回身一看，盒子里的东西撒了一地。她赔着笑脸去了后座捡，盒子里的东西稀稀拉拉撒了满地，她腰都酸了还没拾完。

“程先生，您这是……”保安见他上车后许久没走，过来瞧了一眼。

楚清吓得跪在后座下面不动，用身体护着满地见不了人的东西。

“一会儿就走。”程易安礼貌地朝保安笑了笑。

“家里快装修好了吧？”保安不知是成心的还是故意的，竟然开始跟程易安唠家常了。

楚清腰酸背痛地又不敢出声儿，只能悄悄伸手到前座，往程易安的腰上掐。

保安突然在程易安腰际瞧见了一只女人的手，可吓得不轻，他小心地打量了一下程易安的脸色，毫无异常……

眼看着那手就要往腰下头伸，保安可不敢再待下去了：“那、那个……程先生您忙。”

回身走了两步，他又不放心地嘱咐道：“一会儿下班高峰期，您还是快着点儿。”免得被人拍下来上个头条什么的，说不定还得带上他……

楚清听外头终于没动静了，揉了揉腰起身，将地上的东西都捡进了盒子里，又把盒子塞进了后备厢。

回到副驾驶位以后，她让程易安开车。

后者没动，神色怪异地看着她。

“怎么？”

“现在开车人家还以为我……”程易安话说一半，留着给楚清自行体会。

楚清一头雾水，没明白他什么意思。

“刚才你掐我的时候被他看见了。”

楚清眨了眨眼睛，看见了就看见了呗……

“所以呢？”

程易安缓缓开口：“一男一女，车停在地下车库很久没走，还看见了女人的手放在男人腰上……”

楚清听完他的话开始联想，几秒后，她侧头看了看程易安，欲哭无泪：“不会吧……现在的保安想象力这么丰富吗？”

说罢，她突然想到了什么，满不在乎地挥挥手道：“反正他只看见你了，又不知道车里的女人是谁，丢人也是你丢。”

程易安低着头勾了勾嘴角：“我们昨天散步的时候遇到的就是他。”

“就那个管快递代收的保安？”

“嗯。”

楚清不可置信道：“那个寸头，高个子，皮肤比你还白的那个？”

程易安点了点头，确定就是他。

“我以后再也不网购了……”楚清趴在中控台上，很快抬起头瞪着程易安，“不，我凭什么不网购啊！你惹的事儿，以后快递都你拿！”

车开出去的时候，楚清缩成了一团，别说没人看见她五官了，那围巾往脑袋上一搭，是男是女都瞧不出来。

“欲盖弥彰。”一出小区，程易安就将她脑袋上的围巾拽了下来。

楚清整了整头发：“总比某人臭不要脸的好。”

程易安闷声笑了笑，没反驳她。

车程过半，饶是路盲如楚清，都认出来了这路不是去他家那巷子的。

“不是回你家吗？”程易安越开越偏了，这地方楚清都没来过。

“走正门。”

“那我上回走的是……”

“后门，既然是开后门给插队的，自然是不能走正门的。”程易安跟她玩笑，随后正经道，“爷爷他们住前院，你第一次去，不能走后门。”

刚才程易笙给他发来消息，说此刻家里人都在前厅等着，让他先跟楚清通个气儿，免得将人吓着了。

程易安看完以后就把消息删除了，一句话都没跟楚清提。这姑娘脸皮薄，遇大事儿还㞞。程易安要是跟她说一句家里一屋子人等着，她非闹着跳窗不可。

车一路开进了林子里，一开始还能看见几个游人，越往后越冷清。

“你家住深山老林里啊……”楚清记得上次见树林深处有人家的时候，还是看《白雪公主》的时候。

“嗯，所以你以后走后门就好。”这正门就是带楚清走十遍，她都记不清方向。

楚清一听白了他一眼：“废话，我又不傻……”这前门又没有油饼吃，走前门做什么。

很快，前方出现了一小片灰色的建筑。那房子一看就是上百年的老建筑了，跟 M 市城中间一个景点的房屋样式差不多。

程易安到了门口以后探出身子去按指纹，等了两秒后，铁门吱吱哇哇地开了。

“我还以为有人站岗呢……”

“嗯，还有人敬礼问好。”程易安顺嘴接话道。

楚清一听来劲儿了，偏头问他：“真的吗？是不是过年给门卫放假了？那我什么时候能看见？”

“梦里。”

被程易安泼了一头的冷水，楚清第一次觉得闷葫芦还是闷着比较可爱。

车停稳后楚清就迫不及待地下车了，她伸着脑袋往四周看了看：“怎么觉得没人？”

一点儿声音都没有，僻静得很。

程易安低着头笑了笑，她这话也是说得太早了。

程易安领着她进去，楚清路过第二个院子的时候就听见了聊天的声音。

越往前声音越大……听这阵势，起码能凑三桌麻将。

她紧张地拽了拽程易安的胳膊，哆嗦道：“我怎么觉得好多人呢？”

“嗯。”

“嗯？什么叫嗯？”楚清瞪着眼，拽着他停在原地，“你不是说就你爷爷和你父母吗？”

程易安咳嗽了一声，然后眨了眨眼睛，想让自己看上去真诚可信一些：“我也不知道我姑姑姑父、大伯大伯母、二姑二姑父、三……”

“你闭嘴吧……”这人家里亲戚还挺多。

楚清深深地吸了一口气，到都到这儿了，自然没有回去的道理。而且就算她提出要回去，程易安也不可能同意。万一到时候他掏个帕子什么的往她脸前头一挥，迷晕给拖进去就更丢人了。

“小安回来了啊！”从侧面屋子里出来个五十岁左右的妇人，看见程易安以后笑得眼睛都不知所终了，“这是你媳妇吧？真好……”

“刘姨。”程易安同她招呼了一声。

等刘姨走远后，楚清拽了拽程易安的袖子，小声问道：“这不会是你奶妈吧？”

程易安往她脑门上戳了一下，哭笑不得：“家里的阿姨，从小看着我长大的，你想什么呢？”

“不是说大户人家都有奶妈嘛……”楚清嘟囔道。

“这年头哪里来的奶妈。”

楚清指了指这院子："这年头我随便找个男朋友家里有条巷子，他家里有个奶妈有什么稀奇的。"

程易安停了下来，似笑非笑地瞧着身边的人："随便找了个男朋友？"

"呃，那个……"楚清脑子飞快地转动着，想着怎么把这茬圆过去。

电光石火之间，想到了一个听上去有点扯又十分有理有据的答案。

"这不是……你、你当年请我吃的第一根雪糕，那不是随便嘛，你居然不记得了？"楚清说完以后都佩服自己，又将刚才不过脑子说的话圆过去了，又转移了话题。

程易安要是说他记得，那楚清可以笑他小气，一根两块钱的雪糕居然记了八九年。

程易安要是说他不记得，那她就得委屈一番了，那虽然只是一根雪糕，却是两个人关系的一个质的飞跃……他连这个都忘了，非得缠着他买一箱子雪糕不可。

"当时你吃的是梦龙。"

楚清怎么都没想到他的答案是这个，愣愣地看了程易安一眼。

程易安冷哼了一声，随后又补了一刀："那次是你非拉着我去的，你自己给的钱。"

说着说着，二人就到了前厅。楚清看见那一屋子的人腿都软了，知道的她是去男朋友家做客，不知道的还以为她拍大宅门去了。同民国时期大户人家一模一样的客厅结构，当中两个主位，余下两边各放两排木头椅子。

程易笙站在程老爷子边儿上，看见程易安和楚清进来以后低头同程老爷子说了声。

老爷子放下了手里的茶杯，定睛看着门口。

楚清被程老爷子的眼神吓得一哆嗦，连带着步伐都慢了不少。

程易安牵着她走到老爷子跟前："爷爷，这是楚清。"

楚清咽了咽口水，跟着叫了声爷爷。见程老爷子还眯着眼睛看着自己，她轻轻捏了捏程易安的手心。

正当她慌得不行的时候，老爷子开口了："孩子啊，办公室坐久了要起来活动活动，我见着你颈椎不好啊，常疼吧？"

"啊？对，对……经常难受。"楚清继小时候看电视剧被中医摸个手就能看病吓到以后，又被老爷子看走路姿势就知道你哪儿有毛病吓着了。

楚清想着要是程易安也这么厉害，见她长颗痘就知道有办法给她消了就好了。

她上回脸颊冒痘去找程易安，问他怎么消痘的时候程易安连看都没看，丢了句他又不是变魔术的……

"小安带她去认人。"老爷子虽然坐在中间瞧着气势逼人，走近了看还是挺和蔼的。

程易安牵着楚清从右手边开始一个个介绍："这是大姑姑，这是大姑父……"

"大姑姑好，大姑父好……"楚清笑着跟每个长辈问好，心里有些绝望，这几个姑姑长得都挺像的，怕是下回再见就认不清了。

程易安看她努力地想将每个人的长相印刻进脑子里，换了一种更加方便她记忆的方式。

"这是二姑姑，最会做螃蟹，能把螃蟹弄出七八种做法来。"

"这是小姨，你上回吃的果脯就是她晒的，等会儿跟她搞好关系。小姨夫做的草莓酱也是一绝，一会儿求求小姨让她给你拿点儿……"

程易安仔仔细细给楚清介绍完了家里的亲戚，回过头来才发现，自家爸妈不在厅里。

"爸妈呢？"他扭头问程易笙。

程易笙见他终于想起父母了，又好笑又好气："老话儿都说有了媳妇忘了娘，你倒好，不光是忘了娘了，连爹也不要了。"进来这么一会儿都没发现厅里少了两个大活人，两只眼睛珠子净看着未来媳妇了。

“行了，别逗小安了。”程老爷子出来打圆场，“他带个女娃娃回来也不容易，管他们做什么……你爸接到通知要去趟T市，你妈帮他收拾东西去了。一会儿带小楚去问个好，你爸晚上七点的飞机。”

程易安应了一声，跟亲戚长辈道别后带着楚清往后院走。

“过年叔叔还回来吗？”今儿个已经腊月二十七了，不知道能不能赶得上年夜饭。

程易安倒是习惯了父母的忙碌，母亲时不时出趟差还算清闲，父亲则是整年到头地在外头开会。偶尔闲下几天在家里，被临时喊走也是常有的事情。

“爸、妈。”程易安敲了敲房间门。

里头传来程妈妈的声音，让他们去小客厅等着。

程家都是独门独栋的住处，各个院子连着却又相互独立，保证了私人空间。

客厅的格局同方才的大厅差不多，空间却小了一半。墙上挂着几幅水墨画，还有一幅书法。那字儿楚清瞧了半天都没认出是什么来，也没好意思问程易安，约莫是草书，笔触十分狂放。

楚清和程易安在客厅了坐了一会儿，程父程母就从卧室出来了。

程爸爸程筠遥手里拖着个皮质的行李箱，看见楚清以后推了推金丝边眼镜儿，乐乐呵呵的：“小楚啊，这些天还头痛吗？”

楚清倒是没想到来找程易笙瞧了个病，病情都传遍了程家了。她笑着摇摇头道不常痛了，随后起身和程家爸妈打招呼。

早前见他们二人的时候还是在高二暑假前的家长会上，那时候学校要求每家至少去一个人。

程易安父母在家里为了谁去开家长会吵闹了许久，旁的人家是怕老师点自己家孩子的名字，嫌丢人。程家父母则是从小到大被老师夸多了，每次班主任说程易安哪儿哪儿好，哪儿哪儿能干的时候别人的家长总会投去羡慕的眼光，程家父母就恨不得提早离席。

那次两个人实在是僵持不下了，恰逢二人还都休息在家。程家父母一合计，干脆两个人一块儿去好了。到了学校以后才知道别人家都到了一个人，他家来两个人座位不够坐。恰巧楚清家里没人过去，程妈妈黄缪索性就坐了楚清家的位置，冒充楚清的家长。

要说两个人的缘分是早就定了的，高二的时候就替自己未来儿媳妇去开家长会了，这经历程家二老能在外头吹一年。

“好孩子，你就安心住着，有什么事儿尽管使唤他。”程妈妈摸了摸楚清的头发，开心得合不拢嘴，“瞧瞧这满脸的胶原蛋白，跟刚毕业的一样。”

楚清听完这话小心翼翼地瞟了一眼程易安，用眼神示意他。

程易安跟楚清待了这么些天自然是知道这姑娘想什么呢，他抬手看似不经意地摸了摸头发，气得楚清差点儿当场跳起来。

程妈妈瞧二人眉来眼去的样子也不扣着两个人了，当即就赶着程易安和楚清两个人回去休息。

告别了程家父母，程易安领着楚清去了客房。

“本来是想让你住隔壁院子，怕你晚上害怕睡不着觉……”隔壁院子不住人，专由客人住的。程易安后来想了想还是将人安顿在了自己这儿，万事都方便。

“那是你房间？”楚清指了指南边的房间问他。

“嗯，我不关门。”

“什么？”楚清没听明白。

“晚上不关门。”程易安加重了前两个字，随后又道，“想我了直接过来。”

楚清白了他一眼，抢先跑进了房间，随后拉过他手里的行李箱把门一关，贴着门说道：“我不会想你的。”

程易安低头笑了笑，想推门进去，谁知道那姑娘还上了插销推不开，看来她这是铁了心赶他回去。

“嘿嘿，没有办法吧？我就是这么强大！啦啦啦啦啦……”楚清隔着门唱道，她还十分嘚瑟地扭着腰。

歌儿刚唱完，楚清突然听见身后“嘎吱”一声。

下一秒，程易安利索地双手撑着窗框，翻身进来。

程易安掸了掸手上的灰尘，看着目瞪口呆的楚清，模仿着她方才的唱词儿：“没有办法吧，我就是这么强大。”

他没扭，甚至站在原地都没动一下，可楚清还是从他那张没有什么表情的脸上看出了喜悦之情，而且贱兮兮的。

这房里的窗户没有锁，是老式的木头窗子，开窗都得靠木棍撑着。就是说这窗户就相当于一扇形同虚设的大门，程易安想来就来，不想走……她还拿他没办法。

打也打不过他，叫人也叫不来，毕竟是人家的地盘，叫破喉咙叫来的都是姓程的。

两个人晚上吃得清淡，过几天就过年了，得留着肚子。程家也有个这么不成文的规定，逢年过节前几天菜色就会差些，以素的为主。一是怕荤的吃多了年就没有年味儿了，二是清清肠胃，一年到头天天吃荤的也不好。

程易安去厨房捧了两碗阳春面到院子里，还顺便拿了一小碟肴肉。

他跟楚清二人坐在小圆桌上吃面，后者低头吸溜一口面条，再咬一口肴肉，胃口十分好。看着楚清吃得香，程易安也觉得胃口大开。

两人将面碗舔了个干净，楚清连碟子里的肉末都没放过，直说好吃。

“这是我吃过的最好吃的阳春面了！”楚清满足地小声打了个饱嗝儿，她打完嗝儿以后还十分不好意思地看了程易安一眼，问道，“你知道是谁煮的面吗？”

程易安用肚脐眼儿都能想到她要问什么，直道：“不接受采访，也不打算出去开面馆。”

楚清撇撇嘴，嘟囔道：“你们家可以来一个一条龙服务，排队等着看病的提供阳春面，开完药以后送一包果脯……”

“我爷爷肯定得把我轰出去。”正儿八经的医术不学，倒是学了些花里胡哨的东西吸引病人。

晚饭吃完后二人就分别回了房间，楚清得将年前最后一个测评文案赶紧写完，程易安则回屋泡安神茶，自个儿跟自个儿下棋去了。

自从程易安和楚清一间屋子住以来他就没早于十一点睡觉过，天天跟楚清一块儿看完电视剧看综艺，看完综艺吃夜宵，这么多年的良好作息习惯毁于一旦。

楚清也觉得委屈极了，她是个实打实的夜猫子，平日里都是凌晨一点多闭眼睡觉的，自从程易安住进她家以后每晚的休闲娱乐时间生生少了两个小时。

那人吃她的住她的不给钱也就罢了，事儿还特别多。瞧见她吃从冰箱里刚拿出来的草莓，啰啰唆唆。瞧见她洗完澡不及时吹头发了，絮絮叨叨。瞧见她半夜点夜宵外卖了，咋咋呼呼……数落完楚清以后还顺便拿过手机也给自己点一份夜宵吃。

晚上一直熬到了十一点半，楚清觉得困了。短短两周的时间生物钟就被程易安掰回去了，也不知道是程易安太厉害，还是自己年纪大了熬不动了。

她洗漱完躺到了床上，那床嘎吱响了一声儿。

楚清吓得从床上蹦起了身，站在床边用力晃了晃，觉得它似乎是没有要塌的迹象才放下心来。

她觉得有趣儿，平躺在床上，靠着腰部的力量前前后后晃了起来。真别说，这老木头床的嘎吱声还挺好听的。又清脆又利落，配上楚清天生的节奏感，晃出了一股子 rap（说唱音乐）的味道。

程易安今日失眠了。好不容易不用陪人看综艺可以早早睡觉了，没想到居然失眠了。他在床上挣扎了三个小时，肚子饿了。

刚开灯寻了个陈皮糖出来，还没撕开包装纸，他突然就听见了十分有节奏感有韵律的嘎吱声。程易安仔细一寻思，今日里黎菘也不在啊……而且程易笙那院子少说离他这地方也有十几步路呢，隔音应该没这么差啊。

那声儿挺大，听着倒像是隔壁房间传来的。

程易安翻身下床，开门凝神一听。果然是楚清房间里的声音，也不知道她大半夜不睡在房间里做什么妖，那动静大得能将土地公公召唤出来了。

推开窗子翻进去，程易安将楚清的被子一掀，整个人钻了进去，问她："大半夜唱歌呢？"

楚清吓了一跳，大叫着要让他下去。

程易安连忙捂住她的嘴，随后翻身将人压住，食指竖在嘴边："嘘……"

"你做什么！"楚清伸手去推他，"采花贼啊，半夜翻窗户进来。"

"你叫得再大声点儿，生怕别人不知道我这院子摇床？"

楚清一蒙："你那边能听见啊？"

程易安点了点头，随后无奈地问她："好玩儿吗？"

"还成吧……"楚清缓缓地舔了舔嘴唇，"你家隔音挺好的吧。"这要是让人听了去，她明天可就不用见人了。

"只要不散架。"这么点儿声应该没什么大问题。

"那就好，我看这床虽然晃荡了点儿，还是挺结实的。"

程易安低头亲了亲楚清的锁骨，一嘴的水蜜桃沐浴乳的味道："我房间的床更结实，而且不晃荡。"

楚清弯了弯嘴角，递给程易安一个尴尬而又不失礼貌的微笑，一字一句道："关我屁事儿。"

第十章

以后生女儿吧

QIAOQIAO GAOSU NI , WO HAO XIHUAN NI

楚清瞪了他一眼，催促道：“赶紧走，我要睡了。”

身旁一点儿动静都没有，程易安背对着楚清一动不动，缩着脑袋装乌龟。

楚清抬脚踹了旁边人两下，她脚都踹疼了，可程易安还是不动如山，晃都不带晃的。她没了耐性，一把用被子蒙住头。不走就不走吧，反正程易安睡觉也不爱打呼噜。

迷迷糊糊之中，楚清仿佛听见了旁边人说了句什么，她随口应了一声，然后就什么都不知道了。

程易安睡前问了楚清三句“你睡了没”，最后一遍的时候她连哼都不哼了，这才确定她是真的睡着了。他躺在床上盯着房梁数羊，本就精神好得很，如今换了张床以后更是难以入睡。

他对着楚清的后脑勺发了会儿呆，突然想到了今日在微博刷到的某个视频。视频里的父亲学着给女儿编小辫儿，笨手笨脚的样子看得程易安很是着急，视频里男人的手就跟被封印了一样，一点儿都不利索。

程易安越想越心痒痒，他伸出手，用小指钩了楚清的一绺头发出来，先分成三股，然后按序编成麻花状。

程易安很快就完成了一个，他将小麻花辫拎在手里看了看，十分满意。楚清头发虽然少点儿，可发质很好，乌黑顺亮，小辫儿的手感也是滑溜溜的。

程易安满意地抚了抚小辫儿，随后将手里的“成品”放下，又挑起了一绺头发……一连不知编了多少根，他连自己什么时候睡着的都不知道。

第二天一早，楚清起来的时候见程易安睡得正香就没叫他，自己套了件外套出了房间，碰上了给他们送早饭的程易笙。

程易笙手里拎着包子和豆浆，看见楚清从房里出来愣是站在树下没动，他这弟妹的发型实在是一言难尽。

“你昨晚唱rap去了？”程易笙把东西递给她，随后指了指房间门，“他还没起呢？也别太累了，凡事要适度。”

他嘴里嘀嘀咕咕个没停，楚清是一句都没听清。隐约听见几味药材和什么食补，她便以为是程易笙在背食补方子。

把早饭放到了客厅，楚清就去了卫生间洗漱。她耐心地将洗面奶打出泡泡，然后抹到脸上，洗完脸抬头一看镜子，楚清被自己狂放不羁的发型吓得洗面奶泡泡钻了一嘴。

镜子里的人头发乱糟糟地蓬在头上，满脑袋的细麻花辫，一根根辫子不用皮筋儿固定也没散，可见编辫子的人手劲儿十分大。

楚清这才反应过来程易笙嘴里的“唱摇滚”是什么意思，她这一脑袋的小辫儿要是随意挑染几根高高束起，往街上走都是自带“哟哟哟”的背景音乐的。

此刻也顾不得程易安睡得多香了，楚清气势汹汹地走进房间，将被子一掀。

“你给我起来。”她伸手推了推程易安的背，“起来看看你昨晚干的好事儿！”

“嗯……”程易安翻了个身，右手想要去揽楚清扑了个空。发现楚清站在床边，他看了眼表，“才八点，你怎么起这么早……”

“才八点？你那六点的生物钟呢？被你熬夜熬死了啊？”楚清往他腰上踹了一脚，“别给我转移话题，你昨晚都对我干了些什么！你交代吧。”

程易安本是在揉眼睛，听完楚清的话以后他先是咽了口口水，随后一双蒙胧的眼睛缓缓睁大……

他猛地掀开被子低头一看，见裤子好好儿地穿着呢才放下心来。重新把被子盖好，他双手揪着被沿，有些摸不着头脑：“我没干什么啊……”

楚清一听，将鞋子脱了直接趴到了床上。她将脑袋埋在程易安胸口，把那一脑门的小辫儿送到他眼睛跟前：“这辫子鬼给我编的？”

程易安伸出手来，摸了摸楚清的脑袋：“挺好看的。”昨夜天色太暗，看不清整体效果，白天这一瞧，觉得自己手艺还真不错。

“你给我解了！”楚清狠狠地往他胸前撞了一下，“你这什么毛病，手痒痒了去厨房剖鸡宰羊去，我这宝贝头发自己都舍不得折腾，你这么一闹非要掉个百八十根的。”

“我不学剖鸡……”程易安叹了口气，眯着眼睛给她拆小辫儿，看着楚清那头麻花辫儿他满是不舍，同楚清商量，“以后生女儿吧……”

楚清哭笑不得，不知道说他什么好：“你是编辫子上瘾了是怎么的，用不着生女儿，你去幼儿园找个兼职，每天午睡完给女孩子编小辫儿，多好！”

程易安耐着性子拆了半天才拆散了小半，手都酸了，他昨晚编的时候也没觉得数量这么多啊……

楚清趴着趴着眼皮子耷拉了下来，刚觉得要睡过去，就被程易安拍醒了。

“拆完了，就掉了两根头发。”程易安拍了拍楚清的背示意她起来，他要赶着去帮爷爷写春联，此刻已经晚了。

楚清伸手想用指头顺顺头发，五指张开，插进发间，随后往下梳……梳不动。她暗道不好，连忙掏出手机前置摄像头，屏幕上出现自己的脸的时候，她差点儿没晕过去。

她那满头的小辫儿拆散了以后就跟托尼老师给烫的头一样，还是用最小号的卷发筒给烫的。那发型要是再剪短些，立刻能跟迪克牛仔称兄道弟。

楚清看着照相界面欲哭无泪，她今天说什么都不出门了。这要是在外面碰见条泰迪狗，人家狗非以为是遇见同类了不可。

楚清跑去卫生间将头洗了两遍，才勉强变直了一点，也仅仅是直了一点儿而已。

她看着镜子里金毛狮王一样的发型，想起了幼儿园上台表演被老师支配的恐惧。

那个时候每到文艺会演，负责扎辫子的老师会把女孩子的头发分成几股，然后喷上发胶，由发尾往发根梳，让整条辫子蓬起来。回家洗头的时候就很痛苦了，一脑袋的发胶和乱七八糟的杂毛，她怀疑她头发稀少就是从那个时候来的。

早饭是程易笙送来的，午饭就得去餐厅吃了。

楚清勉强将头发梳顺，然后按着程易安给她的定位往餐厅走。一路上遇上了两个阿姨，见着她的时候都是笑着叫她“楚小姐”。楚清这才勉强放下心来，她方才远远看见热情的阿姨的时候，生怕阿姨脱口而出一句二少奶奶。

到餐厅的时候程老爷子已经到了，楚清坐在了程易安的右手边，对面坐着程易笙。

“小菘还在打扮呢？”老爷子问程易笙。

程易笙看了眼表，十一点五十分：“她昨天睡得晚，马上就到了。”

程家的规矩，十二点开饭，很少有人迟到。

“弟妹这头发……”程易笙怎么瞧怎么觉得奇怪，好好的一个二十几岁的姑娘弄了个五十几岁的发型，“还不如小辫儿好看。”

程易安听完偏头看向楚清，仿佛是在炫耀他的编麻花辫技能。

“爷爷。”黎菘踩着拖鞋从侧门进来，头发随意地盘了个松散的丸子。

羽绒服外套里头的珊瑚绒睡衣的衣领还露在外面。

“坐，这是小安的女朋友，你昨天回来得晚没见着。”程老爷子先动了筷，给黎菘介绍身边的楚清认识。

“弟妹！”黎菘激动得很，她听说楚清和程易安是高中同学，管一个比自己大几岁的人叫弟妹，这便宜占得痛快。

楚清被她这声弟妹叫得一愣，她咽了咽口水，小声地问了句：“我得……叫大嫂吗？”

黎菘那一身穿得跟在校大学生似的，她张不开嘴。

“不用不用，梨子啊、菘菘啊……随便你叫。”黎菘只是爱占便宜，并不在意辈分，她喝了一口程易笙递过来的汤，随后摸了摸自己的头发，问楚清，“你这叫公主烫还是麦穗烫？”

楚清这个大半年都不去理发店的人被她问蒙了，合着自己这个金毛狮王头还有专业的名字。

“我这是他给烫的……”楚清斜了一眼程易安，没好气儿道。

“爷爷你看看，小安这才住出去几天啊，学了个手艺！一会儿让他也给你烫个，过年了也新鲜新鲜。”程易笙差点儿笑呛着，自己这弟弟没女朋友以前除了喝茶就是下棋，如今有了女朋友，兴趣爱好变化挺大。

程老爷子当了真，连连道一把年纪弄那个像什么样子。

黎菘咧着嘴直道好看，被程易笙揪了揪头顶那颗丸子：“好看晚上回去我给你弄。”

“算、算了吧……”黎菘捂着自己的脑袋，“我这头发可值钱着呢，你别给我祸害了。”

一顿饭下来，楚清那一脑袋头发被取笑了无数次。她曾天真地以为像程家这么传统的家庭是食不言寝不语的，可是她错了……饭桌上的气氛活跃得很，黎菘一个人能说二十分钟的单口相声，把程老爷子乐得筷子都拿不稳。

程易安饭后去了医院，今天下午还得跟主任出趟门诊。

“你下午去公司吗？”程易安惦记着她不认路，有些担心。

“不去，我写完直接发就行了……”楚清手里的稿子今天晚上要发，她才写了一半。

这拖延症是从小就有的毛病，楚清小学的时候暑假作业就是不到开学绝对不会翻开。如今上班了，所有的任务也还是拖到不能再拖了才开始做。

“没事儿到处逛逛，后头有个小花园。”程易安又指了指窗外，“从这儿出去，右拐往前一点儿就是我大哥的住处，你要是无聊可以去找黎菘，迷路了直接给她……直接给我哥打电话。”黎菘也是个路认不全乎的，他差点儿忘了。

楚清手里一刻不停地敲着键盘，听见程易安絮絮叨叨个没停，将电脑往沙发上一丢。

“我知道啦，你今天怎么话这么多？”她将衣架上挂着的外套取下来给程易安穿上，还没忘往他腰上摸了一把，“你最近是不是很久没健身了？”肚子上的肉软乎了不少。

“你说呢？”跟楚清一屋子住的这些天一天四顿一顿都没落下，健身房也是一次都没去过。不长肉程易安已经很满足了，肌肉没了就没了吧。

“同志，这可不行啊，你别还没结婚呢就胖个二三十斤的，到时候我可得好好考虑考虑了……”人家都说男人结了婚就会胖，可也没听说过婚前就开始发福的。

程易安从衣柜里抽了条围巾出来递给楚清，示意她给自己围上。

楚清微微踮着脚，将围巾绕在他的脖子上，末了揪着围脖将他的脖子往下一拽，往他脸颊上亲了一口。

程易安嘴一抿，刚要低头亲她，被她一把推开。

“大白天发什么疯，赶紧走。”

刚往外走了两步，程易安又被她拽了回来。

“你今年三岁吗？程易安小朋友。”衣服要人帮他穿，围巾要人帮他围，大衣纽扣自己也不知道扣了。

楚清依次给他扣好纽扣，双手揪着他的大衣没放手。她环住程易安的腰，抬头亲了一口他的下巴，随后惊奇道：“你连双下巴都出来了哎！”

亲完之后，楚清撒手就跑，丝毫没有注意到程易安铁青的面色。

程易安伸手在自己的下巴处摩挲，随后满屋子找镜子……

整个下午，楚清始终对着电脑，头晕眼花，手指头打字都打得不利索了。

她将写完的东西发给了产品商那边，然后合上电脑出门。

这会儿快五点了，太阳落山，天色渐晚。

按理说此刻最是闹腾的时候，可程家这地方清净得很，几乎听不到车鸣声和嘈杂的声音。

原先后门那边是小吃街，多多少少会有些噪声传来。可如今临近春节，小商小贩都回家过年了，巷子里也没了游人。

楚清这会儿已经完全忘了程易安中午说的路线，她趿拉着拖鞋，手里捧着个保温杯，远远地看见几棵光溜溜的树，想来就是程易安口中的小花园了。

进去一看，似乎是另一处的住处，跟花园没有半点子关系。

程老爷子坐在石桌上看书，隐约感觉到有人进来了，冲着门口喊了声：“小楚？”

“哎，爷爷……”楚清原本都想离开了，听见老爷子的声音又折了回去。

“怎么，找不到路了？”程老爷子示意她坐下，点了点一旁的茶壶让她自个儿接水喝。

楚清挠了挠头发：“您家确实有点难认。”

“多走走就习惯了，小菘当时刚来的时候也是。有天大小子不在，小菘大晚上地蹲我院子外头哭，我出去一问，她说是找不着回去的路了。”程老爷子抿口水，“小安说你们结婚以后住他那套房子？”

“那边离医院近。”楚清不知道程易安跟老爷子说了什么，只能顺着老爷子的话说。

“离你公司也近吧？”程老爷子笑了笑，伸手在楚清的手机旁点了点，“你们年轻人也喜欢吃外卖，这地方可叫不着。”

“是，这地方僻静。”

“过年过节的常回来，房间啊日日都有人打扫，方便……你坐这儿等着。”程老爷子说完后放下了手里的书进了屋子里，过了好一会儿拿了个木头盒子出来递给楚清。

那木头盒子油光水滑的，上头刻着龙凤。

“打开。”

楚清将小盒子打开，里头躺着一只金镯子，同样是龙凤呈祥的图案。

“小安奶奶的陪嫁，一金一银两只，银的那只被小菘拿走了。倒不是说我偏爱小孙子，只是这镯子是小安抓周的时候抓到的，我想着得留给他未来媳妇儿……”

程老爷子提到了以前的事情，打开了话匣子：“我还记得那时候大小子抓周抓的是我那只脉枕，几年后小安在一大堆东西里头挑挑拣拣了半天，最后才拿了这镯子。他爸爸将脉诊都放他跟前了，这小子嫌挡道儿，给踢了。”

楚清捏着那只金镯子，仿佛能看见二十几年前程易安那只肉乎乎的小手抓着它的样子。

“果然啊，大孙子这一路跟着我踏踏实实学医。小安就不，初中就闹着学金融。自他奶奶走了以后更是抵触得很，觉得我一生行医治病，到头来连他奶奶都没留住……”

“那时候我老伴儿说，抓周抓个女人家的物件，这孩子长大了怕是得折女人身上，果真是个情种……”程老爷子笑着摇了摇头，“尘埃落定，挺好。”

老爷子说完后起身，准备回房间，方才提到了老伴儿心情多少都有些低落。

他手里那本书怕是翻了不知道多少遍，书页泛黄，却还是小心保存着，合上以后仔细展平了边角，压平。

老爷子伸手招呼来了不远处的阿姨：“行了，我让刘姨给你送回去，算算时间小安一会儿也该回来了，这小子要是看不见你该急了。”

程老爷子转身进房间的时候楚清隐约听他嘴里唱了句什么，京剧小调一类的东西，没听真切。就那一句曲调，在这老旧的院子和古树间，显得尤其有韵味儿。

楚清一时间有些感慨，听见刘姨叫她，这才回过神来往院子走。

她一回院子，正巧碰上程易安急匆匆地往外走。

“你今天怎么回来这么早？”楚清跟刘姨告别以后牵着程易安回了房间，“我刚刚在爷爷那儿。”

程易安点点头，他方才看见刘姨的时候心里就有谱了。他也真的是高估了楚清的认路能力了，别说光靠嘴给她指路了，就算是带她走两遍都不一定能记住的，能跨过两个院子跑爷爷屋去也不奇怪。

他看见了楚清手里的木头盒子，接过来打开瞧了一眼，随后很快合上递给她道：“好好收着。”

楚清点点头，将盒子放进了房间收着。她出来以后总觉得空气中弥漫着一股熟悉的味道，她跑到程易安旁边，绕着他转了一圈，鼻子不停地吸气。

“你老实交代，你是不是背着我偷偷吃麻辣烫了？”这股子麻辣大骨汤的味道楚清绝对不会闻错，是她魂牵梦萦的，无数次出现在她梦里的味道。

程易安笑着从沙发后面拎了个包装盒出来给她，点了点她的鼻尖，笑道：“狗鼻子。”

在程易安拿出麻辣烫的一瞬间，楚清飞奔着扑了过去：“你下了班特地绕去买的吗？我公司那边那家？”

程易安去小厨房拿两双筷子出来：“我让外卖送到了医院，下班直接带回来的。”

楚清喜欢吃的那家麻辣烫离医院还有两站地，晚高峰开车过去实在是不太方便。

“啧啧啧，我看是你自己馋了吧？”

盒子刚一打开程易安就自己先夹了一筷子青菜，外套都没来得及脱就开始吃了，也不怕把油滴在身上。

程易安没理她，又捞了两根青菜放进嘴里：“捂久了就黄了。”这青菜是他给自己点的，楚清嫌弃青菜有股子苦味儿，一向是不动的。

“老板明天得回家过年了吧？我岂不是好久都吃不到了。”那家麻辣烫的老板是外地人，过年应该是会休息好久不营业的。

“元宵过了以后回来。”程易安方才去的时候特地问过，老板说得赶着大学生开学的时候营业，怕到时候孩子们吃不着。

楚清叹了口气，往嘴里塞了一颗丸子：“过年啊……外卖和快递都放假。”这对她来说是个很不好的消息了，她还记得去年自己一个人过年的时候囤了三大包方便面在家里，每天晚上泡方便面看春晚回放。

“明天带你上街。”程易安今天上完年前最后一天班，下回再去医院就得初五了。正赶着后天大年三十，得带楚清买点年货去。

他昨日听程易笙说黎菘早在半个月前就买好了第一波零食，如今已经吃得差不多了。

“那我能买可乐吗？”楚清连麻辣烫都不吃了，仰着脸凑到程易安旁边，一双眼睛盯着他眨巴。平日里程易安很少允许楚清喝可乐，说是糖分高，对牙齿和骨骼都不好。

“可以。”程易安松口了，“但是只能买六听。”

楚清头点个没停，又问道：“那我能买冰棍吗？就买两根，啊不，四根好不好……”

得到程易安的应允之后，楚清将筷尖上晾着的丸子塞到程易安嘴里：

“来，赏给你的。”

第二天一大早，楚清就被程易安叫醒了。

窗前的人清清爽爽地套了件皮夹克，手里拿着车钥匙催她：“赶紧起来，带你去超市。”

楚清揉了揉眼睛，将被子蒙在头上：“大早上的逛什么超市啊……”她一般都是晚上去超市，又能遇到打折的水果面包，还能顺便吃完夜宵再回家。

“早晨东西新鲜。”程易安说完以后将被子掀开了一点儿，威胁道，“过时不候。”

“你又不买打折鸡蛋，大早上地跟爷爷奶奶们抢什么收银台……”楚清嘴里嘟嘟囔囔地抱怨个没停，尽管如此她还是噘着嘴坐起了身。

“那我们去吃藤仙阁。”这是M市有名的早点店，离楚清的住处得坐二十分钟地铁，平时她很少过去，如今寻了个免费的司机自然是绝对不能放过。

程易安将一旁的羊绒衫套到楚清脑袋上：“昨晚就约了位置，你要是再不起位置就没了。”

楚清一听，尖叫着从床上下来，随意地套了条宽松的运动裤在睡裤外面就跑去了卫生间洗漱。

随意地抹了一层隔离，她拿了个手机就出门了。面包服配运动裤，她今天整个人看起来十分休闲，穿着宽松得跟妇幼保健院体检的孕妇一样。

楚清本想穿那双棉拖出去，可一看程易安脚上穿着双马丁靴，还特地去房间里换了双雪地靴。

两个人先是开了半个小时跑到城北去吃了早饭，然后又开车去了市中心的超市。

早上九点多钟，是各大超市最忙的时候。爷爷奶奶们忙着买菜，抱孩子的，遛狗的，人头攒动。

楚清一进超市，就拽着程易安直奔零食区，看见东西就往购物车里塞，也算是满足了快递停运不能网购的遗憾。

路过拖鞋区域的时候，程易安突然瞧见了货架上的情侣拖鞋。他指了指那两双拖鞋："你家的？"

"对啊！就你第一次去穿的那双。"

程易安皱着眉想了想，他前几天住楚清那儿的时候好像穿的是一次性的拖鞋："前几天……"

楚清提到这事儿气就不打一处来，那鞋被她扔了，在程易安三天都没回她消息的那个夜晚。

"既然提到鞋了，你给我解释解释，那次你跟我冷战个什么劲儿？"这事儿原本楚清都忘了，哪知道程易安自己撞枪口上了。

"没什么。"程易安摸了摸鼻子，拉着她往前走。

楚清一看他那反应就知道不对劲，赖在原地没动，手就近虚扶着个货架耍无赖："你不说清楚了我今年大年三十在这儿过了。"她实在是好奇得很，那次是怎么惹到这祖宗了。

程易安无奈地拉着购物车退回到楚清旁边，旁边还有零散几个客人。他低着头走到楚清旁边，确定身边没人注意他们俩了，才小声地清了清嗓子道："你家挂着男人衣服。"

"嗯？"楚清眨了眨眼睛，"你以为我有男朋友？"

程易安点点头，双手紧紧抓着购物车，舔着下嘴唇。

"你……疯了吧？"楚清真没想到是因为这个，她甚至想到了程易安觉得她家里太乱，袜子乱飞，觉得她邋遢生气了。

"那你这小脑袋瓜是怎么转过来的？后来怎么就又觉得我没男朋友了？"

"朋友圈。"程易安老实交代道。

"你半夜偷翻我朋友圈？"楚清立刻开始思考自己朋友圈里有没有什

么见不得人的东西。

程易安脸皮薄，还想着给自己挽回一点面子，嘴硬道："无意间翻到的。"

"要是没翻到你就准备跟我相忘于江湖了是吧？"以程易安那性子，知道她有男朋友以后就绝不会越界。

"没翻到我就转妇产科去。"程易安说完之后脸都红了，拉着楚清就往前走，"你不是说要吃果冻的吗？"

"你不是说那玩意儿不健康的吗？不对啊，你别转移话题！"楚清差点儿被果冻给带跑了，"你转妇产科干吗你！你变态！"

"嗯，我变态。"程易安顺着她的话说。

"但、但是我听说现在生孩子可以让人进去陪产的吧？"楚清随口问了一句，她记得前几天刚在微博刷到过。

程易安偏头看了她一眼，嘴角微扬："我可以陪你进去。"

"谁要你陪我进去。"楚清白了他一眼，"我就是这么一说，孩子的爸爸还不一定是你呢，你激动个什么劲儿？"

程易安听完以后脸就黑了，闷着头走路也不答话。

"哎，薯片你吃吗？"楚清丝毫没意识到他生气了，照常跟他讲话。

"嗯。"

"那个呢？夹心饼干，吃吗？"

"嗯。"

……

程易安一路跟失语了一样，排队买单，拎着东西下楼，看都没看身旁的楚清一眼。

一直到坐上了车，楚清才发觉他不对劲了，仔细回想了一路，才知道自己哪句话说错了。

到了家以后，程易安刚准备下车就被她拦了下来。

"我错了……"楚清瘪着嘴，可怜兮兮地扒着程易安的胳膊，"我、我将来孩子的爸爸肯定姓程。”

程易安把胳膊抽了回来，默默又把车发动上，开了空调。

“你原谅我嘛，人家说过年了不能生气的。”楚清双手抱着他的右胳膊，晃来晃去。见程易安还是无动于衷，她又将下巴搁到了他的肩膀上。

程易安还是没动，眼睛盯着窗外，一点儿反应都没有。

“我就是、就是嘴快嘛，口不择言。以后我一定说话之前过脑子，我、我一日三省吾身！我肯定不惹你生气了，亲亲好不好……”楚清眼泪都快出来了，嘴噘得老高，能挂油瓶子了。

程易安依旧不为所动，跟被人封印了一样，端坐在原地。

楚清的火噌地就上来了，她松开了手，开了车门就跑。好声好气哄了半天还这副模样，她还真不乐意伺候了。

见楚清含着泪跑了，程易安这才慌了。他连忙下车去追，手里拎着三大包东西，累赘得很。等追到人的时候楚清已经进了房间，程易安将零食丢在了客厅，拔腿就往窗户边跑。

到了窗户口的时候，正巧碰上楚清关窗。

程易安一手扒住了窗户，随后狠狠将窗户拍了下去，然后捂着手皱着眉，站在原地：“嘶……”

楚清听见声音以后赶忙开了窗，趁她开窗的工夫，窗外某个捂着手的人嗖地就钻了进来。见他神情正常，手也没断。楚清这才断定他是在诓她，她背对着他坐在床上，低着头掉眼泪。

“好了……”程易安见她哭，心里有些着急了。原本就是想逗逗她，治治她这口不择言的毛病，没想到将人惹急了。

“是我不好，不气了。”抬手给楚清擦了眼泪，程易安将人抱到自己腿上坐着，“不哭了，护肤品都淌没了。”

楚清低着头不看他，哭得上气不接下气的。

“大过年的不能哭。”程易安低头去亲她，从眉心到下巴，一路吻着，

“行了，不哭了，流这么多眼泪多浪费纸啊……”

“你、你自己说，以后儿子能不能不姓程！”楚清抽抽噎噎地，开始耍无赖。

程易安见她终于愿意理自己了，忙道：“行，儿子跟你姓。”

“不要……”楚清委屈地给自己擦了擦眼泪。

“好，不要。那你说姓什么就姓什么，姓麻，姓火，姓冒，姓薯片，都行。”

“你儿子才姓麻！你全家都姓麻！”她被程易安气笑了，约莫是自己觉得丢人，又将脸埋在他胸口，将一脸的泪水全数蹭到他的毛衣上。

“全是鼻涕。”程易安皱着眉嫌弃她，一边嫌弃，一边又将袖子伸到楚清跟前给她擦。

楚清还在抽抽噎噎，听见程易安口袋里的电话响了。她立刻老老实实地从他腿上下来，趴在沙发上等着。

闹归闹，遇到正事儿楚清还是拎得清的。

“喂？”程易安一手拿着电话，一手放在楚清颈后揉捏着。

楚清舒服地闭了眼睛，往前挪了一步，将脑袋放在程易安的腿上枕着。

程易安看她享受的样子，低头笑了笑。他记得以前听人说，摸小狗或者小猫的下巴或者后颈，它们会觉得舒服，如今看来楚清也适用。

“好，好，我知道了。”他很快挂了电话，见身边的人歪着脑袋看着他，他主动解释，“‘麻大哥’说让我去他那儿拿樱桃，说是黎菘早晨去水果店搬了两箱回来。”

听他一本正经地说着“麻大哥”，楚清憋笑憋得肚子都痛。她直起身子来，拍了拍程易安的肩膀：“你去吧，麻易安。”

程易安十分顺从地接受了这个称呼：“嗯，你去把刚才买的东西收拾收拾，等我回来带你吃饭，麻清。”

……

第十一章

盖着棉被纯聊天

QIAOQIAO GAOSU NI , WO HAO XIHUAN NI

一晃就到了大年三十，为了晚上守岁，楚清早上一直睡到了十二点才起来。她醒来之后洗漱完就坐在床上嚼薯片。院子里找了一圈都没找到程易安，估计是找程易笙喝茶下棋去了。

大年三十中午是没有午饭吃的，这个程易安前几天就跟她说过。吃完一袋薯片以后，楚清舔了舔手指，然后收拾东西去浴室洗澡。她吹完头发后，简单护了肤化了个淡妆，程易安就回来了。

“走吧，快开席了。”程易安刚刚贴完春联，就回来接楚清了。

两个人到了餐厅，冷碟刚刚上桌，程易笙手里照样捧着那只小猪佩奇的热水袋，时不时张嘴吃下黎菘递过去的松子。

“爷爷呢？”程易安没见着老爷子。

程易笙颇为嘚瑟地嚼着嘴里的松子，口齿不清道：“打扮呢。”

程易安白了他一眼，没理。这恩爱也秀得太过了，一颗松子能吃得口齿不清，不知道他什么毛病。

没一会儿，程�遥带着黄缪进来了。

“爸妈。”

“叔叔阿姨。”楚清忙着打了个招呼，长辈入席以后多少有些拘谨。

“小刘，开席吧。”很快，老爷子也拄着拐杖从门口进来，手里拿了只暖炉，招呼着大家动筷。

下午五点，年夜饭开席。

凉菜、炒菜、热菜上过了三轮以后，撤了饭菜，上茶水干果。

然后，开始了程家每年固定不变的节目，背《汤头歌诀》。

“来，小笙，给你弟弟打个样。”程老爷子从袖口里拿了一沓红包出来放在手边，随意说了一句，让程易笙接着往下背。

程易笙清了清嗓子，顺着老爷子的话接下去。全程气儿都不换，一个磕巴都没有，可见是从小下的功夫。

楚清目不转睛地看着程易笙，心想就算是她小时候背得最顺的那篇《出师表》，也比不上程易笙的这《汤头歌诀》来得滚瓜烂熟。

“好，小安，接下去。”老爷子又将目光转向了程易安，嘱咐道，“你未来媳妇儿看着呢，别丢人。”

程易安偷偷抓着楚清的手，不紧不慢地张嘴。

跟程易笙那种口齿不清，故意炫技一样的背书方式不同。程易安背书就跟他这个人一样，温温的，句子说得顺畅，语速适中，可又让人一听就觉得是刻在骨子里的东西。

程老爷子扬了扬手里的红包，示意几个小辈过去拿。程家的传统，成年未成婚生育的红包照给，结了婚就直接给下一代。

“谢谢爷爷。”程易笙拿了红包以后直接转手给了黎菘。

黎菘甜甜地跟老爷子道了声谢，然后美滋滋地回了座位。

轮到了程易安和楚清二人，程老爷子直接将手里剩下的两个红包都给了楚清。他又指了指程筠遥夫妇，好心提醒道：“去，那儿还有。”

程易安将楚清拉到了自家爸妈面前，提醒道：“我记得去年给大嫂的是妈的那只羊脂玉镯。”

黄缪笑着从包里拿了个红丝绒的布袋子出来，递给楚清后还玩笑道：“我们家老二现在倒是活泼了不少，都是小楚的功劳。”

楚清不好意思地笑了笑，随后道：“谢谢阿姨。”

“老二现在这个嘴能说得很了。”程易笙也附和道，“上次瞧见他跟巷子里的大黄唠了半天嗑。”

程易安随手拿了颗花生，转身往程易笙身上扔：“总比你自己跟自己下棋还嘀咕个不停好。”

“爷爷，爷爷，你看看……”程易笙将地上的花生捡起来剥了丢进嘴里，跟老爷子告状。

“小安小时候背《汤头歌诀》，背不出来，我问他为什么不背也死犟着不说，可没少挨打。”程老爷子笑眯眯地捧着保温杯喝水，这会儿已经快八点了，他有点犯困。

“弟妹啊，改天把爷爷那把戒尺拿给你看看，紫檀的，小时候专门用来打他手心的。”程易笙见程易安黑了脸，更加起劲儿了，“错一个字抽一下，错一个字抽一下……”

楚清一听就想到了程易安小学时候写的那篇《我的哥哥》，作文里写哥哥小时候背《汤头歌诀》，背错字被爷爷打手心。谁知道居然是他自己的真人真事，写进作文里还替换了主人公。

楚清揶揄地侧头看了一眼程易安，后者不自然地低头剥着砂糖橘。

程易安只剥不吃，小小的婴儿拳头般大小的砂糖橘放了一排，还是按大小个儿排的。

楚清拿起来直接整个儿地往嘴里塞，塞到第五个的时候就被程易安拦住了，说是吃多了上火。

春晚开场舞结束了以后，程老爷子和程筠遥、黄缪夫妻俩就先回了房间休息，小辈从餐厅转至各自房间里守岁。

程易安记得去年的除夕，程易笙吃完年夜饭就早早带着黎菘回房了，三个长辈也各自回房休息。他一个人落单，自己跟自己下了一夜的围棋。

“我们先走了。”不到九点的时候，程易安抢先起身。

楚清目不转睛地盯着屏幕上的某个新晋男神，眼珠子都快掉下来了：“等我看完这个……”

程易安无奈，只能坐下来等着。等那个男人一下场，他就迫不及待地拉着楚清的手就往外走。

“干吗呀，我还没看完呢？”楚清有些不乐意了，大过年的这么早睡觉做什么。春晚刚刚演了几个节目而已，最重要的是黎菘带过去的辣条真的很好吃，她还没来得及问牌子呢。

程易安直接将楚清带回了自己的房间，她那房间的床小，两个人睡着多少有些挤得慌。楚清又是睡觉极其不老实的，他昨晚差点儿被楚清从床上踹下去。

楚清也乐意跟他回去，客房没有电视，她记得程易安的房间是有的。

一到卧室，楚清迫不及待地冲到电视机前面打开电源。

“哎？怎么没有信号？”电视蓝屏，闪着“无信号”三个大字，她抓着遥控摆弄了一会儿还是没有画面。

程易安从外面进来，径直走到电视机旁边拔了插头，解释道：“欠费。”他从来不看电视，后来就干脆没再续费。

楚清一听，气呼呼地叉着腰：“电视不让看，东西不让吃，你说吧，这么早把我带回房要做什么？”

程易安回身将门关上，又熄了灯：“做点大晚上该做的事情。”

“做点大晚上该做的事情？”

楚清一听，大晚上该做的事情……她突然红了脸，紧张害怕之余又多了些脸红心跳。

这个问题前几天林襄还特地跑家里问过她，得到否定答案以后，林襄百思不得其解，贼兮兮地问了句老程怕不是性冷淡吧，被楚清满屋子追着打。

如今看来，程易安竟是这个意思。

旁的人都是元旦前跨年去酒店，他挑了个除夕，勉勉强强也算是传统之中的浪漫。

“我、我先洗个澡。”楚清推开程易安想出去，刚走了两步就被人拦住了。

“你下午不是洗过吗？”程易安开了床头的一盏小台灯，开始解衬衣纽扣。

楚清舔了舔嘴唇，征求他的意见：“那、那……不洗了？”

“嗯。”程易安脱了衬衣，从衣橱里拾了件工字背心穿上，又开始脱裤子。

楚清愣在原地，总觉得有些怪怪的……她看电影里，人家都是先亲亲抱抱什么的再脱，怎么到了程易安这儿跟例行公事一样？

听见程易安轻声打了个哈欠，楚清更憋屈了，这人还困上了。

楚清默默地脱了外套和毛衣，然后脱外裤。她穿着棉毛衫掀开被子进去，冻得直哆嗦。腹诽着程易安这个人一点儿觉悟都没有，都不知道帮她暖一暖被窝。

楚清深吸了一口气，然后拽着被角闭上了眼。身边的人翻了个身，然后往她的方向挪了挪。

“冷吗？”程易安知道楚清以往都是垫着电热毯睡觉的，怕她冻着。

“冷……”楚清往里头缩了缩，也转了个身面朝着程易安，弓着身子往他怀里钻。她刚抱到了程易安的腰，谁知道他突然坐了起来。

程易安将楚清的手拿开，然后起身道：“你先睡，我去给你灌个汤婆子。”

“不用了吧，你……”楚清没拦得住他，十分挫败地躺在床上。

程易安拿了热水袋回来，他给楚清掖好了被角，然后平躺在床上：“睡觉。”

他今天早上五点就被程易笙叫起来给厨房干苦力去了，剁了一上午的骨头，浑身都快散架了。程易笙先前饭前同他嘚瑟，说是下午媳妇给他按摩了，觉着神清气爽。他可就不行了，又困又累，跟值了三天夜班一样。

直到听见程易安平缓而又均匀的呼吸，楚清才敢相信他嘴里说的“晚上该做的事情”真的是睡觉。

可她是准备守岁的，如此一来就十分尴尬了。悄悄掏出了口袋里的耳机，她用 iPad 打开了春晚的直播。手里握着手机刷微博的段子，她连笑都不敢出声，只能咬着被角。

一直到李谷一老师的《难忘今宵》唱完，楚清才关了手机。她揉了揉肩膀缓解酸痛，然后伸手去拿眼药水。刚刚滴完闭上眼睛，身边的人就醒了。

程易安一睁眼就看见楚清用纸巾擦眼泪，吓得觉都醒了，他连忙扑上去，问道：“怎么了？”

楚清睁开眼睛，眼泪混着眼药水往下淌：“什么怎么了，你醒了？”

程易安皱着眉，用手给她擦眼泪：“不高兴？”虽然他也不知道楚清为什么不高兴，可听姚宇成说女人都是敏感的，动不动就不高兴……

“眼药水……”楚清十分无奈地指了指眼睛，“我没哭。”

程易安一听，这才放下心来，他拍了拍楚清的脑袋：“睡觉吧。”

“盖着棉被纯聊天？老程，你挺没追求的啊。”说完后，楚清伸手攀上了程易安的脖子，低头啃了一口。

程易安浑身都僵硬了，盯着楚清动都不敢动。

楚清头埋在他胸前，听见了他嗓子里“咕咚”一声，咽口水的声音。

他这房里的窗帘不遮光，此刻房间里虽暗，但是该看的不该看的都看得一清二楚，比如说程易安的红脸蛋儿和他不安的小手。

楚清饭后喝了黎菘给的果酒，此刻也不知道酒劲儿散了没有，胆子大得很。她将手指头插进程易安的发间，有一下没一下地摸着。

两个人贴得极近，能感受到彼此的心跳。

程易安的呼吸已经乱了，可他还是努力地深呼吸克制。他想推开怀里的人，可鬼使神差地，又贪恋着女孩子身上的气味和温度。

楚清身上一直都带着好闻的柚子味儿，清新中带着香甜的气息。嘴里呼出的气息又带着玫瑰味牙粉的味道，一下一下打在程易安的鼻尖。

程易安此刻浑身都粉红粉红的，像是只蒸锅上的龙虾。

楚清将脚边的热水袋踹下了床，她此刻后背已经开始冒细汗了。抬头吻在程易安的喉结处，又向上亲到下巴，再到嘴角。

以往两个人的亲吻都是程易安主动的，可也就是浅尝辄止，十分纯情。

楚清生涩地含着程易安的下嘴唇用牙齿轻咬着，他的嘴唇很软，可嘴唇的主人一点儿动作都没有。

程易安垂着眼，盯着楚清的动作。后者的睫毛跟扇子一样，时不时刮过他的脸颊。他双手扶在楚清的腰际没动，也不敢动。但他可以感受到楚清的急切，这丫头的手已经伸到他的后背了。

楚清感受到了什么，突然停了动作。她松开程易安，将头埋在他胸口闷声笑了一声，故意调侃道："原来你不是性冷淡哦……"

话音刚落，她就松开了程易安，结束了所有暧昧的动作。她规规矩矩地闭上眼睛，打了个哈欠道："哎呀，好困的。"

程易安此刻进退两难，僵着身子不知道如何是好。正当他准备出去冲个凉水澡的时候，楚清突然又撞了上来。

准确地说是贴上来，从腿到胸，紧紧贴着程易安，那脑袋还故意往他胸前蹭，毛茸茸的刘海儿蹭得他心痒痒。

"抱……"毫无预兆地，楚清开口撒娇。

程易安此刻脑子里的"凉水澡"三个字已经被他抛到九霄云外去了，他一手钳住楚清的下巴，一手撩起她的睡衣。

"你干什么？"楚清觉得腰上痒痒，动了一下。

程易安闷哼一声，低头封住她话多的嘴："干晚上该干的事情。"

撩完了就睡，要皮也不是这么皮的。

程易安一手解开了楚清睡衣的纽扣，这才发现她里头还穿了一件。他皱着眉头掀开被子瞧了一眼，类似汉服的那种睡衣，薄薄的真丝系带的。

楚清憋着笑，特地将绳结对着他，说道：“你先解开再说吧。”

楚清的绳结是特地找人学过的，系起来容易，自己解开也容易。可要是没学过这种系法的人，怕是研究半天都不知道怎么解开。

程易安一扫就知道这不是普通的结，他一点儿想研究的念头都没有。双手拉住衣裳的左右两片，用力一撕……衣料撕裂的声音，在这夜色里显得格外清晰。

“程易安你浑蛋！”楚清心疼得气儿都喘不过来了，“这睡衣抵我一件羽绒服呢！”

“明儿给你买十件。”程易安随意地将睡衣往外一丢，将方才楚清对他做的，一样一样，放慢动作做了个遍。

楚清带着哭腔往后缩：“我们睡觉好不好……”她是真㞞了，万分后悔，就不该作死去撩他。

“好……”程易安沉着声音答应道，手里动作没停。

“唔，我是说睡觉啊……”

“是在睡觉啊。”程易安将人松开，然后从床底下拿了个盒子出来递到楚清眼前，“你要不要挑一个？”

楚清气得抓了一把盒子里的东西就往他脑袋上丢：“挑你个头啊！”

程易安偏头一躲，有一个正正好卡在他的背心领子口。拿起来一看，他低头抿嘴笑了笑：“你喜欢这种？超薄无感……”

“我喜欢你个……”楚清羞得不行，话说了一半就被程易安打断了。

“哦，只要是我都喜欢？”

……

第二天早上，按规矩要早起拜年，程易安拜完年回去的时候特地给楚清端了碗元宵。

“楚清，醒醒。”程易安将元宵放在床头柜上，这才看清了这房里昨日被他们弄成什么模样。

楚清迷迷糊糊地睁开眼，下意识要起身，起到一半突然倒了下去，眼泪在眼眶里打转。

程易安急忙捂住她的脸，哄道：“不能哭，今天哭了整年都要哭。”

“还不是怪你。”楚清呜呜咽咽地，将眼泪全都蹭到程易安手上。她瘪着嘴，委屈道，“疼……”

程易安将手伸到被子里，帮她捏着腰：“我错了，下次……”

“下次还敢！”楚清恶狠狠地指着他，“别以为我不知道！”

“下次就不疼了。”程易安憋着笑意逗她，“真的，今晚就不疼了。”

楚清伸手打他，又恼又气：“你还说！”

程易安低着头求饶，弯腰在她脸上啄了一口：“我错了，我错了。”

“哪里来的元宵？”楚清这鼻子还是一如既往地灵，“你已经见过爷爷他们了？”

“嗯，七点拜年。”程家几十年的规矩了。

“那你怎么不叫我啊！”楚清埋怨道，“那……那爷爷对我印象该不好了……”

“不会，爷爷惦记着重孙子，不会怪你的。”

楚清隔着被子去踹他：“你还说！”

抱着楚清半靠在床头，程易安将那碗元宵一个一个吹凉喂给她吃完了。

楚清看着这满屋狼藉，脸又红了：“你怎么都不收拾一下……”

姚宇成送的那盒东西撒了一地，她的那件真丝睡衣还挂在窗台上。

程易安颇不在意道：“没事儿，又没人过来。”

话音刚落，院子里传来黎菘的声音：“小清清，我给你送小馄饨来啦！”

两个人俱是一愣，楚清更是一骨碌钻到了被子里：“你惹的事情，你去摆平。”

程易安清了清嗓子走到门口，对黎菘说：“她还没起呢。”

黎菘不在意地摆摆手：“没起就没起呗，都是女人，羞什么嘛……”

见她还想往里走，程易安后退两步，死死地堵在门口，神情紧张：“碗给我吧，你、你先回去？”

黎菘皱着眉，还想说什么，突然瞟见了程易安羊绒衫上沾着的一片包装纸……她看那形状和颜色有些熟悉，明白过来以后立刻转身往院子里跑，扬声道：“我不打扰你们了，我先走了，你们继续，就当我没来过啊！”

程易安见她走了，总算是松了口气，端着馄饨回了房。

“你站住！”楚清见他那黑色的羊绒衫上沾着一片红色的包装纸，“那、那不会是……”

程易安低头一看，点了点头：“是。”

楚清绝望地望着天花板：“你家有地洞吗？我想钻一钻。”

“有地窖，里面都是腌菜。”程易安一本正经地同她开玩笑，见她咧嘴笑了，转身到衣橱里拿了个礼盒出来给她，“新年礼物。”

楚清尖叫着拆开盒子，她上次无意间刷到的一款春款包，贵到窒息的那种。那时候她就随口说了句好好看，连转发都没有。

“你怎么记得是这款！”楚清将包拿出来左看右看，恨不得立刻下床背到院子里转一圈。

“翻你的微博关注。”

程易安是一条一条翻的，楚清关注了五百多人，从后往前翻到了三百多个才找到了。他拿着图片托人从M市找没找着，还是让哥们儿从B市买的。那时候快递已经停运了，他特地找了人，一路从B市开车送到了M市。

楚清将包又仔仔细细地放进盒子里，然后双手捧着程易安的脑袋亲了一口，“吧唧”一声，十分响亮：“我爱死你啦！”

程易安舔了舔嘴唇：“我也是。”

程家过年的传统活动就是打麻将，专门辟了个房间出来，里头放了两张麻将桌。

连上场打的带着围观的，棋牌室里满满当当挤着十来个人。

楚清一向是对这些东西不感兴趣的，其实也可能是水平太菜。从小打扑克没赢过的她，将牌技差归于数学不好。像程易安那种数理化常年保持在全年级前几的，打起牌来可谓是得心应手。

“我没钱了啊！”程易笙今日带的现金已经全输光了，每年跟程易安打牌都要掉一层皮，今年算是最惨的一次了。

牌桌上不用支付宝，不赊账，钱不够了只能用物件抵，这是程老爷子定下来的规矩。许是因为他自个儿没有支付宝罢了，经常能从小辈那儿赢一块好墨或是一支上好的狼毫笔回去。

“拿东西抵。”程易安拉开了自己面前的小抽屉，里头红的绿的一抽屉的纸币。他十分嘚瑟地看了一眼身边的楚清，指着程易笙说，“小清上次说你腕子上的珠子好看。”

程易笙眼睛一瞪：“你这媳妇儿眼光还挺毒！”那串小叶紫檀是他从朋友手里讨过来的，为此签下了一个不平等条约，每年两次去他们学校演讲，为期五年。

“你给不给？”程易安可不管他，如今他输得连裤衩儿都没了，只剩那手上的几个物件值钱。

程易笙将珠子拆了下来，拎着穗子送到楚清眼前：“来，弟妹，别客气，算是见面礼了。”

楚清看了一眼程易安没接，直到后者点点头让她拿着，她才欢天喜地地喊了声“谢谢大哥”。

“来，洗牌。”程易笙将袖子往上挽了挽，挺直了腰杆儿，“我要认真了。”

程易安跟一旁的表弟交换了个眼神，然后开口道：“你书房里那新得的端砚……”

“给。”程易笙一拍桌子，赌气道，“还有那块松烟墨，一并拿去。”他还真的就不信邪了，今日手气能差到一局都赢不了。

那头的楚清收到了林襄的短信，说是过年无聊，让她一块儿出去逛街。她小声附在程易安耳边：“我和林襄出去逛街。”

程易安点点头，当即就要丢牌起身：“我送你。”

“别，你玩你的，林襄开车来接我。”难得看见程易安兴致高，楚清想着既然他开心，便由着他多玩会儿。

“真不用我送？”程易安牵着楚清的手，放在胸口捂了捂，“那你多穿点衣服，别冻着。”

“知道，你好好玩儿，少喝点酒。”他们这牌局打到最后输得没东西输了肯定得变成酒局，楚清看门口那四箱啤酒就知道了。

“好。”程易安应下，随后拍了拍楚清的腰，“把我送你的包带上，想买什么就买。”

“那肯定是要带的，背上你送的包，我就是街上最靓的崽崽！”楚清低头跟他玩笑了一句，随后看了一眼周围，见没什么人注意到他们这边，迅速地亲了他一口才离开。

程易安还盯着门口出神，怔怔地抬手触了触自己的脸颊。

一旁的小表弟看着程易安这痴汉样子酸掉了一地的鸡皮疙瘩：“你可行了，易安哥，嫂子都走那么远了，该回神了。”

林襄将车开到了巷子口，等了老半天才等来了楚清。

“你们家老程住的地方也太偏了吧？”车都开不进去，冷冷清清的没什么烟火味儿。

“过年小商小贩都回去了，冷清了不少。”楚清拉开车门上去，“你们家大姚呢？怎么想起来找我了。”

“值班呢。”姚宇成过年七天有四天半都得待在医院，本地人加上没去阳县义诊，妥妥的值班主力军。

“行吧，那我勉为其难抛下我们家老程陪你逛街。”楚清系上安全带，往林襄肩膀上拍了一下，“走吧，林司机。”

大过年的商场里人头攒动，一个个的得了年终奖买东西跟不要钱似的都往店里钻。

楚清陪林襄买了一条铂金链子，然后就转道去了楼上男装区。她很少戴饰品，一来是嫌累赘，二来她这人脑筋不好，怕丢。

“那件不错哎。”楚清看中了橱窗里的一件驼色大衣，她还没见过程易安穿这个颜色的衣服。

“嗯，适合老程。”说完后，林襄指了指隔壁的运动品牌，“我去那儿看看，大姚那小短腿穿不了大衣，齐膝的衣服一穿，两小腿露外头跟萝卜似的……”

楚清笑着同她挥了挥手，随后叫来服务员买单。

“您是刷卡还是现金？”

楚清从包里拿了钱夹出来：“刷卡。”

她拿着打包好的衣服出门的时候，身后的服务员追了上来：“您的卡掉了。”

楚清接过来一看，黑色的某银行的信用卡：“这不是我的。”一看那卡的模样就知道是自己用不起的额度。

在商场里头吃了晚饭，两个人拎着大包小包往地下车库走。

“哎，你拎这么多东西回去没事儿吧？”林襄知道楚清是第一次见程易安的家人，“他家里人好相处吗？”

“很好。”楚清说完偏头看了林襄一眼，“都特别好。”

林襄咂了咂嘴，浑身鸡皮疙瘩掉了一地：“热恋中的女人啊……啧啧啧啧啧。”

“是初恋。”楚清故意扬着脑袋，十分得意的模样。

“是，初恋、初恋，怪不得你们俩跟愣头青谈恋爱一样，你们家老程也太能忍了，人都带回家了还是只能看不能吃。”林襄先前听姚宇成说程易安纯情得要命她还不信，如今倒是觉得不仅纯情，而且还㞞。

“哪有……”楚清低着头看着脚尖，脸都红了。

林襄一看她神情不对，将手里的东西放进后备厢后拉着楚清正对着她，打量了一圈儿：“你气色不错啊，面色红润有光泽，一看就是被爱情滋润过了！”

楚清白了她一眼，有些害羞：“胡说什么……”

“某人不要狡辩了，明明耳朵根子都红了。”林襄说完趁楚清不注意，将一个口袋里的东西塞进了她的购物袋里，然后拉着她上车。

“老程跟你提结婚的事儿了吗？”

“没有啊，哪那么快。”他们才谈了一个月都不到的恋爱而已。

“你们认识九年了吧？当初要是按部就班地大学毕业就结婚没准儿孩子都能叫我干妈了。”

楚清低着头不语，随后打趣道：“你和老姚可是大学毕业就结婚了，我干儿子还不知道在哪儿呢。”

“等大姚读完博就差不多了，你们也抓紧。”林襄虽然看起来大大咧咧整天什么都不考虑的样子，实际心里有谱。

车开到了巷子口，楚清远远地就看见路灯下站着的人。程易安套了件风衣外套，没系扣，略有些懒散地虚虚靠在路灯杆子上，单手插兜。

“你家那位等你呢。”林襄停稳后也没下车，嘱咐楚清，“把你东西都拿走啊，别落了。”

楚清嘴里答应着，一下车就往程易安的方向跑，东西什么的都抛到脑后了。

“你等多久啦？”

程易安将她的双手放进口袋里暖着：“不久，刚出来。”

“你们两个能不能等会儿回家腻歪？东西给我拿走，我还赶着回家呢。”林襄真的是觉得没眼看了，这两个人还跟刚确定关系的小情侣一样，恨不得整天用 502 粘着。

程易安把后备厢的东西拎出来，然后绕到驾驶座同林襄道谢。

林襄懒得跟他整这些虚头巴脑的东西，挥了挥手道：“用不着，以后你家生闺女给我当儿媳，生小子给我当女婿。”

楚清一听，立马从程易安身后钻了出来：“那说好了，你儿子智商可得随大姚，要不然我不同意。”

“赶紧回去吧，随你们家老程闷葫芦我还不乐意呢！”

“闷葫芦怎么啦，我就喜欢闷葫芦！”楚清冲着林襄扮鬼脸，随后拉着程易安转身进了巷子。

楚清两手拎着费劲儿的购物袋全数被程易安接过去，他一只手拎着东西，一只手牵着楚清缓缓地走在石板路上。

“你赢钱了吗？”楚清牵着他的手前后晃悠着。

月色如水，冬日里的夜晚格外清冷。走在破旧的石板路上，周遭一片寂静，给人一种难以言说的感觉，全身心地放松着。

楚清挽着他的手，缓步走着。脑海里浮现出了两人白发苍苍的模样，若是四五十年后，两个人还能像如今一样依偎着……光是想想，嘴角也是上扬的。

“嗯，能买好几套睡衣了。”

楚清又想起了前几天晚上的场景，手虚握成拳去打他：“你能不能别提睡衣……”

“行，不提。”程易安答应得十分爽快，随后又道，“不穿也行。”

楚清低下头，用头去撞程易安的胳膊，又羞又恼：“你烦不烦……”

“你怎么没用我给你的卡？”程易安问道。他今天下午一条消费提醒都没收到，还觉得有些奇怪。

“什么卡？”

“放包侧袋里的，黑色底，金色花纹。”程易安给她描述着，“没看见？”

他之前听人说送包不能送空的，可这年头放一沓现金在包里未免多了些俗气，那场景跟送礼贿赂一样。于是程易安想来想去，就放了张卡在包里，那是他全部身家，想来楚清一打开包就能看见。

楚清听完，脸色开始变了。

“那个……可能、可能在柜员那儿。”她挠了挠脑袋，“当时她问是不是我的来着，但、但我也没见过啊……”

楚清抬起头小心翼翼地看了一眼程易安：“有密码的吧？”

程易安无奈地点了点楚清的额头：“密码是我们两个的学号，商场应该还没关门，回去看看。”

俩人一路开车回了商场，楚清拽着程易安小跑到她买衣服的柜台的时候，人家已经开始拖地了。

“你好……”楚清看见了那熟悉的柜员，她挥了挥手，“下午有张黑色烫金的卡还在你这儿吗？”

柜员一愣：“您不是……”

“我男朋友的，我先前没见过。”楚清解释道。

“我怕是有人拿去盗刷，就给处理了……”

楚清跟柜员道过谢以后跟着程易安走出商场，一回到车上，她就开始乐，乐得肚子都痛了。程易安好不容易送了个礼物还搞了个这么大的乌龙，如今银行都放假，连补办挂失都找不着地儿。

“行了，年后我去补办。”程易安也有些哭笑不得。

“那……那这些天我养着你好了！”楚清拍了拍自己的包，安慰他，“你放心，我有钱。”

楚清大手一挥：“说吧，明天想去哪里玩儿？”

程易安掏出了早就准备好的电影票递给楚清：“下午从程易笙那儿赢的。”

他们下午打完麻将以后又去了程易笙那儿打扑克，后者输得就剩一条裤衩了，还是程易安好心说拿电影票抵了。

楚清大年初一就嚷嚷着要看电影，可奈何从不知道电影票还有预售这么个流程，点进 APP 的时候票早就都卖光了，连第一排都是满满当当的。程易安没辙，直到昨日看见程易笙口袋里的电影票，这才暗暗下决心非要赢过来不可。

第十二章

我想你了

QIAOQIAO GAOSU NI , WO HAO XIHUAN NI

第二天午饭后，两人来到了某商场顶楼的电影院。

程易安一出电梯就愣在了原地，这算是他这么多年来除了学校开大会以外一次性见过的最多的人了。整个电影大厅里除了人头什么都看不见，完全不知道该往哪儿走。

“走吧，抓紧我，别丢了。”楚清见他傻愣愣的样子觉得好笑，她握着他的手往检票口走。她之前就料到了电影院的人多，所以两个人自备了饮料。

上午楚清醒来就闻见了很浓的香味，出去一看是程易安在院子里烧炭炉子，上面放着只小巧的黄铜水壶。他旁边的桌子上还放着个约莫有蒲团那么大的茶饼，缺了个角。程易安说是爷爷的朋友从西北寄过来的茶砖，那边的人都用来煮奶茶。

楚清找出了之前跟林襄逛街买的情侣杯将奶茶灌了进去，程易安不爱喝碳酸饮料什么的，正好两人可以带去电影院里喝。

检票口的队伍排得老长，楚清小心翼翼地打开了自己的杯子抿了一口奶茶。和 M 市常见的台式、港式的奶茶不同，那茶砖煮出来的茶带着一股子说不出来的味道，不过确实是好喝的。

跟着一大拨人潮进去，楚清被挤到了三号口。她在临进厅之前理智回笼，扭头问程易安：“我们几号厅？”

“六号。”

楚清一拍额头，扭头就往六号厅走，刚走了两步又回过身去捞程易安：“跟紧我。”

一米八几的大男人被楚清抓着满电影院跑，程易安觉得感觉还挺好的……

终于找到了位置坐下，八排正中间，位置很好。开场以后楚清身边还空着两个位置，人一直没来。

春节档的片子喜剧居多，这部也不例外。厅里笑声不断，唯独身边的程易安，端坐在椅子上，一动不动。

“你觉得不好玩吗？”楚清小声附在程易安耳边问道。

“还行。”

楚清撇撇嘴，这闷葫芦看见好玩的段子都不笑，突然有些想带他去看恐怖片了，遇到突然出现女鬼什么的，不知道他是不是能改变一下面部表情。

“不好意思，让一让。”一对情侣弯着腰进来。

楚清拽了拽程易安示意他让人家过去，程易安并着腿双手放在膝盖上，然后微微侧过身来让别人进去。那拘谨的神情和动作像极了幼儿园里排排坐的小朋友。

“楚清！”那对情侣一坐下来，女人就大喊道。

“你好……”楚清眯着眼睛仔细瞧着旁边的人，电影院里头灯光太暗看不真切。

那女人见状直接打开了手里的手机灯对着自己脸上照：“我啊，陈小彤，以前住你家隔壁的。”

“哦，我想起来了……”楚清将她手里的手电筒压下去，“你先关了。”

陈小彤激动得拽着楚清的胳膊："你们当年怎么说搬走就搬走了呢？你后来去哪儿读书了？叔叔阿姨怎么样？"

陈小彤天生的大嗓门，平日里倒是觉得没什么，可此刻在安静的电影院里显得十分刺耳。

"先看电影吧，等会儿再说。"楚清压低了声音道。

身边的程易安握了握楚清的手，在她手心里画了个问号。楚清微微摇了摇头，偏头朝他笑了笑表示没事儿。

当初楚清还住在 Q 市的时候跟陈小彤家是邻居，两个人一直从幼儿园开始同学到高中。直到楚清那年搬走，就再也没回过 Q 市了，没想到陈小彤如今也到了 M 市发展。

电影散场后，楚清刚起身就被陈小彤拽住了："一起吃饭呗？挺久没见了。"

楚清抬头看了一眼程易安，后者点了点头表示同意，随后扬了扬手机说要出去给家里打个电话。

陈小彤盯着程易安出去的方向，有些激动地问："那是你男朋友啊！好帅。"

楚清冲她笑了笑，礼貌地寒暄了几句。

吃饭的地方是程易安挑的，说是他朋友开的素食餐厅。如今过年期间处处爆满，也就这儿经常留两个包间给朋友，不用排队。

四个人在包间里坐了下来，楚清这才注意到了陈小彤旁边的男人，黑衣黑裤黑框眼镜，安安静静的，没什么存在感。

"你男朋友做什么的啊？给我介绍介绍。"陈小彤脱了外衣，边翻着菜单边问道。

"医生。"

"那好啊，那以后我挂个号什么的是不是就方便了？"陈小彤看见菜单以后面色变了变，但很快调整过来，不紧不慢地点着菜。

“别，他还没毕业呢，说不上话。”楚清笑着帮程易安挡了回去，然后将话题引到了陈小彤旁边喝了四五杯茶的男人身上，“你男朋友呢？做什么的？”

陈小彤白了身边的男人一眼：“工地，晒得跟煤炭一样。”

桌上两个男人都是寡言的，只顾着喝水或者给女朋友添水，一句话不讲。陈小彤还是跟小时候一样，没一个人理她都能说上三天三夜不带渴的。

“叔叔阿姨呢？我那时候听我妈说他们调去了T市工作，怎么你在M市念的书？”那时候楚清一家搬家得匆忙，家里没有电脑，跟以前的老邻居就断了联系。

“嗯……我在M市念的。”提到父母，楚清有些不自然，垂着的手被程易安牵了起来，放在他膝盖上摩挲。

“叔叔阿姨呢？也在M市？”陈小彤没看出来楚清的状态不对，追问着。

“去世了。”楚清淡淡地吐出了三个字。

静了几秒，陈小彤又开口了：“意外？还是得病的？怎么会这么突然……”

陈小彤的男朋友皱着眉，用手肘撞了撞陈小彤。后者还没有意识到，不耐烦地翻了个白眼。

“吃饭吧。”程易安将中间的一道汤往陈小彤身边推了推，“他们家的招牌，尝尝。”他努力克制着自己的情绪，大过年的不想让楚清伤心。

自从两个人相遇以来，程易安绝口不提八年前的事情，就是怕楚清难受。如今被个外人追着问，他顾着楚清的面子还不好直接甩手走人，实在是憋屈。

楚清有些惊讶于程易安的举动，握着他的手收紧了一些。她觉得鼻子有些泛酸，握着筷子没动。

程易安给楚清夹了一筷子红烧的不知道是什么东西，笑道：“这是他们家做得最像肉的菜了。”

楚清低头咬了一口，应该是某种菌菇类的东西，极鲜美，入口弹牙，确实有肉的味道。

一顿饭吃得没滋没味儿的，楚清最后扒了两口白米饭算是果了腹。

陈小彤嘴一直说个不停，楚清越不愿意答，她越是好奇。

甜点上的时候，楚清已经有些恼了。

“叔叔阿姨是因为工作原因还是……”

“我爸肾衰竭，我高三那年春天走的。我妈精神恍惚，一周以后就出了车祸。”楚清解释完就搁了筷子，冷着脸说，“行了，我们吃完了就先走了，你们慢慢吃。”

陈小彤一见他们要走，也连忙起身：“我、我也吃好了。”

楚清回身看了她一眼：“单我男朋友会买。”

“行，那、那你们路上小心。”陈小彤讪讪地又坐了下来，“小清我们留个电话号码吧，以后万一有个什么……”

“我男朋友神外的，除非脑部肿瘤，旁的病帮不上忙，你要是真的有这方面的需求到时候直接去找他好了。”将陈小彤怼得面色通红，楚清这才算是出了一口恶气。从前只知道陈小彤直肠子口无遮拦，可没想到二十好几了情商丢在老家没带出来，楚清也顾不得什么往日情面了，非得说她两句才好过。

楚清黑着脸在前头走着，身后的程易安拎着包小步跟着。两个人全程毫无交流，闷头赶路。

一直到上了车，程易安开了暖风。待车内暖和了一点儿以后，他才小心翼翼地侧头看了一眼楚清。见她小嘴噘着，他伸手在她脑袋上摸了摸，柔声道：“好了，没事儿了。”

楚清的眼泪立刻就下来了，趴在程易安的肩头上带着哭腔撒娇：“我要吃烧烤，我好饿啊……”

方才根本没吃多少，又拼命往肚子里灌山楂饮料，如今楚清饿得可以吃下一头牛。

程易安给她抹了眼泪，发动了车：“走，带你吃烧烤。”

两个人去了好几个常吃的烧烤摊子，因为过年全都歇业了。将车停在了路边，程易安拿手机想着办法。

“回去吧，不吃了……”两个人跨越了半个 M 市寻烧烤也没寻着，楚清觉得再找下去未免有些任性了。

“别急。”程易安手里还打着字，信誓旦旦道，“肯定给你找着。”话音刚落，他就将手机揣进了兜儿里，将车掉头。

二十分钟后，两人到了蒋睿的酒吧。此刻正是酒吧客流量最大的时候，两个人刚到门口就被拦下了，里头实在是没位置坐了。

“哎，程医生！”酒吧里的扫地小哥看见程易安以后蹦起来挥了挥手，然后小跑到门卫跟前，“蒋总的哥们儿。”

扫地小哥直接将他们往蒋睿的办公室领，顺便还好心提醒今日楼上的客房满了。

“蒋总，程医生到了。”扫地小哥敲开了办公室的门。

蒋睿一看就是精心收拾过的，一身花色西装，连刘海都用发胶抓成了心形。

“你把人领到天台，后天烧烤用的东西给拿出来，食材什么的让小楚自己挑去。”蒋睿有条不紊地交代着，“再去拿两张毯子给他们，别在我这儿冻着了。”

方才他接到程易安消息的时候还寻思呢，为什么大过年的非要吃烧烤。如今一看楚清这眼睛红成了兔子才明白了一二。要他说程易安真的是长进了不少，知道用好吃的哄媳妇了。

“我、我去啊？”小哥手里拿着拖把，有些犹豫，“那门口的地……”

蒋睿不耐烦地挥了挥手：“扫什么扫，改明儿给你升领班工资翻倍，赶紧去。”

得了升职加薪的命令，扫地小哥跑得比谁都快。把楚清和程易安带到天台以后打开了串儿灯，点炭，支烧烤架子……忙得不亦乐乎。末了，还给程易安留了个消息，让菜不够了就给他打电话。

程易安随手拿了两瓶调料看了看，然后放回了原处，他退到一边，朝楚清比了个“请”的手势。这些个东西他没碰过，也看不懂，只能拿个蒲扇不时地往炭上扇扇风。

楚清也不跟他客气，一手拿了五六串羊肉串放到烧烤架上，签子握在手里，肉却是分开的，避免了团在一起肉不易熟。羊肉变色以后翻面，撒料，她一边顾着羊肉，一边还指挥着程易安将难熟的鸡翅什么的往架子上放。

“嘶……”楚清突然眯着眼睛蹲了下来，“眼睛。”

嘚瑟过头了没有好下场，楚清算是切身体会到了。她方才忘情地拿着孜然粉撒料，模仿着烧烤摊摊主潇洒不羁的动作。可没料到风一吹，孜然进了眼睛，辣得她眼泪直流。

程易安一边心疼着一边又憋不住地想笑，他将没喝完的半瓶矿泉水直接往楚清脸上淋，眼睛洗完了，妆也花了。

楚清的睫毛膏和眼线晕成了熊猫，眼影的亮片儿也从眼角掉到了脸颊。她从程易安呆蒙的表情里读取到了一个信息——自己这副模样没法儿见人了。

程易安想了想，给方才的扫地小哥打了个电话。

十分钟以后天台的门开了，扫地小哥手里拎了个袋子，还端了碗甜粥上来。他将卸妆的东西递给楚清，然后接过了烤串儿这项“危险”的工作。

楚清拆开一看，扫地小哥东西还带得挺全乎，连眼唇专用的卸妆液都有。她一样一样给程易安介绍：“这个是卸眼睛和口红的，倒在化妆棉上然后敷一会儿……以后我要是太累了你帮我卸。”

程易安很认真地看着楚清的步骤，随后皱着眉踌躇了半天问了一句：“你画嘴巴了吗？”

楚清一下子愣在了原地，用手里的卸妆水使劲儿往嘴上抹了抹，将卸下来的口红递到程易安眼前。

程易安有些尴尬地舔了舔嘴，说道：“不画也很红……”

楚清卸完妆以后扫地小哥的烤串儿也出炉了，动作又利索火候也掌握得正好。配着那一碗甜粥，算是一顿很丰盛的夜宵了。

楚清吃完后将程易安拉到双人秋千上坐着，一张毯子盖在二人腿上，一张毯子顶脑袋上。应该是为了蒋睿明天的聚会准备，天台布置得很有情调。

不过程易安倒是对这乱七八糟的彩灯嫌弃得很，从上来天台开始就在查天气预报，生怕下雨淋着灯会触电。

“嗝……”楚清躺在秋千上打了个饱嗝，呼出的气里满满都是孜然和辣椒粉的味道。

“吃饱了，回家吗？”程易安问道。天气冷了，大晚上的老在外头待着也不好。

楚清摇了摇头，问道：“你困吗？”

“还好。”程易安今早多睡了一会儿，此刻还没有困意。

“开去环城河边吧，就我们以前吃炸串的那边。”

高二没有晚自习的时候林襄总会带着楚清去吃油炸串串，几次以后姚宇成也非要跟着，再后来在姚宇成的撺掇下，程易安也加入了。不过程易安永远是负责拿包的那个，最多买瓶矿泉水喝，油炸的东西从来不沾。

那个地方算是四个人的一个小据点，就算是不上课的时候也会约着下午过去吃一顿再回家，顺便交换一下各自写完的作业答案。

车开到河边停下，程易安将窗户开了个小缝透透气。

春节期间街上的人本就不多，更何况是环城河边这种本就僻静的地方。他们上学的时候这周围还有个小学，每天上下学很是热闹。关东煮、煎饼果子、串串香……各色小吃摆满了河边一条道。自从小学搬迁以后，这附近就冷清了不少。

“我走了以后你还跟他们过来吗？”楚清看着窗外，八年前排队买炸串的场景还历历在目，“我记得你以前就趴在那个栏杆上，有一次还不小心把我的考卷儿掉进河里了。”

那次程易安去办公室跟老师解释了半天，才免去了老师对楚清的惩罚。当时班上有规定，丢了作业自己抄一遍，连题目带答案的。

“不来，林襄他们也不来了……”四个人的队伍少了一个，再好的东西都没了滋味。

“程易安。”

楚清很少连名带姓地叫他，如今神色认真，语气平缓没有起伏，听得程易安眉头一皱。他觉得楚清不是有什么大事儿要说，就是要跟他提分手。

“你为什么没问过我当初为什么转学？”楚清早在二人相遇的时候就准备好了无数种说辞，或是轻描淡写，或是一笑带过。可等了这么久，程易安却一次都没有问过，甚至连旁敲侧击都没有。

程易安清了清嗓子，觉得车内有些闷，他将车窗又往下降了降。见楚清被风吹得一缩，他又探身到后座拿了条绒毯将她裹好。

“不重要。”

因为你回来了，所以以往的事情不重要。

因为现在的你是开心的，所以以往所有不开心的事情不重要。

因为知道你以后不会走了，所以以往你为何要走不重要。

程易安虽然从小到大不善言辞，可心里比谁都有主意。自从那时候将第一志愿从金融转成了临床，他心里就有一个声音告诉他，楚清会回来。

“那你要是没遇到我呢？”

程易安摇了摇头，笑言：“为医学事业奉献下半生。”

楚清于他，说是爱也好，是青春时候的执念也罢。程易安也没想明白，他觉得也不需要想得那么明白。

程易安高二那年在办公室外第一次看见楚清，她短发齐肩，不着粉黛的模样使他的心跳漏了一拍，也许那一眼，就是一辈子。

从此近十年他没有为任何一个人心动过，用当初程易安奶奶的话讲，程易安怕是会栽在一个女人身上。要是老太太还活着怕是也料不到她这宝贝孙子在很早很早的时候就栽了。

“那年我爸……”楚清刚说了几个字，喉咙就哽住了，不知道怎么继续。

程易安轻轻将手放到了她脑袋上揉了揉：“不想说就不说。”他对这些事情没有特别大的好奇心，而且一会儿要是听着听着抱着楚清一块儿哭了，想想也挺丢人的。

楚清哽咽着点点头，她伸手将程易安胸前的衬衣扣子开了一颗，从里头拖出了那条红绳出来。她摸索着想将红绳解开，但是失败了，索性从包里掏出了平时修剪眉毛的小剪刀剪断，打开车窗将那褪了色的红绳连带着吊坠一齐丢进了河里。

程易安任她做完了这些动作没拦着，人都回来了，物件留着也没什么用处。

见楚清有些伤感，程易安突然玩笑道：“要是上次没碰着你，我准备过几年去妇产科来着。”

楚清一听，刚冒出来的眼泪生生憋了回去，问道：“为什么？”

“让你儿子生出来第一眼看见的是我。”见楚清没明白，程易安又补充道，“老话说孩子第一眼看见谁就长得像谁。”

楚清笑出了声，摇着头骂他老大的人了还没个正形，末了又问他：“那以后我们孩子睁眼第一个看见的肯定是妇产科医生，到时候长得像他咋办？你们医院有没有特帅的那种妇产科医生？”

程易安一本正经地摇头，严肃道：“我进去陪产的时候等孩子一出来就捂着他眼睛不让看医生，只准看我。”

程易安这么一打岔，楚清的心情好了不少。她伸了个懒腰，收手的时候顺便拍了拍程易安的肩膀：“我们回去吧，很晚了。”她看程易安困得已经打了好几个哈欠了，还偷偷用指甲掐自己的胳膊。

“要不我来开吧，我怕你一会儿开着开着睡过去。”楚清也是拿了驾照了，只不过还没有正儿八经地上过几回路。但这夜里路上没人，慢悠悠开回去这点儿自信她还是有的。

“没事儿。”程易安系上了安全带，后知后觉问了句，“几点了？”

“四点半。”

程易安突然将手从方向盘上撤了回来，他抓了抓头发道：“要不找酒店睡一晚？”

程家有门禁，十二点过后回去非工作原因家法伺候。程老爷子的戒尺可好些年没出山了，程易安想到就觉得手心生疼。

楚清皱着眉，有些苦恼：“可夜不归宿不是更严重吗？”

“我们吃过饭回去，趁爷爷午睡的时候偷溜进去。”老爷子每天早上五点起，满院子溜达，这会儿回去肯定是撞枪口上的。

“也、也行吧。”毕竟程易安这么大的人了，老被打手心也挺害臊的。

将车开去了最近的酒店，程易安到了前台才想起来身份证没带。他想了想，给蒋睿去了个电话。电话响了许久那头才接了起来，蒋睿接起来对着程易安就是一通痛骂。

程易安静静地听着，直到他骂完了才开口：“我在福邮路那家酒店，没带身份证。”

那头愣了两秒，牛头不对马嘴地问了一句楚清在不在。

“废话。”程易安没好气儿道。

“得嘞，我马上给他们打电话，等着等着。”蒋睿激动得跟打了三十年光棍的儿子娶老婆了一样，挂了电话就忙不迭给程易安安排房间。

五分钟以后，睡得迷迷瞪瞪的酒店负责人从电梯里出来，那一双棉拖都穿反了，程易安看他踉踉跄跄的样子都替他担心。

“程总是吧？”打完了招呼，负责人又敲了敲前台的桌子，“开8520。”

拿了房卡以后，负责人又亲自将程易安和楚清送了上去，一路上是彬彬有礼，就差点头哈腰了。

门一开，负责人做了个“请”的姿势。楚清浑身不舒服地跟他道谢，随后进门。她回头一看，程易安倒是挺习以为常的样子，点点头关上了门。

“哟，程总？”楚清脱了外套，揶揄地看着程易安。随后她一屁股坐在了床上，刚坐上去就弹起来了，“哎呀，我的妈！”这床上好像有什么东西。

程易安开了房间里所有的灯，慢悠悠地来了一句：“床上有老鼠？”

楚清低着头咽了咽口水，不想回他，打量房间：“这房间怎么长这副模样？”她印象里的酒店都是那种简约风格的，白床单白被罩。这房间倒好，上头围着一圈红色的幔帐，跟古装剧里的一样。

上头还撒满了花瓣。

楚清一看，觉得十分新奇，用手捶了捶他道：“你跟蒋总交代了什么？”

本以为能看见程易安促狭的样子，没想到那人是一副不知情的表情。回身又看见了桌上摆着的东西，蜡烛、玫瑰、香槟……这难道不是蜜月标配？

程易安皱着眉拨通了蒋睿的电话：“你让他给我们开的什么房？”

“什么什么房？就……就让给开个房。”蒋睿快被这祖宗逼疯了，一晚上就没睡几个小时的好觉。

“8520。”程易安从牙缝里挤出了四个数字。

蒋睿一听，浑身一个激灵：“啥！要不让他给你换一间？”

“不用了，你睡吧。”程易安挂了电话，拍了拍楚清的背，“睡吧。”

楚清撇撇嘴，刚准备脱了毛衣，谁知道被程易安拦住了。

“这被罩不知道被多少人睡过。”他将外套脱了靠在床头招呼着楚清过来。

“就……就睡了？”楚清迟疑地走到另外一边躺了上去，本以为程易安只是想找个借口跟她出去住酒店，谁知道是真的怕老爷子。

她还没躺下，程易安就将自己的外套垫在了她的脑袋下面，看起来确实是嫌弃极了。

楚清累极了，头刚沾到枕头就睡着了。一觉睡到中午，她醒来后一看，程易安已经买好了午饭，坐在飘窗边剥栗子。

“你怎么起这么早啊。”楚清打了个哈欠，然后睡眼惺忪地走到程易安旁边，斜靠在他身上张着嘴，“啊……”

程易安将剥好的栗子丢进楚清嘴里，在她还想要吃第二个的时候将人拖到了卫生间：“洗脸刷牙。”

“唔，你别走。”楚清一没睡醒就变得极会撒娇，此刻跟没骨头一样整个人都靠在程易安怀里，双手箍住他的腰，鸡窝头埋在程易安锁骨处蹭。

程易安好脾气地帮她挤好牙膏，将牙刷送进她嘴里以后怀里的人才接过去自己刷牙。她一边刷着一边也不允他走，左脚钩着他腿弯，同侧的手臂搭在他脖子上。

楚清以极其别扭的姿势刷完了牙，然后用清水洗了把脸。

“爷爷发现了吗？”她拆开了程易安带回来的快餐炸鸡咬了一口，又要去拿他剥好的栗子。

“我跟大哥说我们昨天睡医院那边的房子了，晚上回去吃饭。”

程易安这话说完，楚清啃炸鸡的手突然停住了，她舔了舔嘴唇问道：“所以我们为什么昨天不睡那边？”

“忘了。”程易安也是今天睡醒编瞎话的时候才想起来的，“赶紧吃，吃完回去了。”

楚清闷头啃鸡翅，吃完以后用纸巾擦了擦手指头，又要去拿栗子。

程易安也没拦着她，任她吃了三四个才慢悠悠地说了一句：“十个栗子一碗饭。”

楚清将嘴里的栗子嚼碎咽了下去，问道：“我吃了几个了？”

“两碗饭。”

这话一听，楚清将那袋栗子往程易安怀里一推：“不吃了。”

程易安笑着将栗子收好，然后洗了个手拿了房卡退房。

他慢悠悠地开车到了老宅，一到院子就瞧见了里头坐在石凳上的程易笙。

程易笙眯着眼睛打量着两个人，狐疑道：“错过门禁了吧？”程易安这洁癖过了一夜连衬衫都没换，着实可疑。

“嗯，怎么了？”程易安面不改色心不跳，坐到了程易笙对面的石凳上。

“我去告诉爷爷！”程易笙一副小人得志的模样，幼稚得很。

“上周一你凌晨两点才回来的。”程易安抢了他的茶壶过来往嘴里倒，喝完后咂了咂嘴，称赞道，“好茶。”

“你怎么知道？”程易笙自认为那次已经够轻手轻脚的了，为了不吵醒家里的人连车都没敢往家开。

程易安不应他的话，又开始翻旧账：“年前有一天你早晨八点带着你媳妇偷溜回来的，再往前一次，你……”

“行了，行了，小老弟。你说这茶好是吧？我一会儿就给你送来！”程易笙转身就走，走了两步停下来了，又向着楚清道，“那个……上次弟妹说梨子的口红好看是吧？弟妹啊，一会儿，我一会儿让人给你从法国带！”

“谢谢大哥……”

程易笙挥了挥手让她别客气，随后又道：“包包要吗？香水呢？别跟大哥客气啊！”

程易笙走了以后，楚清拽了拽程易安的衣角问道：“爷爷的家法那么可怕吗？”

“就这个石凳儿，爷爷一个手提两个。”程易安又低头给她比画着戒尺的大小，“从小到大打断了四根，最后一根是紫檀的，老爷子舍不得用力打，这才留了这么多年。”

大年初五，轮到了程易安值班，从初四晚上十点到第二天八点。

楚清还没睡他已经走了，一个人在房里看了会儿各大卫视《春节联欢晚会》的转播，她觉得审美疲劳得很。这几年多了好些个二十左右的男孩子，唱歌跳舞样样行，可是她一个都不认识。聚精会神地看完了费玉清老师的歌曲串烧，她懒洋洋地打了个哈欠。

她接上了插电的暖手宝，去了卫生间洗漱准备睡觉。程易安不在着实觉得家里都冷清了，开着空调和小太阳也没觉得暖和多少。

将两个暖水袋塞进了被窝里，楚清脱了棉袄上床，将那双充斥着中药味儿的脚丫子伸进被窝里，然后整个人钻进去。躺进冰冷的被窝的时候，她倒吸了一口凉气，随后将自己团成一团。

这南方的冬天简直不是人过的，也不知道前二十多年没男朋友帮着暖被窝自己是怎么过来的。

年初五，迎财神。每年一到初五的零点，外头的鞭炮声放一个多小时都没停。

楚清本以为这两年禁烟花爆竹以后这种现象会改善，可自从年前听同事说为了放烟花特地跑到五公里以外的地方去之后，她就觉得一切只是她的幻想罢了。

早早上了床，楚清想着早入睡早安稳。可身边少了个人就总觉得缺了些东西似的，整个人精神得很。一直瞪着眼睛到十一点五十，楚清索性坐起了身，打开了手机，开始播放电视剧。

十分钟后，窗外的爆竹声此起彼伏，东西南北，环绕着响。程家老宅位置偏僻，不禁爆竹，声音更是嘈杂。

楚清在视频网站搜寻了半天，最终点开了一个最近网上很火的小甜饼网剧。她之前一直很抗拒看这些东西，总觉得拖沓，没什么情节。可没想到一点开看了半集就入了迷，开着二倍速，一看见男女主同框立马切换成正常速度，有时候还要倒回去再看一遍。

一转眼的工夫，来到了第六集。窗外的爆竹声渐渐平息，轮到楚清的肚子叫了。她开了台灯，裹着棉袄跑到客厅去拾了几样零食进去，一边喝牛奶一边啃饼干。填饱肚子以后又爬进了被窝，接上手机充电线继续看，中途觉得眼睛干涩还点了两回眼药水。

电视剧看完大半,天也亮了。楚清揉了揉眼睛,看了眼墙上的钟,八点半。她突然一个激灵，自己这算是通了个宵？

关了手机躺在床上，楚清开始慌了。要是程易安回来发现她一宿没睡……想想那个冰块脸她就觉得通体发凉。

楚清想着这会儿赶紧睡过去，可腰酸脖子疼得根本不困。正思索着对策的时候，门外传来脚步声。

程易安一推开门，突然就被楚清抱住了腰。没等他发问呢，怀里的人就开始哭了。

“你怎么才回来啊……”楚清在电光石火之间想通了，与其编瞎话蒙骗过去，还不如老实交代，但这原因嘛……总得改一改的。

程易安被她这憔悴的模样吓得不轻，念着她就穿了薄薄一层睡衣赶忙将人抱到了床上。他半蹲在床边抚了抚她的额头问道:“怎么了？睡不着？”

“我想你了……”楚清眼睛里闪着泪花，双手死死抓着程易安的手腕不撒，委屈道，“还冷，外头鞭炮还放了一宿。”

“你先躺着，我冲个澡就来。”程易安将手伸进被窝摸了摸，温热，确实不暖和。

紧赶慢赶淋浴完回了房，楚清困得哈欠连天还是强撑着等他。

程易安掀开被子进去，将人抱进怀里：“年后我房子就装修好了。”

“哦……”楚清撇着嘴，“那到时候再慢慢适应好了。”

“牛皮糖。”程易安无奈道。

“明明是502胶。”楚清将人黏得更紧，“夜里医院忙吗？”

“忙。”程易安整整一夜都没来得及眯一会儿，腿都跑断了。

楚清摸了摸程易安的脸，乖顺地将脑袋枕在他胳膊上。

不过两分钟，楚清就睡着了，半张着嘴，一副累极了的模样。

程易安抿嘴笑了笑，这丫头演技倒是不错，刚才那一番把他都吓着了。直到摸到了楚清滚烫的手机他才明白过来，什么想他想得睡不着都是诓人的话，看了一晚上电视才是真的。看她鼻涕虫似的撒娇还不好意思戳穿，他只能陪着往下演。

一觉睡到午饭的时候，楚清硬是被程易安给拖起来了。

“我不起，我困……”楚清闭着眼睛往被窝里钻，拳打脚踢地不让程易安碰。

“起来了，再睡下去今晚又该睡不着了。”程易安将她抱起身，刚扶着她坐起来，她又倒了下去，一抱起来就倒下去，跟高位截瘫一样坐不起来。

“那就看电视好了，反正……”楚清迷迷糊糊地嘟囔了一句，用被子把头蒙了起来。

程易安话音里带着笑，他掀开了一点儿被角把自己的脑袋也塞进被子，覆在楚清耳边问道：“反正什么？”

“反正还没……”楚清说到一半突然发觉不对，尽管她困得上下眼皮打架可基本的求生欲还是有的，“反正你回来了呀！”

她双手抱着程易安的脖子，嘴毫无目的地临空亲了他两下：“再睡会儿嘛……”

“我给你五分钟，你要是不起的话我就去回了程易笙，中午的火锅我们不去了。”

听见“火锅”二字，楚清的馋虫开始觉醒。半分钟后，馋虫战胜了瞌睡虫，大获全胜。

她噌地从床上爬起来，洗漱打扮换衣服。二十分钟后精神满满地站在了程易安眼前，模仿着海绵宝宝的声音：“我准备好了，我准备好了……”

第十三章

跟男朋友吵架了？

QIAOQIAO GAOSU NI , WO HAO XIHUAN NI

程易安开车去了火锅店，进包间的时候锅底已经上了。

程易笙招呼着二人就座，随后从桌子底下拿了一盒茶叶出来：“答应给你的茶，还有之前你看上的那个玉雕，一并给你。”

“却之不恭。”程易安心里都乐开了花，可表面上还是一如从前的淡定模样。

那玉雕是程易笙专门请人雕的，用的是他前年去新疆得的和田玉。程易笙从小就是个动画迷，迷恋了神奇宝贝好多年，近几年又迷上了小猪佩奇。他从新疆回来以后就寻了个雕玉器的师傅，将那几块和田玉都雕成了摆件儿。

程易安上次去他书房里看见了那只玉雕的皮卡丘以后，就一直心心念念要拿回来送给楚清。他几番管他要或者拿东西找他换程易笙都不肯，如今连同好茶乖乖送到了他跟前自然是没有不收的道理。

程易安将那五厘米高的皮卡丘拿出来递给楚清，随后道：“快谢谢大哥！”

“谢谢大哥！”楚清乐得合不拢嘴，这玉料温润剔透，着实好看。

程易笙笑着摆摆手，同楚清说着不用谢，随后目光触及程易安得了便宜还卖乖的表情，恶狠狠地瞪了他一眼。

黎菘对这一切都不关心，一勺一勺挖着红糖冰粉往肚子里灌。她本就对程易笙一书房的玩具不满，得知他寻了好玉不给未来媳妇打镯子，而是雕了一群卡通人物更是气结。她巴不得程易笙都送出去，免得将来生了孩子跟他一样，有了动画片就忘了娘。

酒足饭饱之后两个女人逛街去了，两个大男人随便寻了个网吧进去，点了一壶茶。

三四个小时以后，黎菘和楚清拿着战利品出来，按着程易安给的地址寻到两个人的时候，吓得手里的袋子都快掉了。

两个大男人，并排坐着，联机玩下象棋。在网吧众多的网瘾少年中，形成了一道绝美脱俗的风景线。

楚清绕到程易安侧面坐下的时候，后者脑门上都冒汗。她坐到了旁边的一个椅子上等着，程家兄弟均是皱着眉，很是认真，十分钟也没走几步棋。

在一群打游戏打得声嘶力竭的年轻人中间，程家兄弟俩心无旁骛，仿佛身边环绕着四面透明的隔音墙。他们聚精会神地思考着下一步棋怎么走，完全不受打扰。

黎菘看他们没那么快结束，招呼着楚清先出去吃点东西。

下午茶吃完以后，楚清和黎菘又慢悠悠地晃回了网吧。这回程家兄弟不下象棋了，改下五子棋。

楚清眯着眼睛看了半天，整个棋盘密密麻麻却连一行四个子儿的都没连成。

“他们当围棋下呢。”黎菘解释道。

楚清看了半分钟，不忍心打扰二人，对黎菘说：“我听说隔壁商场新开了家体验店。”

“走吧。”

这回两个人逛完索性连晚饭都吃了，顺便还散了个步。她们手挽手到网吧的时候发现程家兄弟又开始比扫雷了。

黎菘那个急脾气实在是受不了了，她直接冲到前台对着网管小哥说："65号、66号机子给我关了。"

不知道是见多了女朋友来网吧寻男朋友的戏码还是觉得黎菘气势太逼人，她话音落的一瞬间，网管就将程家两兄弟的电脑弄成了黑屏。

"哟，玩好了？"黎菘拉着楚清走到了二人的电脑面前，随后故作惊讶道，"这么自觉？自己就把电脑关了？"

程易笙咳嗽了两声，随后摸了摸头发："对啊，预料到你们要来，可不就给、给关了嘛……"

"我们已经吃过了，你们回家泡面吧。"黎菘将手里的购物袋往程易笙手里一塞，后者忙不迭起身赔着笑脸跟着黎菘往外走。

程易安静静地坐在电脑前面，眉头微皱，也不说话。

不过他不说话是常态，楚清也没觉得有什么不妥。直到回到家，程易安打开了角落里落灰的电脑，玩了一晚上的扫雷……

楚清觉得她这个男朋友探索精神实在是有些过头了，不是她拦着程易安估计能玩个通宵。

新年刚过，程易安就找了搬家公司来，搬了整整半卡车的东西去新房子。什么笔墨纸砚、茶具茶叶也就罢了，这人还去程易笙院子里骗了个小茶几来，说是到时候放在阳台上喝茶正好，还能晒太阳。

楚清看见那张古旧的小木桌的时候整个人都不好了，一进程易安家就四处打量。还好，整体偏简约的风格，白色和灰色为主。

"我还以为你会把家里都装成那种……"楚清满脑子搜寻着措辞，"就那种一进门全是红木的，然后挂满字画。"

程易安听完很认真地点了点头，回答道："原先想过。"

"后来呢？"

"那时候忙着写论文，我妈就说装修她来盯。"这话听着还有几分遗憾。

他这房子算是一个小复式，下面是客厅厨房，还有一间小小的杂物间，楼上就是两间卧室一间书房。之前楼上那户人家漏水，整个天花板都起了泡，费了好大劲儿才重新粉刷好。

家里收拾完了以后天已经黑了，程易安叫了个冒菜的外卖，和楚清两个人坐在地毯上就着一个大号加深外卖盒边看电视边吃。

程易安手里捧着米饭，刚吃了两口，一旁的楚清就拽了拽他的胳膊，可怜兮兮地盯着他："我可以用你的米饭吸油吗？"

他目不转睛地盯着《新闻联播》，默默将手里的饭盒往楚清那边送了送。

"我又长了颗痘……"楚清吃了一半突然想起来了，苦着脸道，"早知道就吃点清淡的了。"

程易安将最后一口米饭扒进嘴里，又给楚清夹了一片冬瓜："没事儿，吃吧。"

楚清愤愤地咬了一口冬瓜："你就会说风凉话，管你要药膏你又没有。"

"不用涂药。"

"你能治？"

程易安点点头，起身去厨房倒了一杯温水："吃吧，吃完告诉你。"

楚清狼吞虎咽地将碗里的东西吃完，还特别乖巧地将打包盒盖好扎起来放到了门口，又屁颠屁颠跑到厨房拿了抹布擦桌子。

活儿都干完了以后，她殷勤地给程易安添了热水放到他手边，蹭到他身边坐下，将脑袋伏在他的腿上，眨巴着眼睛，柔声道："怎么祛痘呀？程医生。"

程易安的手在她脸上摩擦着并不吱声，楚清吸了吸鼻子，随后直起身子："你不说我走了。"

"今晚留下来我就告诉你。"

楚清冷哼了一声，这就是赤裸裸的阴谋。以祛痘的方法要挟她留下来，他以为自己会吃这一套吗？

巧了，她还真吃……

这会儿回家还得铺被子，还得洗漱灌汤婆子，倒不如直接睡程易安这儿了，还有人给暖床。

“那我就勉为其难答应你好了……”楚清深深地叹了口气，故作无奈道，“多大的人了，真是的，黏人。”

一听楚清同意留下来了，程易安连新闻都不看了，关了电视就起身拽着她上楼洗漱。

楼上楼下一人一间浴室，程易安洗完后上楼正巧听见楚清关水。

楚清拿着手里的睡衣，久久不能回神。她记得这个购物袋是上回跟林襄去商场的时候买的，长袖长裤的睡衣，回来以后被程易安拿起过水清洗完了又装回了包里。

可这衣服……怎么跟狗啃了似的？蕾丝吊带，小短裤？

这玩意儿穿上去跟没穿一样啊，也值几百块钱？最重要的是还是大红色的，跟古时候的红兜肚一样……

无奈只拿了这一个购物袋上来，楚清如今是骑虎难下，要不穿着出去，要不光着出去。

虽然布料不多，可也聊胜于无。将衣服穿上以后，她更是绝望。楚清一般晚上不穿内衣，只穿着带胸垫的睡衣睡觉。可这衣服胸前就一块儿薄薄的布料，还是滑溜溜薄透透的，简直无法见人。

她只能在外面套了一件程易安的棉麻衬衫，程易安方才怕她冷特地拿过来的。

开门出去，坐在床边看书的程易安见她这样子皱了皱眉头。

棉麻料的衬衫松松地披在身上，尽管程易安的衬衫再大，也只能遮住楚清的大腿根部。双腿笔直地露在外面，白得发光。她里面那套红色的睡衣隐隐约约地透出来，更是比单穿多了几丝风情。

楚清转身关卫生间门的时候，侧面朝着程易安。

后者看了一眼以后立马低下了头，抬手摸了摸鼻子，似乎是在检查有没有鼻血……

楚清对程易安的心理活动一概不知，她抬手用干毛巾包住头发，问他：“吹风机在哪儿？”

程易安刚想起身给她拿，可立刻就意识到了不对，这是新家，没有吹风机。

楚清无奈地撇撇嘴，说着就要去穿毛衣：“我看我还是回去吧……”她这头发不吹明天怕是要头疼。

程易安示意她等一会儿，随后夺门而出，连拖鞋都没穿。

五分钟后，他拎着一个大纸箱子进来：“坐床尾，把头发拆了。”

“这什么玩意儿？”

“暖风机，我妈放储藏室的。”

纸箱子里装着的是一个大暖风扇，程易安将暖风扇接上电，然后开到最大挡对着楚清的脑袋吹。他又接过毛巾和梳子绕到楚清身后，一会儿帮她梳头按摩，一会儿给她擦发尾的水，殷勤得很。

头发吹干以后，楚清的脸也干了……刚敷过面膜水汪汪的脸此刻紧绷得恨不得要裂开。

程易安刚要熄灯，就听见楚清趴在床上招呼他：“你会按摩吗？”

她这几天天天躺在沙发上看电视，看得脖子痛颈椎痛。

程易安咽了咽口水，作为一个正常男人，一个正常的从小学中医的男人，此刻绝对不能说不会。他走到楚清旁边跪坐着，双手放在了她的肩膀上。

按了两下，楚清舒服地感叹了一声，随后抬手脱了衬衣：“这衣服硌人。”

程易安此刻脸烫得能煎蛋了，他将目光集中在床头柜上，心无旁骛地专注按摩。肩膀按完，他将手往下移到背部。

楚清是最乐意享受的，她示意程易安停一停，然后抬手指了指卫生间："里头有瓶身体乳，你顺便帮我抹了吧。"之前听说旁人抹身体乳都是抹全身的，她总觉得只抹四肢不够精致，如今有人代劳最好不过了。

"以后结婚了你帮我抹得了，顺便还能来个全身 SPA（按摩水疗）。"

程易安挤了一点身体乳在手上，刚给楚清抹了个脖子就愣住了，虽说这吊带布料实在是少，可有它隔着也没法涂。

"衣服。"他提醒道。

楚清满不在乎地挥挥手："你给撩上去，实在不行脱了？反正你们学医的不是心无旁骛嘛。我之前去做检查，那个男医生冷冰冰地跟我讲衣服撩上去，内衣也要解……"

"闭嘴。"程易安将她的衣服掀上去，露出了女孩子细腻白皙的后背。

楚清爱吃，身上带了点儿肉。后背看不见肋骨，线条饱满流畅。

程易安将身体乳在掌心揉开捂热，然后从上到下慢慢推开。手上带了些力道，可以解乏。

楚清舒服得直哼哼，随后一拍床铺："我终于知道为什么有些人喜欢去精油开背了，我以后也要去！"

话刚说完，肩膀挨程易安打了一下："你敢。"

"不敢不敢，程技师技术极好，我很满意，嘿嘿。"

一套按摩流程结束，楚清挣扎着起身，还没忘套上衬衫："你先睡，我去涂个面膜。"方才被暖风机吹得不行，她得去涂个晚安面膜补补水。

从卫生间出来以后，楚清刚走了两步路突然觉得眼前一黑。程易安不知道从哪儿窜出来了，将她压在墙上动弹不得。

"你做什么？"楚清瞪大了眼睛，她那脸油得跟猪刚鬣一样，亏他敢靠得这么近。

"教你怎么祛痘。"话音刚落，程易安歪着脑袋上来就亲，手也没闲着，拎着衬衣领子往下扯。

楚清好不容易将他的脑袋推开了，喘着粗气：“你别告诉我你的口水可以祛痘！”

程易安随手关了吸顶灯，开了盏床头的夜灯，暖黄色的灯泡，暗暗的。

“你没听人家说找了男朋友皮肤会好？”他将头埋在楚清颈侧，下巴的胡楂有意无意地在她锁骨处剐蹭，这姑娘身上香得很，比身体乳还香。

楚清忍不住地往后躲，可人又被他抱着无处可去。这扭来扭去的跟调情一样，索性就咬着唇边不动了。

“嗯？”见她不吱声，程易安张嘴咬上了楚清的耳垂，肉嘟嘟软乎乎的，从前似乎听人讲过这样的耳垂有福气。

楚清侧着头将他推开，然后小跑到床上钻进被窝：“我这不是找了吗？一个月了，我皮肤好了吗？”

程易安低头笑了一声，随后揉了揉鼻子道：“那看来是我不够努力……”

二人折腾了好久以后，楚清被他弄得呼吸不稳，谁知道那抱着自己叫宝贝儿的人突然停了动作，愣在那儿不动了。

“你、你想什么呢……”

程易安皱了皱眉：“那盒子忘带了。”他说的是蒋睿送的那盒子东西。

楚清气得直翻白眼，一把将人推开：“那你滚去隔壁睡吧。”

“你等我。”程易安光着身子就往门口跑。

“你穿上裤子去！”楼下阳台窗帘大敞着，对面楼要是有个天文爱好者可不得把他看光了。

一分钟以后，房门猛地被推开。程易安手里拿着盒东西，一进来就开始拆。

“你家怎么有这玩意儿？”楚清眼睛都直了。

程易安边拆边解释：“医院发的，丢储藏室了。”

又是储藏室……那地方还真是哆啦 A 梦的口袋，好棒棒哦！

楚清早晨睁眼的时候身边已经没人了，她揉了揉眼睛这才想起来程易安从今天就开始上班了。起床将自己的东西收拾了一下，楚清就准备回自己家了。

昨天真的是信了程易安的鬼话，什么有男朋友了皮肤会好……

楚清跑去镜子面前仔细看了看，那颗痘已经瘪了，就剩一点点红印子。今日的皮肤格外细嫩……嗯，肯定是昨天做了两遍面膜的原因。

拖着箱子下楼，刚一出电梯门，楚清迎面撞上了一条吐着舌头的哈士奇。

“噗噗？”楚清试着叫了一声，那狗激动地扒在了楚清的身上，手搭在她的裤腰上。

“奶奶呢？”

噗噗摇了摇尾巴，没听懂。

楚清牵着绳子出去，看见王奶奶气喘吁吁地往单元门走，她扬了扬手打招呼：“王奶奶。”

“小楚啊，这兔崽子看见隔壁楼的那大黑狼狗，撒丫子就跑，追不上……”王奶奶往噗噗的屁股上踹了一脚，骂道，“没出息的东西。”

“你这是跟男朋友吵架了？”见楚清手里拿着行李箱，王奶奶急了，“我看那小程蛮好，早上遇到我还同我笑来着。”

“没吵，我不能老住这儿呀。”楚清弯腰摸了摸噗噗的脑袋，随后朝王奶奶笑了笑道，“奶奶我先走了，明儿还上班呢。”

到了家，楚清掀开了沙发和床铺上罩着防尘的床单，拿出了从程易安家的储藏室顺回来的扫地机器人开始大扫除。早知道这样年前的扫尘就马虎点儿了，如今整个儿还得重来一遍，楚清恨不得摔上门常住程易安那儿。

将家里全都清扫干净以后，她迫不及待地换上了那床最喜欢的粉色床单，又煮了一锅螺蛳粉。

傍晚的时候收到程易安的短信说科里有事情，不一定什么时候能回来。楚清回短信让他别担心自己，随后果断去锁了门。

往浴缸里丢了个泡澡球，然后点上了香薰蜡烛，说惬意还是在自己家里最惬意。程易安那边连瓶沐浴露都没有，一块肥皂从头洗到脚，她身上都快干得蜕皮了。

为了第二天上班能精致一点儿，她还特地做了发膜和手膜。浑身香喷喷地钻进粉嘟嘟的被窝里，除了有点冷，其余都十分完美。

早晨醒来第一件事，就是伸手抱旁边的人。楚清翻了个身，胳膊往旁边一搂，扑空了。揉了揉眼睛，看见满床的粉色才意识到自己回家了。她将心里的那一点点落寞压下去，起床洗漱准备上班。

电梯上行，电梯门缓缓开启。程易安站在正中间，穿着那件楚清给买的驼色大衣，手里拎着早饭。

楚清小步跑进电梯扑了上去："你怎么这么好哇！"她钩着程易安的脖子，然后抬头讨好地笑了笑，"你昨天几点回来的？"

"晚上十点。"

"那你今天还来送我？不上班吗？"

程易安将身上八爪鱼一样的某个人拉开，解释道："下午的班，送你去公司。"

呼哧呼哧喝完一碗皮蛋瘦肉粥，楚清嘴里叼着根油条小口咬着："我昨天从你家储藏室拿了点儿东西回去，你看见我给你的字条了吧？"他那储藏室根本就是藏宝屋，什么稀奇古怪的东西都有。

"嗯，有用的就拿走，留着也落灰。"

程易安将车开到了楚清公司楼下，他微微将头朝右边侧。等了一会儿，谁知道楚清丝毫没有想要理他的意思，低头收拾着自己的妆容，然后开门、关门，十分利索。

绕过车头往公司门口走的时候，程易安降了车窗。

楚清回身看了他一眼，然后走到车窗旁弯下腰："怎么了？"话音刚落，脸颊被印上一个吻，声儿还挺大，带着股子豆浆味儿。

"我的高光！还有腮红！"楚清皱了皱眉，"你这一口下去十块钱没了。"

程易安擦了擦嘴，似乎是有些亮晶晶的东西沾到了他的嘴皮上。

"行了，我走了。"楚清故作嫌弃地耸了耸鼻子，随后又问，"你下班要不要来接我？"

"要。"程易安答得很快，目送楚清进去了以后，他才发动汽车回家。

一进公司，楚清按习惯去茶水间泡了杯绿茶，捧着杯子回去的时候正巧遇上从电梯出来的赵思凡。

"跟我来办公室。"

楚清见她表情不对，捧着杯子就去了。进门后，她将茶杯放在了赵思凡的办公桌上："赵总，有什么事儿吗？"

赵思凡将手机打开，低头划拉了两下递到她面前："你自己看。"

一个名叫"小小在M城"的微博用户，微博内容是M城的美食探店。

楚清将手机还给了赵思凡："有什么问题吗？"这种美食博主很多，M市本土的也有好几个，依楚清看不足为奇。

"我们组的，柳潇潇。"赵思凡将微博往下滑，翻到了她前几天的图文，"这是年后的第一期吧？我记得是你和赵哲成负责的。"

楚清看了一眼，是他们上回做的酒吧合集。柳潇潇这里面探了六家酒吧，其中四家都是重合的。

"还有这个，她在我们发之前一周发布的。"赵思凡挨个儿往下翻，"这是零食合集，拍摄角度和赵哲成的一模一样。"

"她年前给我提了辞职，连年终奖都不要。我记得她家里不算富裕，还给了她一半。"如今看来这两年竟然养了个白眼儿狼。

"她每周两个视频，三期图文。我看她这进度，明天就得发阳县那个了。"赵思凡敲了敲桌子，问楚清，"你有什么想法？"

楚清低头抿了一口绿茶："我们先发？反正那期已经做完了，把酒吧往后挪好了。"

赵思凡点点头：“肯定是要先发的，我在想要不要改版。”

“改版？”

“让赵哲成跟着你去拍 vlog，或者菜谱什么的，我记得你会做饭。”

楚清嘴里的茶水差点儿喷出来，连忙求饶：“赵总，你放过我吧……”她进公司的时候赵思凡就提出过要让她出镜拍视频，那时候公司正好走了一个拍做饭视频的小姑娘，急吼吼要找人补。楚清说烂了嘴皮子才将这活儿给推了，万万没想到又找上门来了。

“你长得可比她好看多了，柳潇潇那大鞋拔子脸，那大板牙……”

“你之前还说她眼睛好看呢……”

“那也是鞋拔子脸。”赵思凡无意间点开了柳潇潇的视频，视频里甜腻腻的问好声从扬声器里传出来。她皱着眉直接就给关了，将手机屏幕扣在桌子上。

“你先试试露半张脸，录个菜谱，看看反响。”视频这一块儿赵思凡本就打算年后开始尝试了，柳潇潇这事儿算是推了她一把。

楚清低头翻阅着柳潇潇的微博评论，突然看到了一条她和网友的互动，立刻将手机递到了赵思凡眼前：“思凡姐你看……”

【网友：小小好漂亮呀，但是我觉得风格和 M 城美食攻略好像啊……】

【小小在 M 城：我之前在那儿工作。】

赵思凡看完以后翻了个白眼，一拍桌子：“这意思就是之前的文案都是她写的，你能忍吗？我知道你不能。回头写个脚本上来，争取下周就能把视频拍出来。”

柳潇潇这种行为构不成抄袭，就算捅到网上也没什么说服力，各说各有理。如今的办法也只能快她一步和……买水军了。

午休结束后，赵思凡找人买的那些个水军就上岗工作了，在柳潇潇的图文底下若有似无地暗示在哪儿看过，然后再找几个人给好心指路。

楚清在办公桌前坐了一下午都没想好要教什么菜谱，寻常的家常菜太多人拍了，而且很难出自己的风格，甜品甜点她又不太精通。

想来想去，又要简单容易上手又要好吃又要有自己的风格……楚清想到了程易安的小姑还是小姨？就是那个果脯果酱做得特别好吃的亲戚。而且 M 市有个县是专门种果树的，也晒果脯，她之前去做过采访。他们做的是 M 市的美食，推出的视频自然也要有 M 市的特色。

她去赵思凡办公室简单地说了一下自己的想法：“我想把拍摄地点放到他们家……”那种传统的院子里拉上两根晾衣线，挂满了果脯，画面肯定好看。

赵思凡没什么意见：“你先回去跟你们家小程协调，我把赵哲成和隔壁那个拍小视频的老王都派给你，先做一期看看效果。”

“那我能申请不露全脸吗？”楚清将辫子拆了比画，“就散着头发，尽量拍侧脸。”

“可以，你到时候跟他们协调。”

赵思凡打量着楚清这一头乌黑笔直的头发，阔气地说：“到时候要染要烫就尽管去，找最好的 Tony，公司报销。”

楚清摸了摸自己的头发，用手整理了两下又重新扎起了马尾：“别了吧，我懒得烫。”一动不动地在理发店坐一个下午，还要忍受 Tony 老师疯狂的办卡邀请，她想想就脑仁疼。

“那你起码去修一下，一根头发开八个叉。”

楚清有些不好意思地摸了摸头发：“行，那我下班就去。”上回进理发店还是夏天的时候，这么一想确实许久没去过了。

赵思凡看了眼时间，催她：“现在就走吧，这会儿理发店还清闲些。”她从卡包里挑了张卡出来递给她，“公司后面那家，直接过去把卡给他。”

“不用，我就随便……”

“代表公司形象，你要是敢学橙子找小区里的大妈剪头发，我明天连公司门都不让你进。”

橙子是隔壁组测评视频的，年前理发店都忙，实在是找不到地方剪头了，就在楼下一个阿姨那儿剪了个五块钱的头。效果实在是……惨不忍睹，刘海跟狗啃了一样，中分的时候发尾都是一长一短的。

楚清将卡收进了口袋，也不跟赵思凡客气了，能早点下班自然是求之不得："那赵总，我先走了。"

从公司出来以后楚清直奔理发店，那卡一掏出来，Tony老师笑得那叫一个心花怒放。全程亲自服务手法轻柔，修了个发尾足足磨蹭了四十分钟，坐得楚清屁股都麻了。修完一看，跟进来之前一点儿没差。

现在离程易安下班时间还有一会儿，楚清打了个车直奔医院。程易安下午要去门诊，这会儿估摸着没结束，她就去了办公室等。

办公室里只有梁瑶一个人，她看见楚清以后大大方方地打了个招呼，随后告诉她门诊那边应该快结束了，让她先坐会儿。

刚坐下没几分钟，程易安就推门进来了。几乎是在他进来的同时，梁瑶起身脱了白大褂下班。

门一关，办公室没人了。楚清小跑着到了程易安面前，轻轻一跳，往他身上一挂："想你想你想你……"

程易安拍了拍楚清的后背："衣服不干净。"

"嗯？你上厕所没带纸用它擦了？"

"没有……"程易安有些无语。

"那不就行了。"楚清满不在乎道。尽管是这么说了，她抱了一会儿还是老老实实地放开了程易安，"现在能走了吗？"

"走吧。"程易安脱了白大褂挂好，然后套上外套，"你怎么自己过来了？"

"我想你呀！"楚清一歪脑袋，瞎话张口就来，"我连班都没上完，开会开着开着噌地站起来夺门而出，打了个出租车就过来了。"

"领导没追你？"程易安牵着她往门口走。

楚清不解："为什么要追我，不应该开了我吗？"

程易安握住门把手拽了两下，笑道："夺门而出。"

"你别这样……"楚清缩了缩脖子，"你突然变得那么开朗我还有些不习惯。"

程易安无奈地笑了笑，伸手点了点楚清的额头。三天两头嫌弃自己话少的也是她，如今好不容易习惯了别人说什么都搭两句，又嫌他啰唆了。

上了车，楚清立马侧过身，眼睛瞪得老大："等会儿开，我跟你商量个事儿。"

她眼睛对着程易安眨巴，手还抓着他的手不放。

程易安将手肘撑在车门上："行了，别眨了，我已经晕了。"

"晕了就行。"楚清清了清嗓子，准备说正事儿。

"想让小姑教我做果脯，然后……还想借你院子拍个视频。"楚清言简意赅道。

"那是小姨……"程易安原本以为介绍亲戚的时候加上食物能好记一点，没想到楚清最后只记得了吃的，没记着人。

楚清拧着眉："小姨？"

她细细理了一遍人物关系，恍然大悟："哦！我想起来了，小姨就是阿姨的妹妹！"楚清扬着脑袋一副求夸奖的模样，她从小就搞不清楚亲戚关系，自从父母离世以后更是和亲戚没了联系，所以对这些称呼有些迟钝。

"所以可以吗？小姨会不会忙？会不会很麻烦？我学东西很快的，如果你家不方便也行，去摄影棚拍就好。"

程易安为难地摸了摸下巴："可以是可以，不过……"

"不过什么？"

"我们晚上回家仔细探讨一下细节。"程易安说得十分正经，"也许一天还不够，你回去收拾收拾东西搬过来住几天吧。"

楚清被他这副道貌岸然的样子气笑了："你这算盘打得挺好啊。"

程易安勾了勾嘴角，似是笃定她不会拒绝。他原本就想要将楚清骗回去的，如今有了由头更是不会放弃。昨天自己一个人睡翻来覆去半宿都睡不着，总觉得臂弯里少了点儿什么，后来寻了个枕头抱着才睡去。

“不过去你那儿不行，我还想泡澡呢。”程易安家没有浴缸，没有香薰，没有粉色小床单。

“那我去你那儿。”他是最好将就的，只要跟楚清在一块儿，就是睡桥洞都没有二话。

“我明天找人装浴缸，你上回说的洗碗机也一并装上。”

“不用了吧，我那儿有，何必再买一个。”

程易安坚持道：“以后总不能泡澡还要拿着东西跑到你家去。”楚清家里小，婚后有了孩子肯定是住不下的。

“浴缸到时候装主卧的浴室，地方足够了。”

楚清想了想也有道理，就没再拒绝。她歪着头想了想，突然说道：“那我可以拥有一个按摩浴缸吗？”

“不可以。”程易安回绝得很果断，“我比浴缸会按摩。”

“那我今晚可以拥有一个全套大保健吗！”楚清激动道。

“可以，洗澡的时候叫我。”

“滚……”

楚清本是想先回家做饭，让程易安自己回去收拾东西。谁知道那二十好几的大龄儿童非是不肯，直接将车开到了他家单元门下，生怕楚清回家以后就不给他开门了。

之前都听人家说男人的行李没那么讲究，袜子内裤换洗衣物，再加一把剃胡刀就到头了。可自从程易安进门开始，看见什么都要带走，什么茶叶茶杯小茶壶，书籍报纸厚杂志……短短几分钟就塞满了半边行李箱。

“程医生，您这是出差啊还是搬迁啊……”都快抵得上楚清出门的行李了。

程易安却站在原地，思考着还有什么东西没带。他突然回身找了个塑料袋子，去了趟楼上浴室。洗发水肥皂洗面奶，连爽肤水都带上了，平时也没见他擦几回。

“我那儿有，别带了。”

程易安摇摇头拒绝，塞进行李箱里合上了。楚清用的那些东西都香得不行，他一大老爷们怎么用。

好不容易拖着行李箱上了楼，楚清一进门就要进厨房做饭。

蒸上米饭以后程易安就不让她动了，说要楚清尝尝他的手艺。

楚清对于这点很是怀疑，靠在案台边看着。旁的不说，程易安这刀工着实不错，切东西细致得很，还有那刮土豆的手法，一看就是专业的。

两菜一汤上桌的时候楚清哈喇子都流了一地了，程易安洗菜细致，正合适，最重要的是油锅炸的时候也面不改色心不跳。

楚清尝了一口土豆排骨，连连称赞，笑得眼睛都没了，同程易安打着商量：“以后你做饭？”

“那你洗碗。”

“呃……”楚清挠了挠头，“你买的洗碗机什么时候到？”她有些不好意思地眨了眨眼睛，碗她着实是不太想洗的。

“我做饭，我洗碗，那你做什么？”

楚清一叉腰，指着大门：“不乐意就走咯，我又没逼着你的……”

“愿意愿意。”程易安双手举了起来，做投降状。

饭后，楚清收拾东西进去泡澡，程易安泡了壶茶，打开了电视看新闻。

“那我进去了。”楚清手里拿着换洗衣服。

程易安头也没抬：“有什么事情你叫我。”话音刚落，他听见“啪嗒”一声，楚清将卫生间的门锁上了。他无声地笑了笑，这姑娘还真把他的玩笑话当真了。

洗澡的过程中，楚清有些提心吊胆的，生怕程易安踹门而入……事实证明是她想多了，出浴室的时候程易安还坐在沙发前看新闻看得入迷，连她洗完澡了都不知道。魅力不如《新闻联播》，楚清觉得自己有点失败。

终于，在《新闻联播》结束的时候，程易安起身了，他打开冰箱拾了几样水果进厨房忙活。梨削皮切成小块儿，樱桃去蒂洗净，连山竹都是剥开了才端上来的。

楚清看了一眼那果盘，丢了一颗樱桃到嘴里："你大学学的是家政吧？"洗衣做饭切果盘，样样精通。

程易安早就习惯了她这张不着调的嘴，扭头进了浴室冲澡。

没一会儿，楚清听见程易安在浴室里头叫她。她走到门口，问道："怎么了？"

"换洗衣服没拿。"

"那你等着。"楚清拉开了程易安的行李箱，翻了内裤和睡衣出来。走到浴室边儿上，她敲了敲门，"我给你放门口，一会儿你自己出来拿。"

话音刚落，门开了条缝儿。

楚清见状将衣服塞进了门缝里，下一秒，她的手被程易安捉住了。她心中暗道不好，还没来得及摆脱，整个人都被程易安拽了进去。

等她和程易安面对面坐在了浴缸里，她才反应过来，以后不光得自己洗澡的时候锁门，程易安洗澡的时候也得将他锁里头。

程易安将她从浴室抱出来之后，她终于知道他为什么要拿一只24寸的行李箱装东西了。箱子的侧袋一拉开，不光是上回蒋睿送的那些个东西，连带着程易安家储藏柜那几盒都被他带过来了。看这架势，他是准备在她家长住到明年了。

第十四章

闷葫芦

QIAOQIAO GAOSU NI , WO HAO XIHUAN NI

第二天早上一睁眼，楚清就闻到了煎鸡蛋的味道，仔细嗅了嗅，还有豆浆和猪油的香气。她洗漱完到餐厅的时候早餐已经上桌了，豆浆、鸡蛋、小馄饨，十分诱人。

“那我下午先去跟小姨学做果脯，然后去你院子收拾收拾。”程易安昨日已经跟小姨联系好了，小姨让楚清今天下午就到家里去。

“不用，院子用程易笙的那间，他那边宽敞些。”

“会不会不太方便？”她现在没法预料这视频要拍多久，到时候怕是会影响到程易笙他们休息。

“没事儿。”程易安笑道，“有把柄，他没意见。”

楚清上午找赵思凡批过了外出申请以后，下午就直奔程易安的小姨家。

小姨黄岐在巷子口等着，见到楚清之后，逢人就介绍这是程易安的未来媳妇。直到看见楚清羞红了脸，这才笑着将人领进家门，

院子里准备了杧果、草莓和樱桃，黄岐领着楚清进去洗了手：“剩下的还可以做果酱，或者果酒。”

楚清将袖子往上捞了捞，示意自己准备好了。

第一步就是洗水果，然后将杧果削皮切片。草莓去蒂，樱桃去核悬挂晾晒，跟阳县卖小鱼干的奶奶家的晾鱼干做法差不多。步骤简单易上手，黄的红的挂在院子里拍出来也很好看。

果干晾上了以后就是熬果酱，水果切小块儿放入冰糖腌制半个小时。腌好的水果丢进砂锅大火煮沸，然后转小火熬至黏稠。密封的果酱罐用水煮沸后擦干，装入果酱倒扣晾凉。

一下午的时间很快就过去了，除了学了一身本事以外，楚清还收获了果酱三瓶和果干若干。

楚清告别了黄岐以后又去了一趟程易笙的院子，明显是找人清扫过的，一片落叶都没有。同程易笙打过了招呼，定下了时间，她拎着东西回了家。

今日程易安上晚班，家里就剩她一个人吃饭。楚清将面包片丢进烤箱烤脆抹上果酱，就将晚饭打发了。

晚饭后泡了个脚，上床睡觉。一觉睡到第二天天亮，程易安已经回来了。她特地洗了个头发，换了身雪纺长裙。毕竟是第一次上镜，总得打扮得漂亮点儿。

楚清临走前蹑手蹑脚地走到床边，低下头在程易安脸颊上亲了一口。后者值了个夜班胡楂都出来了，怪扎人的。

程易安不知道什么时候醒了，一把将楚清拽进怀里："请假吧……"

楚清打了他一下："胡闹，快放手，我要迟到了。"

"嗯……"程易安用下巴蹭了蹭楚清的脖子，随后使劲儿在她脖子上亲了一口。因为记着楚清上回的话，他不敢亲脸。

"程易安你浑蛋！"楚清捂着脖子又炸了。

程易安立刻就精神了，瞪着眼睛不知道自己又错哪儿了。

"颈霜，粉底！一口十块钱！"

程易安一听着实有些头疼，亲脸不行，亲脖子不行……前天亲她的时候楚清说身上抹了身体乳，手上抹了护手霜。他没管什么霜啊水的，一口亲下去糊了满嘴的乳液。

见程易安窝在被窝里委屈的样子，楚清勉为其难地弯下了腰：“闭眼。”程易安乖乖闭上了眼睛，楚清捧着他的下巴狠狠亲了两下。

“满意了？我走了。”楚清扭头出了房门。

程易安迷迷糊糊地睡了过去，突然一个激灵。他伸手摸了摸方才楚清亲过的地方……果然蹭了他一脸的口红。

楚清一行人在公司门口集合，用楚清的手机导航到了程家的院子。程易笙今日要去医馆给人看病，黎菘又不在，院子里空旷得很。

老王带着赵哲成一起，两人很快找好角度，架好了机器。

楚清从墙角拖出昨日托程医生找的长木桌子，摆了好几个角度老王都不满意。最后他亲自上手，足足在院子里，转了十分钟才定下了桌子摆放的位置。

“清姐，水果买来了！”王翘气喘吁吁地从门口进来，她是赵思凡给楚清派的助理，今年刚大三，刚到公司实习两个月，人勤快机灵得很。

“王哥，可以开始了吗？”楚清将袖子往上拉了拉，摘了手上的首饰。

“手链留着吧，挺好看的。”老王蹲在镜头后面，看了一会儿，“你的手要不要上点粉底？”

楚清一愣，她还是头一次听到这种操作，低头看了一眼自己白里透着红血丝的手，好像确实不太漂亮。

王翘在隔壁视频组待过，听完老王的话连忙掏出包里的素颜霜：“清姐，给。”

楚清挤了一小截儿出来，双手抹匀，这么一看，果然白皙细嫩了很多。

“行，那我们开始。”

楚清拿着一小筐水果到龙头边接水洗净，第一次面对镜头，动作难免有些僵硬。她今日将头发梳了中分，正好用半片头发挡住脸，削皮、切片、去蒂，动作十分有条理。

视频里用的一切厨房用具，都是管程家小厨房里借的。木头柄的削皮刀，又圆又厚实的银杏木砧板，连着木头的大方桌子上的裂痕，也充斥着古朴的气息。

他们想做的就是老 M 城的味道，纯手工，纯天然的东西。

切完所有水果后，老王突然示意楚清停一下：“歇会儿吧，一会儿再继续。”他之前拍的好些个视频博主都是拍着拍着就聊起天儿来了，有些话多的，最后甚至视频都没法剪。楚清则是全程一句话没有，工作效率很高。

所有水果都弄完了以后，老王关了机器：“先去里面拍果酱，等天暗一点儿再出来。”挂果干儿他想等到黄昏拍，这里视野开阔，傍晚落日的时候一定极美。

果酱部分拍摄结束后，老王赶忙招呼着楚清出去。晚霞转瞬即逝，抓到最美的时候不容易。

楚清刚一出厨房，就看见院子里站着的程易安。她朝着程易安笑了笑，刚要上前，一把被王翘揪住了袖子。

“小楚，快。”老王也挥着手招呼楚清，“男朋友回家再看，赶紧的。”

楚清不好意思地挠了挠头发：“来了。”也就剩了挂果干的一个镜头，拍起来很快。

楚清收工以后，赵哲成扛着相机满院子走。封面照怎么拍都不满意，他之前急得上火，这会儿瞧见漫天的彩霞，快门声跟机关枪一样。

程易笙回来的时候楚清他们已经在收拾器材了，他走到程易安旁边拍了拍他的肩膀：“弟妹还给我留了这么多好吃的？”

话还没说完，楚清和王翘就开始收拾果酱了。程易笙安慰自己还有果干儿吃，果酱糖加得太多，不要也罢。

一回头见程易笙回来了，楚清小跑上前：“大哥，跟你商量个事儿。”

程易笙一听，莫名有种果干儿也离自己越来越远的感觉。

“果干儿能放您这儿晒吗？回头要抽奖送粉丝的。”

程易笙含着泪刚要答应，程易安说话了：“他这儿闹猫，回头被猫叼走。”

楚清听完真信了，紧张兮兮地招呼王翘帮着收拾：“那还是放程易安家晒去吧，我也方便照应。”

“也好。”程易笙咬碎了一口的牙，气得恨不得将程易安丢进药炉子里。

院子里的人都走了以后，程易笙默默地坐在院子里等黎菘回家。拎着水壶浇花的时候，突然看见树上还挂着一串果干儿，忙不迭地将那串“幸存者”摘下来，程易笙开开心心地将它挂在离自己窗户最近的那棵树上。

两天后，第一期视频正式上线了。晚八点更新，楚清从七点五十五分就开始刷新微博。

第一次看剪完的视频，约莫是老王滤镜调得太好，楚清连带着觉得自己腕子上那颗痣都精致了不少。

十分钟以后，第一批看完视频的粉丝开始评论了。

【我觉得小姐姐很好看哎！求私人微博，求露脸！还有，果干儿和果酱送吗？】

【这是 M 市吗？院子好漂亮。】

【这是开始抄小小了？为什么突然开始做视频了？】

……

刚刷新了一下，楚清就看见赵思凡的小号开始挨个儿回复了。头一个回的就是那条问他们是不是抄柳潇潇的那条：“早就有做视频的打算了，出镜的是之前组里一直负责文案的小姐姐。”

从八点开始，楚清一直蹲在评论区，生怕看见一条不好的评论。程易安实在是看不过去了，直接将手机夺了。

“歇会儿。”楚清有多玻璃心他是最清楚不过的了，要是看见条不好的，或是模棱两可看不出意见的评论，她能难受两天。

“你觉得拍得怎么样？”楚清拽着程易安的胳膊，“讲实话！”

“挺好的。”

“怎么好了？”

“衣服好看，手白，背景音乐好听……”程易安掰着手指头数着优点，说完一抬头看见楚清那快哭了的表情，一秒变正经，“真的挺好的，视觉上看很漂亮。”

楚清歪着头想了想，视觉上很漂亮……

“那就是没什么内涵咯！”

程易安一惊，扶着额头思考说辞：“你觉不觉得有些简单了？”

楚清蹙着眉：“削皮切块儿晾干……好像是有点儿。”

见她低头陷入沉思，小脸儿突然就耷拉下来了，程易安万般后悔……

“我这就是鸡蛋里挑骨头，具体还是问你们同事的意见。”

楚清点点头，朝他伸出了手：“手机给我，我看看群。”

翻了几页聊天记录，反响倒是都挺好的，但到底是真心还是顾及着赵思凡在群里才说好话这就不知道了。

视频一周出两期，前一天晚上刚播完，第二天楚清又开始拍摄。组里的小会否了她做腌菜的提议，风格往少女心发展，说是腌菜麻烦而且拍起来画面肯定不好看。

这一次拍摄是在摄影棚里，布景很简单，类似于厨房样板间一样的半个小小的房间。大理石台面，卡式炉，还有可爱的餐具和一些稀奇古怪的小玩意儿。

这回涉及油烟烹炒，没有上回的简单。楚清按着同事给的菜谱热锅，倒油，将菜丢进锅里……

一通忙活下来，老王点点头表明可以收工了。楚清用手捻了一小块儿肉丢进嘴里，嚼了两口，不难吃，但绝对算不上好吃。

紧接着，有人开始收拾道具，换食材。同样还是差不多的流程，十五分钟结束后，楚清又尝了一口，比方才的更难吃。

她当下心里有些异样的感觉，但其余人都十分习以为常了。她又不是厨师，哪能次次都做得好吃的。

楚清下班没走，坐在老王旁边看他剪片。十分模式化的东西，跟微博上其他的美食博主形式一样，几乎没有区别。

“这种有人看吗？”楚清有些顾虑。

“有，你放心。等过些时候会有广告商找上来，锅啊，调味品什么的。”

楚清皱着眉，告别了老王起身回家。

路上，她倚在车窗上想了好久。拍视频并不是她想做的东西，后来答应是因为想做属于 M 市的记忆。

腌菜、鱼汤馄饨、果脯、酥饼……她想做这些老 M 市的东西，被称为特色的东西，而不是家常炒菜，模式化的菜谱。

两期视频下来，楚清看着视频里机器人一样的自己，觉得没什么意思。

“我不想拍了……”

程易安偏头看了楚清一眼：“那就不拍。”

“你不问问我为什么不想拍？”楚清记得程易安从前是最不喜欢人半途而废的。

程易安抿着嘴，顺着她的意思问了一句。他不想探知原因，楚清的不高兴全都写在了脸上，不高兴的事情便不做，家里又不缺钱，受那个罪做什么。

“我就觉得很同类化。这种类型的视频已经很多了，跟 M 市一点儿关系都没有。”

因为视频反响好，广告商大肆找上门，组里已经开始削减原本的版块了。原定三月初下乡寻一种不常见的果子的那个项目也停了，将人调去了视频组。

“我明天去找思凡姐，我还是想跑之前的东西。”哪怕上山下乡，楚清觉得是有意义的。

程易安点点头，表示同意。

“你怎么就知道点头？一点儿意见都不给我。”楚清不满意地斜了程易安一眼，“木头。”

程易安低声笑了笑，十分无奈了。她自己一个人条理清晰，很明白自己做什么，将一切东西都规划好了到头来还怪他不给建议。

楚清肚子叫了两声，她想想回家还要从洗菜开始弄头就大了：“我们晚上下馆子吧？”

“好。”程易安没意见，“你想吃什么？”

话刚说完，他想到了楚清方才怪自己不会提意见，程易安清了清嗓子：“茶餐厅？”

“不吃。”

“上次那家拉面馆……”

楚清捂着耳朵：“不吃不吃，我都吃腻了。”

“小区后门开了一家筒骨煲。”

“你上次不是说喝汤嘌呤太高吗？而且那白花花的都是热量。”

程易安彻底无奈了，果然每天晚上吃什么是困扰无数人的话题。

“火锅不能吃。”这周都吃了两回了，程易安都不用想就知道楚清这不吃那不吃的心里在打什么主意。

“啊……我想吃嘛。”楚清哭丧着脸，“看在我下午那么辛苦的分儿上，只有火锅能让我打起精神啊！”

“你前天才刚吃……”

“那多吃几次，吃腻歪了下次不就不想吃了。去嘛去嘛，你最好了，程程，易易，安安……去嘛。”楚清开始撒泼了，这嘴跟机关枪一样突突突往外蹦子弹，程易安拦都拦不住。

“这个月最后一次。”程易安叹了一口气，掉头往火锅店开。

从火锅店出来，楚清拽着程易安停了在柱子后面。

程易安顺着她的目光看去，前头的是一家五口人，老头老太太和儿子儿媳，最边上走着的十多岁的男孩应该是孙子。

“扬扬，快，上车。”老太太招呼着宝贝孙子上车，一手揽着孙子的肩膀，一手十分亲昵地摸了摸孙子的脸。

车开走后，楚清才拉着程易安缓缓往外走。

“那是我爷爷奶奶和小叔一家。”楚清尽量想让自己看上去平静一些，“我堂弟，以前跟你提过的。”

楚清这个堂弟程易安是知道的，高二的时候撕了楚清的语文书，还将她的作业本用胶水糊起来了，更别提把吃剩的果核丢进她书包了，屡见不鲜。

“我当年转去外婆家念完高中以后考回了M市，去看过奶奶一次。”楚清低着头，那段回忆着实不太美好。楚清父亲去世以后，母亲将所有财产转到了楚清名下。她上大一的时候正好爷爷家筹钱帮着楚扬买房，算盘就打到了她的身上。

“我那时候可倔了，把我奶奶说得一愣一愣的，说完了以后我掉头就跑，隔天就全款买了现在的房子。”

老太太一直看不上楚清的母亲，特别是楚清出生以后，更是说她不仅娘家没本事，连个儿子都生不出。

“我出生的时候我奶奶和爷爷在手术室外面守了一夜，听见护士说是个女孩儿，扭头就走了……所以那时候我还埋怨我妈为什么要把我送到奶奶家，她根本就不喜欢我。”逢年过节给老太太发个微信，从来没回复过。朋友圈倒是一天几条地发，还跟她的宝贝孙子互动。

程易安摸了摸楚清的脑袋：“删了她。”

“我还以为你会劝我多去看看她。”在楚清的印象里，像程易安这种家庭出来的孩子总会特别重视孝道。

“咱外婆比她好。”

楚清特别骄傲地扬起头：“就是，咱外婆灌的香肠可好吃了。”

“嗯，好吃到某个人夜里爬起来吃了一盘。”

年初一那天晚上，程易安起夜的时候发现身边人没了，套上羽绒服满院子地找。最后在厨房里头把楚清逮着了，她半夜肚子饿了想吃肉，站在灶台旁边足足把晚上剩的半碟子香肠全吃了。

程易安外婆第二天听说了这事儿，特地给装了整整两袋儿的香肠让楚清年后带走，那香肠到现在还在他们阳台上挂着呢，以一顿饭两根的速度消失。

“明天晚上在家吃吧，蒸香肠！”楚清眼睛突然就亮了，“你明天晚上回来吃饭的吧？”

“回。”程易安松了口气，还好是明天晚上吃香肠，他刚才还担心楚清一会儿回去就要吃。

“停停停！”楚清扒着窗户，激动地拍着车门。

程易安每次最怕跟她出来，楚清这肚子跟无底洞一样，吃完正餐吃甜点，吃完甜点吃夜宵。他不知道楚清又瞧见什么好吃的了，只能靠边停车。

“我想吃冰激凌。”楚清指着街上某家新开的北海道甜筒。

程易安还没来得及拒绝，耳边就响起了楚清那要人命的声音：“程程，易易，安安……我就吃一口。”

他开了车门锁，将楚清放了出去。

楚清高高兴兴地买完了冰激凌回来，坐在副驾驶位上啃了一口，牛乳味儿浓郁，细腻没有冰碴子。她又咬了一口甜筒，跟别家的威化或者华夫饼不同，他们家的甜筒跟某牌的饼干儿的味道一模一样，香脆松软，奶味十足。

刚啃了两口，手里的冰激凌就被程易安抢过去了。

“两口了。”还是好大的两口。

见程易安吃得津津有味，楚清瘪着嘴：“你别吃那么快嘛，太冷了对胃不好。”

程易安差点儿被这甜筒呛着，这馋猫还教育起自己来了。

趁程易安愣神的工夫，楚清抓准时机，猛地直起身体，一手抓着甜筒，一手扶着程易安的肩膀，低头就啃……

程易安微微往后缩了一下，楚清没站稳整个人扎到了他的身上。他手里冰激凌全都掉在了大腿根上，手里就剩了个甜筒。

楚清蒙了，手撑着程易安的腿好半天没回过神儿来。

“还吃吗？”程易安感觉到大腿根部的凉意，冰冰的、黏黏的……

“你变态吧！”楚清赶忙后缩，“老不要脸的。”

“我说这个……”程易安扬了扬手里的甜筒，耳根子都红了。

“哦。”楚清接过甜筒，三两口就吃光了。她指了指程易安的裤子，“你要不先脱下来吧？一会儿秋裤也湿了。”

程易安舔了舔嘴唇：“在这儿？”

楚清四周看了看，这地方没有行人，大晚上的僻静得很。她微微将头偏过去：“赶紧脱吧，黏腿上不好受。”

程易安慢吞吞地解开了皮带，然后拉开裤拉链……

那解皮带和拉拉链的声音落在楚清耳朵里莫名地有些暧昧，她低头咳嗽了两声，然后将窗户开了条缝散热。

后半程回家的路，程易安就穿着条灰色的秋裤，配皮鞋。

进小区门的时候他还特地拽了拽大衣，用衣摆遮住裤子，许是怕人家门卫笑话。将车开进了停车位，程易安关了车里的灯扭头去后座拿裤子。

“别穿了……”又不是光着屁股，穿着条秋裤还是可以出门的。

程易安看看自己的腿，又看看楚清，眼神里写满了抗拒。

“外套长，正好能遮住屁股，没事儿。”楚清接着劝他，那黑裤子上沾了白色的冰激凌，看起来更是古怪。

见程易安还在犹豫，楚清苦口婆心道：“我那条打底裤，灰色的，不跟你这个差不多嘛……几步路就到家了，趁没人赶紧走吧。”

程易安听完拔了车钥匙，深呼了一口气然后打开车门。一下车，向来体贴的他这回完全不管落在后面的楚清了，锁了车以后拔腿就跑。

等电梯的时候，他小腿还微微哆嗦着，不时地左顾右盼。

楚清在他身后三步的地方，憋笑憋得肚子都痛了。灰色的秋裤原本是没什么问题的，最要命的是他那松紧口的裤脚和包在裤脚上头的黑色棉袜，还有那黑色的皮鞋。怎么看怎么觉得……还不如穿那条脏了的外裤。

电梯门开，程易安终于松了一口气。他迫不及待地走进去，关了门。

负一楼上行，到一楼的时候，电梯停了。

楚清站在程易安旁边僵着身子，她都能想象程易安此刻绝望的表情。

一开门，先进来的是条雪白的萨摩耶，后头跟着个女人。

楚清看得出来女人并不是很想进来，可那狗实在是力气大得很，一百斤左右的女人根本拖不住。

萨摩耶一进电梯就开始四处闻，突然朝着程易安手里的外裤扑过去，伸出舌头就要舔。

“托米，脏。”那狗的主人十分嫌弃地将狗往旁边拽，用腿将萨摩耶困在电梯角落。

那狗吐着舌头，一双圆溜溜的眼睛盯着程易安，口水都快流到地上了。

电梯停稳后，门刚开了一半，女人就拖着狗冲了出去，看起来着实不想跟程易安待在一个空间里。

楚清一直咬着自己的下嘴唇，指甲掐着自己的手心，以保证自己不会笑出声并且被自己的口水笑呛着。

程易安此刻心如死灰，慢吞吞地出电梯，开门回家，将手里那条裤子塞进了洗衣机，然后照例打开电视看新闻。

楚清今日也不敢烦他了，连新闻都不能让程易安心情好一点儿，她可不想去触霉头。

程易安低落的情绪一直持续到了第二天早上。

楚清看他坐在饭桌前毫无表情地喝着橙汁，默默放下了手里的豆奶粉，拿起了咖啡豆，她觉得他近期应该不想看见白色的液体和固液混合物。

早晨到公司后忙完了手头的事情，楚清拿着辞呈敲开了赵思凡办公室的门。

“来得正好，快坐。”赵思凡从桌子下面拿了瓶果汁出来递给她，“尝尝，下期的广告，好喝一会儿多拿点儿回去。”

“思凡姐，我想……”

赵思凡示意她稍等，自己先开口说道：“很多粉丝给我们私信，还是希望看见以往的内容，建议可以把形式换成视频模式。我上午和上面开过会了，孙冰瑶的那个少女心食谱还是她负责，你带着赵哲成还是负责原来的东西。”

“啊？”楚清将手里的辞呈收了回去，攥紧，“你的意思是……”

“孙冰瑶那个视频找了个跟你差不多的大学生来拍，樟县的采访还是你负责，改成视频模式，没问题吧？”

“我……我得跟他们协调……”

赵思凡挥挥手，这些事情她不管：“老王我就派给你了，什么时候他把赵哲成带会了什么时候回去，具体的东西你回去整理完给我，最迟下个月我要看见成片。”

“好的。”楚清将辞呈塞回了口袋里，“那思凡姐，我走了。”

“你刚才拿的那个……”赵思凡似乎看见她拿了张文件进来，“请假？还是什么？”

“没、没事儿，我走了。”楚清扭头就跑，一出门就进了厕所，将辞呈撕碎以后冲进了马桶里。刚回到位置上坐了五分钟，她收到了程易安的短信，程易安问她现在能不能去趟医院。

楚清心里一紧，着急忙慌地跟赵思凡请完假，下楼拦车。程易安那个脾气不可能上班时间让她去医院，除非是出了什么大事儿。

下了车一路小跑，到电梯门口的时候这一班已经满了，里头的一对情侣见她神色匆忙，好心地出了电梯，让楚清先走。

刚出电梯门，她迎面就看见了刚从办公室出来的姚宇成。

“怎么了？”楚清跑上去着急地问道。

姚宇成指了指走廊的最里面：“老程在安全通道。”

这话一说，楚清心里的石头算是放下了一半儿。她缓步走到了楼梯间，透过门上的玻璃，楚清看见程易安坐在楼梯上，双手掩面。

轻轻推开门进去，楚清坐到了他身侧。她心中有了数，应该是程易安家人的身体出状况了。

楚清伸手握住了程易安的手，随后往他身边靠了靠。

“我父亲早晨查出了胃癌。”没等楚清开口问，程易安说话了。

“严重吗？”楚清不太懂这些，只知道这东西中晚期的存活率不高。

“发现得早，具体还要等报告。”程易安眼圈是红的，但没掉眼泪。他慢慢弯下了身子，将头伏在楚清的膝盖上。

幼时奶奶去世的画面还在脑海中过电影般地浮现，那时候他才十二岁。一个十二岁的孩子眼睁睁看着奶奶离世，他不懂为什么被病人称为神医的爷爷不能救她，他也不懂如果连自己最亲的亲人都救不了，那学这些个东西有何用处。

程奶奶丧礼结束后，程易安撕了医书，砸了药罐儿。将爷爷医馆的药柜抽屉够得到的全部摔到地上，看着满屋子的药材，嗅着满屋子的药香，他蹲在墙角抹眼泪。奶奶从小哄他睡觉的时候身上总带着药草的香味，每每见他背药方，辨草药，总会告诉他要认真……

“他自己就是医生。”医者不自医，从小听到大的话，那时总觉得是胡扯，如今看来竟也有几分道理。

如今程筠遥这事儿一出，那种无力感又铺天盖地地压着程易安，他有些喘不过气来。

“会好的。”楚清拍着他的背，满肚子安慰人的话如今却一个字儿都说不出来。膝盖上温温热热的，她只当没感觉到，这人是最要面子的，她向来知道。

程易安冷静了一会儿，慢慢抬起头来。他抓着楚清的胳膊起身，偏过头去抹了一把脸。

“叔叔在医院吗，还是……”楚清想着要不要去看一眼。

“检查完就回去了，没事儿，这老头心态比我好。”程筠遥似乎是早有准备，看见片子以后就找程易安打听他们医院靶向药的事情，弄得程易安连脸色都不敢变，只能硬撑着。

“要不你回去住吧？”楚清想着父子三个人时常能见着，说不定程筠遥心情好了病也就好得快了。

程易安摇摇头拒绝：“他自己没当回事儿，过些时候再说吧。”到时候他巴巴儿地回去了，反而让程筠遥觉得自己病情严重了。

“我没事儿，走吧。”程易安牵着她出门，去办公室拿了车钥匙下班了。他今日是晚班，还得回去养养精神。

一路沉默地回了家，楚清跟在程易安后头寸步不离，那担忧的表情看得程易安想笑。

“没事儿，你这是做什么，嘴上都能挂油瓶了。”程易安脱了外衣躺在了床上，“陪我睡会儿？”

楚清慢吞吞地爬上床躺在他旁边：“请假回来睡觉，不像话……”

“没辞职？”程易安记得她昨晚写了好久的辞呈，那叫一个言辞恳切，句句都是不舍。

“没，我过些天可能要出差……”楚清抱着程易安的胳膊，“要不我让别人去？”

程易安拧着眉，上次似乎听她说过一嘴出差的事情，但是搁置了。

“樟县？”

"对，有粉丝给建议，很多人还是想看原来的主题。所以决定把手头的那个做饭版块分出去，我还是做原来的东西。"

"你去吧，我没事儿。少你一个也不少，家里那么多人呢。"就算是程筠遥真的要手术或是化疗，也不可能要楚清操持。

"那你有事儿一定要告诉我……"闷葫芦向来喜欢把事情全部闷在心里。

"好，我哪次没告诉你？"

楚清眼睛一瞪："你不记得了？"

程易安来了兴趣，他侧着头："洗耳恭听。"

"就高二下学期那次物理竞赛，你复赛就被淘汰了，闷了一个多星期不讲话，问你你也不理我，还是大姚跟我讲的。"楚清对于他一周多没理自己的事情耿耿于怀，一直记到了今天，程易安那时候那霜打茄子一样的脸她记得清清楚楚，跟她吃不着好吃的时候的表情一样。

程易安似乎有些害臊，他翻了个身背对着楚清："丢脸。"

楚清抿着嘴笑了笑："好了，你睡吧，以后不提了。"

程易安摇摇头，他才不信楚清的话，就她这记忆力还有没个把门儿的嘴，若干年后不给孙子孙女讲他就阿弥陀佛了。

几天后，程筠遥的检查报告全都出来了。

程家一家子医生加上市人医肿瘤科的一把手，一屋子六个医生讨论得热火朝天。楚清和黎菘手挽着手坐着，听见什么切除、化疗、中西医结合……浑身冒冷汗。

程筠遥这几天也跟研究所专攻这方面的人研究过了，最终还是定下了靶向药加中医疗法，他对于手术还是有些抵触的，不到万不得已不想做切除，太伤元气。

治疗方案定下来以后，程易安的心情也算是调整过来了。他在家帮着楚清整理去樟县的行李，恨不得将自己塞箱子里让她带走。

“我明天走了以后你正好回家住几天，陪陪叔叔。”虽说如今程筠遥的病情还算是比较乐观，可这东西谁都说不准，楚清不想程易安以后想起来后悔，如今双亲健在，还是多陪陪为好。

程易安应了下来，第二天送走楚清以后就回了家。陪程筠遥下棋听曲儿，泡茶散步，程筠遥推了所有的工作以后吃得香睡得好，脸色也好了不少。

楚清那头工作进展不太顺利，原本定的是文字采访，突然要转成视频，受访者多多少少还是有些顾虑的。好不容易说通了，老王和赵哲成又闹了矛盾。她和王翘两个人夹在中间苦不堪言，两大男人为了取景的问题别扭了几天了。两个人冷战着，拍出来的东西也不尽如人意。

下午樟县下起了大雨，楚清他们的工作没法儿继续，一行四个人窝在酒店里头。王翘捧着电脑出去找咖啡厅写论文了，房间里头剩了楚清一个人。她给程易安发了条短信过去，后者直接拨了视频电话。

“你今天夜班？”楚清走到了窗边将窗户打开，这地方信号不太好，断断续续的。

“嗯，跟我爸在环城湖散步。”程易安拿着手机转了一圈，“爸，楚清。”

程筠遥冲着屏幕招手：“小楚，樟县的粉别忘了吃。”

“知道啦叔叔，明天工作完就去。”同程易安闲聊了几句，楚清就催着他挂了电话，同父亲出去散步的时候全程和女朋友视频着实不太好。

工作基本上都结束了，剩了些零碎的东西，顺利的话明天下午就能返程。

晚上下去吃饭的时候，楚清远远地看见赵哲成跟老王勾肩搭背地过来了，嘴里一口一个王哥喊得十分亲热。听王翘说是赵哲成觉得确实是老王的拍摄角度好一点儿，心服口服地去求和请教了。

“小楚，下午我和王哥去拍了山里的景，你回去收拾收拾，明天上午就回去。”

“你们下午去拍、拍景儿？山里不下雨？”楚清吓了一跳，她还以为这两人下午都窝在房里睡觉来着，“你们怎么不叫我啊？”

老王摆摆手道：“我们回来的时候裤子都淋湿了，叫你做什么。”

“王哥说下雨拍出来也别有一番滋味，我们拍完的时候正好雨停，看见了彩虹，又补了两个镜头。”

楚清点点头，明天一早就回去，看来是吃不着粉了。

第十五章

你愿意娶我吗？

QIAOQIAO GAOSU NI , WO HAO XIHUAN NI

第二天早上九点，四个人准时启程。老王开车，赵哲成坐副驾驶位跟他聊天。后座的楚清戴着耳塞和眼罩补眠，王翘则还是在忙着敲论文。

快到中午的时候，老王将车停在了服务站。

“还有两个小时就到了，进去吃点儿东西。”

楚清下了车就往厕所跑，解决了生理问题以后去小卖部买了桶泡面。自从上回吃服务站的麻辣烫吃坏肚子以后，她就不太敢吃这儿的东西了，想来想去还是泡面卫生一点。

楚清四周环顾着，王翘减肥不吃，老王和赵哲成在里头吃快餐。她端着泡面好不容易找了一个空位置坐下，一张六人桌，人家五个人是一起的，说说笑笑好不热闹。楚清将手机放到一边，闷头嘬面，最后将方便面汤一饮而尽。

吃完回了车上，楚清从 iPad 里找了部电影看。下半程换了赵哲成开车，刚上高速没多久一个急刹……楚清脑门直接撞上了副驾驶位的靠背。

她吓得连忙往窗外张望，前头堵得水泄不通，似乎是出了车祸。

程易安下了夜班后回家，还没来得及补觉就被程易笙拉到医馆帮忙去了。好不容易耷拉着眼皮子回了家，等饭菜上桌的时候得空给楚清拨了个电话。

那头很快接通：“喂，您好，这里是杨县第一人民医院……”

程易安脸色一下就变了，和接电话的人交谈了两句，撂下筷子就往外跑。

程易安正巧撞上了进来吃饭的程筠遥和程易笙，程易笙见他这样子反常，赶紧将人拦了下来：“干吗呢？出什么事儿了？”

“楚清在医院。”话一说完，程易安拨开程易笙就往外冲。

“别，你等……”程易笙拍了拍程筠遥的肩膀，“爸，您吃，我去看看。”

紧赶慢赶在程易安上车前将人拦下了，程易笙扒着驾驶座的门不让他开车：“高速车祸？”

“嗯。”程易安点点头，又补充道，“送了个二甲医院。”要是真出了什么事儿，做个手术什么的，那医院的医疗水平怕是连他们院的一根手指头都比不上。

“我送你去。”程易笙将人往外拽，“疲劳驾驶，你都多久没睡觉了。”

“不用，你开车……”

“我开车再慢也比你俩都躺医院里好。”程易笙难得冷了脸，“你自己开车，今天别想出这个门。”

程易安抿着嘴，老老实实地从驾驶座出来，绕到了副驾驶位坐着。

车开出了程家，程易笙按着导航开，在保证安全的前提下，一路疾驰。

程易安手握着手机，手肘抵在膝盖上。他双手在抖，心脏有一下没一下地跳着，整个人失了魂一样地坐着。

这种感觉比当初楚清转学了，他联系不上的时候恐怖百倍。如置冰窟，脑子里像是被塞了几百只蜜蜂进去，嗡嗡嗡响个没停。程易安不敢去搜索关于车祸的消息，但凡人员无重大伤亡，也不会这么快就在朋友圈疯传。

他这几年跟过的手术也有好几百台，见过的天灾人祸不少。从最初的难以接受，到现在已经有些许麻木了。是人都得有这么一遭，程家世代从医，对这个道理再明白不过。

可事情真正发生了，才知道那一刻自己有多绝望。方才通话过程中，对方寥寥几句话，十分简洁。程易安甚至不敢去问，生怕听见什么不好的词汇。如今一切未知，他更是如百爪挠心般难受。

赵哲成将车开到了公司门口，楚清直到下了车，才发现手机似乎有些不对劲。

她打开锁屏一看，桌面上明晃晃地出现了一张男人的大脸，这才反应过来怕是方才在服务站把手机拿错了。

楚清想着先去见程易安一面，怕他电话打不通担心。一路打车去了程家，她在程易安的小院儿里瞧见了背着手踱步的程筠遥。

“叔叔。”楚清拎着行李进门，“易安呢？”

程筠遥瞧见她以后愣了愣神：“小小子他……”

“他跟老大找你去了。”程筠遥这会儿搞不清楚状况，“你给他打个电话吧。”

楚清下意识地拿出手机指纹解锁，发现解不开才反应过来这手机不是自个儿的。

“叔叔您带手机了吗？”楚清将那拿串了的手机往包里一塞，准备一会儿去趟派出所。

接过程筠遥的手机，电话那头响了两声，很快就通了。

“喂，爸？”那头程易安的声音跟吼了仨小时 KTV 没喝水一样，哑得不行。

“喂？程易安，你去找我了？”楚清的声音从电话里传来，清清亮亮，带着些许撒娇的意味，“我刚回来就到你家找你来了，叔叔说你和大哥去找我了，你……”

“停车。”程易安突然道。

程易笙皱着眉头：“祖宗，高速上哪儿能停车啊，咱爸说什么了？”

“楚清在我们家。”程易安此刻觉得整个人都通畅了，久旱逢甘霖，神清气爽。脑子也不晕了，手也不抖了，插上翅膀就能飞两小时不带歇的。

程易笙这会儿弄不明白了：“她不是……”

“不是，回去。”说完后，程易安扭过头去专心地跟楚清煲着电话粥。

“得，回去……”程易笙听闻楚清没事儿也就把心塞进肚子里去了，乐呵呵地问导航什么时候可以掉头。

这弟弟程易笙最清楚不过，父亲的事情对他打击已经够大了，要是楚清再出点儿什么事儿，人怕是就废了。

足足跟程筠遥在院子里聊了两个小时，楚清才听见程易安的车子进门的声音。

跟程筠遥告别以后，她小步往停车的地方跑。正巧看见程易安下车，他的腿怕是都麻了，扶着车门打战。

程易笙见不得这酸了吧唧的场面，捂着眼睛就走了。

楚清走到程易安旁边，拽了拽他的裤子：“你这猪蹄子怎么了？”

话音刚落，程易安跟饿虎扑食一样抱住了她，那手劲儿大得……绝对是练过举铁的。

“怎么了？松开，勒死我了。”楚清到现在都没明白是怎么回事儿，“你干吗要去找我啊？”

“你手机哪儿去了？”程易安动作不变，闷闷地问了一句。

“在服务站的时候跟人家拿混了吧？我也是到了M市才发现的，本来想着给你打电话，没记住你电话号码，我就打车过来了。”

“手机拿混了？你怎么不把自己丢了？”

“那……手机长一样啊，我哪知道就、就拿混了。”楚清抱着他晃了晃，“你到底怎么了啊……”

“我拨过去是医院接的电话。”

楚清一蒙：“车祸？”

“嗯。”

这事儿短短半个多小时传遍了朋友圈，在车上的时候王翘就给她看过现场的视频。

“你把那视频打开看看。”楚清又心疼又觉得好笑，“视频里五个男的，你怎么就……就觉得是我……”

“没看视频。”

“没看？”

“没敢看。”程易安声音微微发颤，抱着楚清不撒手。

楚清跟他玩笑：“你是怕看见我血洒一地吗？”

程易安皱了皱眉头，手在她腰上拍了一下表示不满。

“回去吧，我听叔叔说你下了夜班都没睡觉。”楚清拖着程易安往房里走，“我一会儿去趟派出所，看看这手机怎么办。”

进了房间，程易安跟连体婴一样黏着楚清，后者一直坐在床边将人哄睡着了才离开。出来以后打了个车直奔派出所，手机交掉了以后她才松了口气。

回了程家以后，楚清靠在床头用 iPad 处理信息。

程易安一觉睡到了五点多，眼睛一睁就四处张望着寻楚清。

“醒了？”楚清端着饭菜进来，“大哥刚送过来的，赶紧刷牙去，还热。”

程易安洗漱完坐在茶几旁边，楚清已经贴心地给他打开新闻了。

“手机呢？”他最关心的就是楚清的手机，一天拿不回来他就一天联系不到她，他就一天不能放心。

“人家说明天或者后天通知我，没事儿，先用着 iPad 吧，反正也没人给我打电话。”楚清给程易安夹了一块儿凉拌黄瓜，“吃点黄瓜压压惊。”

程易安低着头不语，直往嘴里扒拉饭。快吃完的时候，他突然瞟到了自己的手机，抬起头问楚清：“你没有手机壳？”

“以前那个坏了，忘买了。”要是套个壳子怎么也不可能拿错的，偏巧她手机和那大哥的款式一样，这才走了眼。

程易安应了一声，待楚清吃完后，他将碗筷收拾好，起身送去厨房。刚出门一会儿，程易安又折回来了，他牵着楚清出去：“饭后百步走。”

“我不要活那么久，皮都松了。”

“拉皮儿、填脂肪、打玻尿酸。”

“你懂得还挺多……”

两个人绕着程家走了一大圈，最后楚清实在是受不了了，逼着程易安回了房。再这么走下去食儿都消光了，这儿也寻不着夜宵。

楚清难得地没看综艺刷微博，早早洗漱完上床，躺在床上拉着程易安的手有一搭没一搭地聊天。

刚说了没几句话，程易安突然伸手把灯给关了。

“你干什么？”

“压惊。”

“什么？”楚清还没来得及问清楚，身边的人翻了个身凑了过来，堵住了她的唇。

楚清倒不是不让他干这事儿，可这会儿才八点一刻，未免也太早了些……

“别，还早。”楚清生怕一会儿程易笙冲过来找他下棋，自从这哥俩各自有了女朋友以后，从小九点睡六点起的作息就全乱了。

“不会。黎菘回来了。”程易安嘴上解释着，手里没停着忙活。被窝里头的抱枕碍事儿，丢了。楚清的睡衣碍事儿，脱了。楚清的长发碍事儿……程易安眯着眼睛，仔细将她的头发全数撩到后面去，这个可不敢胡来，他要是碰掉了一根头发，楚清就得跟他拼命。

她今日嚷嚷着没带身体乳，可合了程易安的心意，一路顺着耳后轻吻着，耐性十足。

楚清伸手环着他的脖子，手指在程易安的发间摩挲着：“你中午是不是怕见不到我了？”

程易安愣了一下，随后咬住了楚清的耳垂，轻轻吐气：“那医院医疗水平不好。”

“嗯？”楚清有些蒙。

“有时候手术完有后遗症，万一嘴巴斜了，眼睛歪了……”

楚清眼珠子一瞪，将程易安往旁边推了推：“我眼睛歪了嘴巴斜了就不是你的小仙女了？”

程易安迟疑了两秒：“没事，我给你治。”

“治不好呢？”

“治不好让我爷爷给你治。”

楚清气得不行，让他说一句不嫌弃怎么就这么难。还没跟他掰扯完眼睛歪嘴巴斜的问题，突然响起了敲门的声音。

“小安，给你送点东西。”程易笙扬着声音，“你要不出来一趟？”

“什么东西？”程易安皱着眉头，有些不耐烦。

楚清催促着他赶紧穿衣服出去，程易安拉着她的手往下一探，她立马闭嘴了，这副模样似乎也没法出去。

“那我给你放……放门口，你一会儿需要记得拿。”程易笙咽了咽口水，“我走了，你忙。”

直到听见院子外头的脚步声消失了，楚清才松了一口气。

程易安伸手去摸抽屉的时候才发现不对，他有一次回来将那玩意儿全拿走了，抽屉里是空的。

楚清也愣了：“要、要不你去趟厕所，解决一下？”

“你帮我。”程易安此刻呼吸不稳，脑门上青筋都起来了，浑身烫得跟暖宝宝一样。

“怎么帮……”楚清心里有些虚。他们二人做这种事情一向还是比较传统的……

程易安抿着唇看她。

此刻二人互相望着，脸颊俱是通红，这副纯情模样跟愣头青谈恋爱一样。

楚清慢慢靠近他，闭着眼睛双手抱住了程易安的腰……

良久，程易安起身抱着楚清进去冲澡的时候瞟见了程易笙放在门口的小袋子。他伸手用小拇指钩了起来，一齐带进了浴室。

楚清刚讲水温调整好，程易安突然推门进来了。

“别、别了吧……”装备不全，实在是没法再来一次。

程易安抱着她到了洗手台上，将程易笙送来的东西递到她眼前。

“大哥送来的？”楚清整个人都不好了，靠在身后的镜子上，不可置信地皱着眉头。

“他前些天找我要，我说都带走了，房里没有……”程易笙这才火急火燎地给送来了，还特地寻了个粉红色的小口袋装着，里头居然还有包装礼品用的碎纸带和丝带，三十几岁的人了还挺懂情调。

楚清此刻不知道明日该用什么表情来面对程易笙了，她第一次知道这玩意儿还能跟亲弟弟互通有无。

二人第二天早晨都不用上班，一直睡到了午饭点儿。程家老爷子看着姗姗来迟的程易安，手里的拐杖点了点地：“如今是越起越晚了。”

程易安低着头老老实实地给老爷子盛饭，一旁的程筠遥帮着儿子说话：“爸，年轻人多睡会儿正常，老大结婚到现在了不也是越起越晚了。”

程易笙无故中枪，只能乐呵呵地应下顺便说几句好话哄哄老爷子。

程老爷子挥挥手：“我就这么一说，谁还没年轻过，吃饭。”

饭后，阿姨撤了桌子上的碗筷，程老爷子招呼着把东西拿上来。两个阿姨提了一箱的东西放到了楚清跟前，程老爷子笑着道：“这是西柚，小楚啊，多吃。”

“哎，谢谢爷爷。”楚清有些摸不着头脑，也没问。

程易安将那箱西柚拿回房里，开了箱子拾出三个开始耍杂技。

“爷爷什么意思啊？”

“西柚里头有叶酸。”程易安解释道。

楚清手里的西柚刚剥了半个，一听这话默默地放下了。不愧是医学世家，催婚的方式也如此独特。

程易安停下了手里的戏法，接过那“衣裳”脱了一半的西柚接着剥：“吃点儿好。”

“我不吃！”楚清将头偏到一边去，“我一个十八岁的美少女，没事儿吃什么叶酸？那都是大着肚子的孕妇吃的。”

“西柚里头还有丰富的维生素C。”程易安最知道打蛇打七寸的道理，这“维生素C”一说出口绝对不愁楚清会拒绝。

果然，楚清态度有一些松动了，她将头扭了回来，问道：“美白吗？”

“嗯。”程易安笃定道，随后怕诱惑力不够大，又补了一句，“还抗氧化。”

楚清乐得嘴都咧到了耳朵根：“那我明天把家里的榨汁机拿过来榨汁喝。”

下午的时候，楚清接到派出所的电话让她去拿手机，取到手机以后她回了趟家，收拾了几件儿衣服。程易安这些天住在老宅，那大龄巨婴说什么都要她也陪着。

拎着行李箱和榨汁机回了家以后没一会儿，程易安也下班回来了，手里提着板栗和楚清嚷嚷着要吃的樱桃，还十分主动地买了碗关东煮回来。

楚清刚吃了一个鱼丸，程易安将碗往前推了推：“还有东西给你。”

“还有？”楚清用纸巾擦了擦嘴，盯着程易安的口袋。

程易安将东西从上衣口袋里拿出来，跟献宝似的举到楚清面前。

那是一个红色的，印着小猪图案的手机壳，还附带一条红彤彤的挂链和小猪图案的来电闪。

程易安把手机壳给楚清的手机套上，然后又给它拴上了吊绳。最后拆了那来电闪，黏在了手机上。

“一来电话这个就亮，你开静音也能看见。”

见程易安如此一本正经的样子，楚清的嘴角僵了僵，这个来电闪也太具有年代感了，而且还很喜庆。烫金的小猪图案，小猪还穿着唐装。但毕竟是他的一番好意，粘着就粘着好了。

吃饱喝足，程易安又拉着楚清出门去超市。

“去超市干吗？”楚清记得程易安是资深的网购爱好者，能让快递员送上门的绝对不愿意自己出去买。大到冰箱、彩电，小到黑笔芯、指甲刀，就没有快递不能送的。

“你昨天说想喝酸奶，去买点儿。”程易安也想带她出去消消食，楚清这吃完了就躺的毛病他非得想法儿给她掰过来。

楚清一听，主动把车钥匙递到了程易安手里，乐得嘴咧到了耳朵根：“好哇好哇，我们走吧。”

程易安接过车钥匙，然后一点儿没犹豫地丢到了桌子上：“走路。”

“我不！”

“骑自行车？”

“我不！”

“那睡觉吧。”程易安说着就要往卧室走，刚转过身就被楚清一把抱住腰。

楚清皱着眉耍赖：“我想喝酸奶但是我不想走路。这里离超市好远的，还有大狗，还有、还有野猫……”

程易安想了想，从家到超市这一来一回怎么说也得一个多小时，对于楚清来说着实是有些吃力了……

“开车到巷子口走着去？”程易安妥协。

“开到城南公园走着去吧？也就多开了一点点路。”楚清得寸进尺。

程易安丢了车钥匙："睡觉吧。"那城南公园对面就是超市，两分钟的路程。

"啊……我去，我去。"楚清一手拿着车钥匙一手牵着程易安往外走，咬牙切齿道，"我今天要做朋友圈里步行步数最多的崽！"

程易安开着车带她到了巷子口，刚准备停车，身边的楚清远远地指着前面的大树道："停那儿吧，那儿有空车位。"

程易安偏头看了她一眼，依她的话将车开到了树下。二人下车以后，他拉着楚清往相反的方向走去。

楚清急了，指着前头："那前面不就是个超市？"

程易安这才不慌不忙地掏出了口袋里的卡晃了晃："西边那家。"

"我能申请把车开回巷子口吗？"她这是搬起石头砸自己的脚，瞥见程易安的表情以后，她瘪着嘴，"算了，走吧。"

二人从树下走回了巷子口，身边的程易安一直憋着笑，楚清是敢怒不敢言，谁给钱谁是大佬，不就是多走几步路嘛……

看到超市招牌的时候，楚清的腿仿佛都不是自己的腿了，她双手拽着程易安的胳膊，嗓子口冒烟儿。

程易安十分善解人意地将她带到了奶茶店，在楚清一脸期待的表情下点了一杯三分糖的常温柠檬水。

接过店员手里的杯子，楚清一口气喝了一半儿，然后将剩下的柠檬水往程易安手里一塞，雄赳赳气昂昂地往超市里头走去。

一进超市，楚清就被这火热的气氛感染了，有一种把整个零食区抱回家的冲动。

程易安拽了拽楚清的衣角，指着不远处的促销长袖 T 恤衫，笑道："那挺好看。"

楚清顺着他手指的方向看去，一排排或粉或玫红的卡通图案 T 恤，胸前印着依稀能辨别出是 HelloKitty（卡通人物凯蒂猫），还有根本看不出是羊的喜羊羊。

“好看个鬼……”楚清将他手里的柠檬水抢了回来。

一路从日用品区逛到零食区，购物车里已经放了不少东西。楚清刚准备往冷藏柜那边跑，连帽衫的帽子就被程易安揪住了。

程易安将人带到了计生用品区，低着头细细挑选起来。

楚清等了一会儿见他还没拿完，有些着急了，她伸手戳了戳他的腰：“你快点儿。”

“不急。”程易安此刻已进入无人之境，看看品牌看看型号，看看保质期再看看成分表，比楚清挑水果的时候还要仔细。

在楚清默念了无数遍“遇不见熟人，遇不见熟人”以后，程易安终于挑好了。他挑了六盒，整整齐齐地码在购物车里，按颜色从深到浅。

楚清看着那一排东西就觉得脸热，随手拾了条毛巾盖住那六盒东西，迫不及待地推着购物车往冷藏柜走。

程易安皱着眉头一个个看着配方表，楚清则走马观花地从前到后看了一遍，然后一点儿没犹豫地拿了一大盒芦荟味儿的酸奶。

看着那酸奶盒上的某个男明星，程易安心中五味杂陈。

“嘿嘿，帅吧？”楚清指了指酸奶盒，笑意是藏都藏不住，“新晋男神！”

程易安沉默了几秒，推着车往结账的方向走，冷冰冰地丢了一句话给她：“帅个鬼。”

楚清嘴角抽搐了几秒，然后赶忙跟了上去。男朋友喜欢学自己说话怎么办呢？当然是惯着……

心满意足地买到了酸奶和零食，就算是结账的队伍排了老长，楚清心里还是觉得十分开心。

和程易安闲聊了几句她的新晋男神，便轮到他们结账了。

将东西一样一样地放上了收银台，全数扫完以后没等营业员开口问支付方式，楚清便主动道：“购物卡。”

“支付宝。”程易安将楚清往身后带了带，然后掏出了手机。

拿着购物袋出门的时候，楚清有些不解：“干吗不用购物卡？”

程易安将手里的购物袋递到了楚清手里，然后掏出了来之前给她瞄的那张卡，卡上清清楚楚写着“XXX 银行”。

“你蒙我？”为了让她多走几步路，程易安竟然开始编瞎话了？

“我错了。”程易安接过她手里的购物袋十分淡定地抛出三个字。

“我……”楚清一时语塞，认错认这么快她连火都发不出来，“那你给我买个冰激凌我就原谅你！”

程易安偏头看了她一眼，随后笑了一声：“不可能。”

楚清气得腮帮子都圆了，撂下程易安闷头往前走。

程易安也不急，一手一个购物袋缓缓跟在楚清后头，神色一如往常，十分淡定。五分钟以后，前面的人停了下来。

楚清原地转了一圈，忘记了是左拐还是右拐。她又正气着，不愿意跟程易安说话，索性靠在电线杆上不走了。等了半分钟也没见程易安上前来带路，楚清吸了吸鼻子，双手插兜置气。

又等了一会儿，她实在是憋不住了，猛地一回头，眼神里带着满满的怒气。谁知道回头一瞧身后没人，街上空荡荡的。

楚清心里有些慌了，刚准备掏手机找人，帽子被人揪住了。

程易安拉着她的帽子往回走，楚清从一出来路就走反了，一刻钟的路程这么一折腾生生走了二十多分钟。

楚清看见车的时候整个人恨不得立刻原地瘫在地上。方才全凭一口气儿吊着，此刻看见了希望却是一步都不想走了。

“你在这儿等我，我去开车。”程易安见她实在是走不动了，也不为难她。

楚清答应的话都到了嘴边了，突然又咽了回去。她朝程易安挑了挑眉毛，坏笑道：“我可以拥有一个背背吗？”还有六七百米的路程，她寻思程易安连她带东西背过去应该也不算吃劲。

程易安叹了口气，将手里的东西放在地上，然后蹲了下来。等楚清趴好了以后，他缓缓起身，也没忘了拿上购物袋。

程易安走路很慢，楚清趴在他背上时不时晃晃腿，往他颈后吹口气儿或是伸手掐个脸，好不惬意。

将人背到了副驾驶门前，程易安半蹲下身子把楚清放了下来。

“我可以拥有一个亲亲吗？”他面无表情地学着楚清讲话，明明是很甜蜜的话硬是被他讲出了机器人的味道。

楚清拉开车门坐进去，然后朝程易安招招手。

程易安弯腰将脸凑进去，还没忘闭上眼睛。

“不可以。”楚清十分严肃地拒绝了，见程易安一脸错愕，她咧嘴笑了，“我可以拒绝的呀！”

程易安面无表情地关上副驾驶的门，又面无表情地进了驾驶位，双手把在方向盘上没动。

楚清无奈地长长地叹了一口气，然后探身过去在他脸上亲了一口：“启动开车模式。”

“嘀！”程易安依旧是面无表情，“如需回家请重复操作。”

楚清看了看窗外，见前头没人，揪着程易安的衣领往自己这边拉，然后噘着嘴接连亲了好几下。

“可以走了吧小程同学？”

“可以。”程易安发动了汽车，趁着楚清低头看微博的工夫偷偷将头偏到一边笑了笑。

早晨一起床楚清就长吁短叹，一会儿跑一趟厕所，愁得抬头纹都出来了。她例假一向准时，可这个月已经推迟了一周了。

没有痛经的日子总是过得很快的，楚清原先都没有意识到这个问题，直到无意间打开某记录月事的 APP……开屏一行大字“您的月事推迟了七天了”，大字下面还有一行小字“谨防意外怀孕，避孕措施不可少”。

意外怀孕？楚清猛地捂住了自己的肚子，自己的腰围似乎是壮了些，前几天去快餐店的时候吃了一个汉堡和两只鸡腿，平日里只能吃一个汉堡来着……还有，上周的某一天早晨起来好像还有些干呕。

她坐在床边，越想越觉得肚子里多了个小东西。

想来想去，楚清放弃了去某地探店的行程，去外头寻了块蛋糕垫垫肚子，生怕营养不均衡又喝了杯牛奶，吃饱喝足以后她又回到了床上躺着。

原本想要去趟药房买试纸，可一想到昨天看的宫斗剧，什么上台阶崴脚了，被狗狗扑倒了……楚清觉得还是待在床上比较安全。

程易安中午回家的时候见房门和窗户紧闭以为楚清睡到现在还没醒，他蹑手蹑脚地进了屋，推开房门就看见楚清那一双大眼睛盯着天花板发呆。

“怎么没起？”程易安随手将外套脱了丢到了床上，紧接着就听见楚清大叫一声。

“你别碰到我肚子！”楚清突然缩成了一团，双手捂着肚子警惕地盯着程易安的那件外套。

程易安愣在原地，思索了半天，皱着眉问了一句：“你昨天吃坏东西了？”

楚清摇摇头：“没吃坏东西，可……可能是西柚吃多了……”

“胃痛？”

“程易安……如果没有孩子你愿意娶我吗？”楚清说完之后摇了摇头，“不对，如果你娶我会是因为孩子吗？”

程易安还没张口，楚清噌地从床上坐了起来：“也不对，我的意思是如果我生不了孩子……啊呸，我的意思就是如果我没怀孕你会不会跟我求婚！”

“怀孕？”程易安蹙起了眉头，随后紧接着道，“不可能。”他的第一个反应就是这个。

除去类似在避孕套上戳孔、避孕套过期等等这种外在因素，坚持避孕还会怀上这种可能性跟他高三那年写不出物理最后一道大题的可能性差不多，实在是微乎其微。

楚清张了张嘴，没搞明白他这是什么反应，不过肯定不开心、不激动。正常人听说自己要当爸爸了都得热泪盈眶，抱着媳妇原地转上几圈，他这样子……

“例假没来？”程易安问道。

“七天了。”

“你前几天是不是吃冰激凌了？”程易安盯着楚清。后者满脸写着“心虚”二字而且还脸红了，说明肯定不止吃了一根。

“除了这个呢？还有哪里不舒服？”程易安靠在电视柜上，嘴角含着笑意。

“我腰还粗了，好像还变得能吃了……”楚清此刻也变得没什么底气了，支支吾吾的。

“啊！我、我前几天早上干呕了！”像是抓到了什么关键性证据，楚清激动得举起了手。

程易安轻咬着下嘴唇，笑着问：“怀孕了就这么激动？”

这话仿佛激活了楚清的戏精属性，她掀开被子下床，十分嘚瑟地走到程易安旁边：“我要用孩子拴住你。”

楚清一手在程易安的腰上游走，另一只手轻轻挑起了他的下巴，随后沉下声音，慢吞吞地模仿着言情小说的台词：“男人，你是跑不掉的。”

“我跑了你也追不上。”程易安伸手捏了捏她腰上的软肉，楚清年后确实胖了些，“你要是实在不放心，下午带你去检查一下。”

“哎！你们中医不都会把脉吗？”楚清突然想到了这个，“脉象如什么珠子来着？”

“滑脉，按之如滚珠。”程易安拉着她的腕子凝神听了一会儿，随后道，“不过也有一些人把不出来。”

楚清点点头，脸上渐渐浮现了一丝担忧：“去医院的话会不会影响你的名声？”未婚先孕什么的，似乎不太好。

程易安无奈地笑了笑，弯腰将人抱起，撩开被子把楚清放进了被窝里：“没事儿，最多第二天被人塞点儿计生用品。”

换上了衣服跟着程易安去餐厅吃饭，楚清早晨被“疑似怀孕”的消息冲昏了头脑，此刻静下心来想想还有些慌……三个月前她还是条连跨年都吃方便面的单身狗，怎么一眨眼就成了孩子妈了？

之前天天看见朋友圈里的同学为了孩子的家庭作业脱发、心悸、眼下乌青，楚清越想越觉得可怕。回去的路上，她突然拽了拽程易安的胳膊：“以后给孩子请家教好了。”他这一头学医都没秃顶的秀发要是为了小学家庭作业掉成地中海可实在是不值当了。

程易安抿着嘴乐得不行：“你说了算。”

午睡的时候，楚清愁得小脸儿皱成了一团，嘟嘟囔囔地说着什么没享受够二人世界。

没一会儿，楚清突然感到小腹一阵坠痛，这感觉十分熟悉……直到感觉到温热，她才确认是晚到了一周的亲戚来了。

楚清轻轻拽了拽程易安的衣角，说不清心中是遗憾还是庆幸：“安安呀，我告诉你一个坏消息和一个好消息。”

程易安翻身脸朝着楚清，眨眨眼睛表示自己在听。

楚清清了清嗓子：“好消息是我们暂时不用准备请家教的钱了……坏消息是你可能要洗床单了。”

十分钟以后，程易安边搓着床单边笑，床单洗了多久就乐了多久。

楚清一个人坐在沙发上生闷气，她低头看着自己的小肚腩，久久不能平静。肚子这么大，腰这么粗，居然是她自己吃出来的？

“程易安……”她半靠在沙发扶手上，一手捂着肚子一手朝着卫生间挥挥，“你有没有什么减肥的偏方？中药也可以啊，再苦都行！”

“最快的就是……”

“就是什么！”楚清燃起了希望。

“抽脂。”

“你跟整形科还挺熟。”楚清的手缓缓垂下，希望破灭了。

“你过几天跟我去健身房？”程易安提议道。他将床单洗完晾到院子里以后越看越觉得奇怪，干爽整洁的床单就中间一块儿皱皱巴巴地沾了水，不知道的还以为他“画地图”了。

健身……楚清又想到了被八百米支配的恐惧，那种气喘吁吁，四肢酸痛无力，胸口被撕裂的疼痛她这辈子都不想再体验一次。

“要不下个月好了，夏天之前减掉就可以了，也不急嘛。”反正春天的衣服宽松，应该也没人看出来她胖了。

减肥这话说着说着就过了一个多月，楚清的衣服越来越薄，体重却不减反增。可能是程家的伙食太好了，还时常有黎菘的零食投喂，楚清的脸肉眼可见地圆了起来。

程易安忙着博士论文和一周后的答辩，健身房也是很久没有踏足过了。可他似乎是天生吃不胖一样，除了胳膊上的肉软了些其余的并没有什么变化。

“老程老程！”楚清将手机举到程易安眼前，“你看这个，进口酵素，好多人说喝了有瘦哎！”

程易安听见“酵素”二字头都没抬一下：“没用的，不控制饮食，不运动，吃了等于白吃。”

“啊……”楚清躺在沙发上仰天长啸，“减肥怎么就这么难呢？”

这个问题程易安已经不想再跟她探讨了，只要她身体健康吃嘛嘛香，胖点也挺好。

第十六章

特殊的止痛方法

QIAOQIAO GAOSU NI , WO HAO XIHUAN NI

近日，某楚姓女士多次流连于某大型商场，对一露背连衣裙垂涎三尺。终于在第七次有意无意路过店铺的时候，楚清下手了。她斥巨资将一条S码的连衣裙买回了家，那一条裙子都抵得上一件羽绒服了。

拎着购物袋回家后，趁着程易安没下班，楚清钻进了卫生间试衣服。穿好之后她左看看右看看……合身倒是挺合身的，就是后背上的肉有点儿多，不加披肩根本穿不出去。

联想到了早晨刷到的模特图，楚清捏了捏自己圆滚滚的肩膀，看来减肥是刻不容缓。

楚清在跟林襄视频的时候提到了减肥的事情，后者十分激动地推荐她去健身房。

听着电话那头传来土拨鼠的叫声，楚清一头雾水：“我记得你高二的时候八百米第一圈躲进了厕所，等我们跑到第二圈的时候才出来的。”就这样的人能去健身房，她还不如相信喝奶茶能减肥。

“明天，明天姐们儿带你去逛一圈。”林襄十分神秘地跟楚清约好了时间，要带她这个健身房小白去体验一番。

第二天下午，楚清翻出了一套宽松的衣裤准时出现在某商场楼下的咖啡厅前。

林襄跟她口述了从停车场到健身房的路线，毫无疑问楚清没听明白。她索性就让楚清在咖啡厅等着，这样绝对不愁她找不着。

远远地看见了一个穿得跟孕妇一样的人，林襄皱着眉走近，有些不敢相信：“你这是充气了吧？”楚清比年前胖了一圈都不止，双下巴都快出来了。

“咖啡。”楚清将手里的东西递给她，有些心虚，“也就胖了八斤……”一米六多的个子没过一百一，楚清觉得也不是很胖的。

“你倒是胖全身也就罢了，偏偏胖脸。”林襄抿了一口咖啡，“嗯？这咖啡不错。”

“这家的海盐拿铁和焦糖拿铁都好喝。”楚清讨好地将手里的咖啡递过去，笑道，“你要不要尝尝我的？”

“还喝，你看看你那‘满月’脸。”林襄假意凶了她一句，随后挽着她的手臂上楼。

这家健身房在商场里面，但是要走独立的楼梯间。七拐八拐地上了楼，终于露出了招牌。

“你怎么找到的这地方？”这家商场楚清也常来，可从来不知道还有家健身房在里头。

“朋友推荐的，当时她跑了好些家健身房，说是这家……”林襄卖了个关子。

“设施最好？”楚清问道。

林襄摇摇头：“非也，非也。”

“呃……他们地方最大？还是提供什么特殊的饮食？”

“你怎么一天到晚想着吃！”林襄往楚清那脸上捏了一把，“他们家私教最好看，就是那种古铜色的、小麦色的应有尽有，肌肉男、小清新一应俱全。”

“你来这家健身大姚知道吗？”楚清突然对这项减肥运动有些期待了。

“他一般都跟我一块儿来，然后在一群肌肉男中间自惭形秽。”

林襄已经跟私教约好了时间，进了健身房就把楚清带到了里面。远远地看见健身球旁边的男人，林襄给楚清使了使眼色道：“那是我给你约的，斯文败类型，你肯定喜欢。”

“林小姐是吧？”正说着，那“斯文败类”一瞧见林襄就上来了，笑得跟朵花儿似的，“这位是您朋友吧？您好！我姓陈，您叫我小陈就行。”

林襄将楚清往前头推了推，嘱咐那“斯文败类”道：“你带她体验体验，介绍一下项目。”

林襄说完以后就去了里间换衣服，她一般都会自己带健身的运动服换，这样方便一会儿逛街。

“您贵姓？”

“免贵姓楚。”就剩了楚清一人，她心里头有些慌，拼命地思考着一会儿怎么拒绝办卡。

“那边是跑步机、动感单车，还有一些锻炼臂力的器材……”那教练先是带着楚清逛了一圈，基本情况介绍了完了以后，问她对哪个感兴趣可以去体验一下。

楚清走了这么一大圈已经累得不行了，随手指了指一张椅子，旁边竖了几个杠杠，也不知道是做什么的。

“你先坐上去。”教练弯腰摆弄了一下器材，然后示意楚清将手放到把手上，“推。”

楚清哆哆嗦嗦地握着那两根不锈钢管子：“这是举重的？”

“锻炼手臂，还有背部。背上赘肉，或者是拜拜肉，可以用这个。”教练朝他那一身的疙瘩肉上比画了一下，随后投给楚清一个灿烂的笑容，“你先试试看。”

楚清一听是瘦背瘦手臂的立刻跃跃欲试了起来，她舔了舔下嘴唇轻轻推了一下，没推动。随后她深吸了一口气，咬着牙，用力往前一拱……

这次推动了，但也只是一点点，身后的“铁块儿”刚起身就掉了下去，发出一声闷响。

楚清脸都涨红了，脑袋发晕，眼睛前头也出现了白光。

教练弯腰减了重量，然后示意楚清再试试。

这回推得算是轻松的，但是几个来回下来也免不了有些累了。

“要不要加点？”教练话音刚落，没等楚清回话就自己加了重量。

楚清活动了一下筋骨，然后试着晃了晃把手，纹丝不动。她咬着牙使出了吃奶的劲儿，身上已经出了一层薄汗。

教练见她吃力，手微微护着楚清怕她伤着。

楚清察觉到教练的意图也微微笑了笑，朝他道谢。

程易安一进来看见的就是这番场面，一个男人站在他女朋友身后，展示着他强健有力的臂膀和超凡的男友力。而他的女朋友此刻一脸甜蜜的微笑，崇拜而又带着丝丝感激。

程易安快步走上前去，同时深呼吸，他皱着眉打量着那教练的身材，似乎跟自己不是一个重量级的。

“你还是别冲动的好。”姚宇成换好衣服出来，见程易安那副样子赶忙上来拦他，“那教练还教拳击。”

程易安偏头看了他一眼，摸了摸自己的牛仔裤插兜儿不以为然道：“下午在急诊的时候不小心带了个刀片出来。”

姚宇成瞪着眼睛，不知道他这话能不能信，不过以他对程易安这么多年的了解，多半是真的……

“不、不至于，我觉得吧，你……”

程易安低头笑了一声，然后从兜里掏了个长方形的东西出来塞到了姚宇成手里。

铝箔纸包着的，长三厘米左右。

姚宇成颤颤巍巍地拆开，随后气得将东西朝程易安走的方向丢过去。

那里头包的是个被咬过一半儿的口香糖，还是西瓜味的。

程易安缓步走到了楚清旁边，趁她没注意示意一旁的教练松手。

教练皱着眉，健身房看见漂亮妹子就上来的登徒子他见多了：“那边还有一台，去那边。”

听见说话的声音，楚清抬起了头，这两个男人气氛有些紧张。

程易安用手把着器材没动，另外一只手则搭上了楚清的手。

教练有些不悦了，刚想同程易安理论，一旁的楚清赶忙起身拦着。

“那个……这是我男朋友。”楚清将程易安往旁边拉了拉，“要不您先忙去吧，我们自己练会儿。”

人走了以后，楚清将程易安拽到了窗户边：“你怎么来了？”

“我听说这儿的私教好看。”程易安一本正经道。

“你想什么呢！”楚清狠狠地瞪了他一眼，随后掉头就跑去找林襄了。

林襄听完楚清的转述以后笑得躺在了仰卧起坐器上起不来：“哎哟，老程这么爱吃醋的？”

楚清点点头，痛心疾首道：“我原本以为他是那不食人间烟火的人，带着仙气儿，冷若冰霜，无欲无求……”

“然后发现你这小仙男其实也就一凡人？”

楚清耸了耸鼻子，没有辩解。

“你理解一下，毕竟是个单身了二十七年的小仙男，再仙也是一男的。”林襄拍了拍楚清的肩膀，接着做仰卧起坐，“按理说你不会胖这么多吧，他这单了这么多年，你俩运动应该少不了啊……”

楚清冷笑了一声，趁林襄起身的时候揪着她的衣领使坏：“没你俩运动多。”她还记着先前在卫生间打翻的东西呢。

林襄索性坐起了身，扭头直视楚清：“我就不信你们没在卫生间……”

她强迫楚清抬头看自己，“嗯？”

楚清的脸慢慢涨红了，她将林襄的手打开：“我去找我们家程易安了，你慢慢仰卧起……”

在程易安的指导下，楚清在一个会动的跟坦克轮子一样的魔鬼机器上快走了二十分钟。

她小腿僵直，头脑发蒙，迷迷瞪瞪地从跑步机上下来，趁着四下无人，咚地就倒到了程易安怀里。

她双手环着程易安的脖子，眼睛半眯着，深吸了一口气就开始呜呜咽咽地诉苦了：“我的腿疼，脚疼，腰也疼……”

程易安将手搭在楚清的背上，淡淡地看了一眼怀里作妖的人：“多练练就不疼了。”

“我不！”楚清一瞪眼，随后拽着程易安就往外走，“我要捏捏才能好。”

半个小时以后，楚清惬意地躺在家里的沙发上，腿跷在程易安的腿上，手里还叼着一袋吸吸果冻。

“用力。”楚清斜着眼睛指使程易安，“对，小腿肌肉，多按一会儿，改明儿要是变成肌肉腿连短裙都穿不了了。”

程易安勾着唇笑笑，任劳任怨地给她按腿。

楚清舒服得直哼哼，当即就一拍茶几：“说吧小安子，你要什么赏赐！”

程易安凝神想了一会儿，问道：“你会打领带吗？”

“不会，跟扎红领巾一样吗？”

“下周二之前学会打领带？”程易安跟她商量着。从前每次穿正装的时候都要去找程易笙或者是姚宇成帮着扎领带，两个男的面对面站着脑袋靠得老近难免浑身不自在。扎完了还要被人嘲讽单身多年没有女朋友，扎个领带都要找哥们儿帮忙。

“没问题，包在我身上！”楚清明白他心里打的是什么主意。男人嘛，爱面子。

“下周二你带着我，我带着领带，咱去你们学校那大礼堂门口打。”楚清跷起了脚晃了晃，“怎么样，够不够万众瞩目？去食堂门口也行，挑饭点儿，让你学弟学妹们都看看。”

程易安没理她，低头在楚清脚底的某个穴位上摁了一下，后者直接痛得叫了起来，那脚一蹬，直奔着他鼻子去了，随后就是一声闷响。

“没事儿吧？”楚清这一下踹得可不轻，她那脚指头都蹬疼了更别说是程易安的鼻子。

程易安捂着鼻子不吭声，急得楚清连忙跑到他跟前蹲着。

“来来来，我看看，你这三百万隆的鼻子可别被我给踢歪了……”楚清刚想用手拉开程易安的手，就看见程易安指缝中间浸着红红的东西。

陪着他去卫生间清洗了鼻子，楚清扶着程易安出来坐在沙发上。她此刻想笑又不敢笑出声来，看见程易安那怏怏的样子又觉得他可怜。

程易安这会儿头晕目眩的，他见过打架把鼻子打出血的，吃桂圆上火鼻子出血的，甚至是看某国短片流鼻血的，像他这种被女朋友生生踹出鼻血的怕是可着这 M 市都找不出第二个了。

楚清也内疚得不行，十分乖巧地趴在程易安的腿上，噘着嘴嘟囔：“那……那也不能全怪我的……你按的那下好疼的，我脚板底现在还疼呢。”

明明是他挂了彩，反倒是楚清先委屈上了。程易安捂着鼻子闷声笑着，随后还得腾出手来摸楚清的脑袋：“行，我错了。”

“那也没有，还是我不好……”楚清自认不是不明事理的人，毕竟把人家鼻子踹流血了总是得认错的。

“那你说怎么办？”程易安揪了两张纸拧成松松的麻花儿给自己堵上了鼻孔。

楚清抬头凑到他脸旁边，讨好地笑道：“就算打平了嘛，我再给你吹吹？”说罢就噘起了嘴。

“我不想给你吹吹……”程易安故作嫌弃地指了指楚清的脚，“这脚今儿走了八千多步了，还没洗呢。”

楚清白了他一眼：“那你自个儿待着吧，我去用香皂搓脚。”她洗完澡出来，程易安换了个相对舒服一点儿的姿势靠在沙发上。由于姿势的限制，手机只能高高举着，悬空在程易安的脸上方二十厘米的位置。

“我洗完了，你要不要……”楚清擦着头发出来，话刚说了一半儿就听见“咚”的一声闷响。

程易安手滑，手机掉了下来，正巧砸在了鼻子上……

楚清蒙了，愣愣地站在原地没回过神儿来，眼睁睁看着程易安塞鼻子的纸巾由白转红才慌了。

“你……”楚清快步走到他旁边，“你这手是有帕金森吗？”好好儿地抓着手机也能抖掉了，这鼻子两小时被撞了两下，明天怕是得肿得跟整形科出来的人一样。

程易安眼泪都被砸出来了，手机正巧砸在了鼻骨上，是真疼。

“你给我看看，骨头有没有瘪。”他感觉到鼻子温温热热的，连忙又抽了纸巾放在人中处接着。

楚清依他的话凑近了瞧了瞧，红红紫紫的，看起来跟被人打了一样。

“鼻梁好像……高了些？”她玩笑着逗他，随后轻轻用指头点了点程易安的鼻子，“揉一揉好得快。”

“那是肿了。”程易安没好气儿道，随后一想，“我这样没法儿洗澡了，头晕。”

“那就不洗。”这十几度的天儿倒还是不太热，偶尔一天不洗应该也没什么味儿，“我不嫌弃你的。”

程易安当即就表示不行，就算这血流干了澡也是得洗的，特别是今天出了汗，身上黏糊糊地难受。

楚清叉着腰站在他身前，凶道：“你这模样还洗澡？”她是真怕程易安摔里头，旁人都说失血过多容易头晕，楚清看着垃圾桶里头的那些个擦鼻血的纸巾起了一身鸡皮疙瘩，这得吃多少红枣桂圆才能补回来。

“你帮我。”这主意程易安早就打好了，此刻说出来竟没有半分的害臊。

“别，我还是去叫大哥吧。”楚清扭头就要走。

程易安赶忙起身将人拽住，嫌弃道：“他粗手笨脚的。”

“我也粗手……”

“你细皮嫩肉。”

楚清舔了舔下嘴唇：“我做事儿不仔细……”

“没，你心细如发。”

楚清还想说什么，程易安抬手示意她闭嘴，随后嘴里冒了好些个四个字儿的成语出来。

听得懂的听不懂的一大堆，楚清就权当程易安是夸她了。最后听见那句美若天仙的时候她一拍手乐了，挽着程易安就往浴室走。

“走走走，今天楚楚给你洗香香。”

将人扶到浴室以后，楚清才反应过来不对劲了，她此刻穿戴整齐，可程易安如果要洗澡势必是要脱光的……

“要不还是……”楚清立刻就尿了，可怜兮兮地瞟了一眼门口，想溜了。

程易安完全没有给他这个机会，半仰着脑袋三下五除二地将自己脱了个精光，然后手虚拦着楚清催促道：“快点儿，冷。”

赶鸭子上架，楚清心里反复默念着“清心寡欲”，然后咬咬牙扶着他进了淋浴间。

淋浴间里有个凳子，木制的，大约到楚清膝盖的位置。将程易安安置在那凳子上，楚清打开了花洒。

随意地将他身上淋湿了以后，楚清挤了黄豆大点儿的洗发水，先在手心里打出泡泡，随后往程易安头上抹。依照给自己洗头的方法，用指腹打圈按摩了好一会儿再用清水冲洗干净。

程易安此刻如同一尊雕像，一动不动，眼睛闭得紧紧的，倒也免去了楚清的尴尬。

可洗尊雕像倒也是个难事儿，特别是尊裸体的男性雕像。楚清手里捧着沐浴乳给他擦完了身子，愣是下不去手往下洗。

淋浴间蒸汽太大，熏得楚清脸红。她做了好半天的心理斗争，还是下不去手，将手里的沐浴乳随意地往程易安大腿上一抹，她踢了踢程易安的小腿：“你自己搓。”

程易安缓缓睁开眼睛，一双漆黑的眸子里神色不明，盛着一丝如孩童般的懵懂。

“别装，自己搓，赶紧的。”楚清不耐烦地转过身去不看他，将手里的花洒往后递了递，“搓完自己冲泡泡。”

半分钟以后，程易安接过楚清手里的花洒，对着自己冲了没一会儿，他将花洒一翻转……

“程易安你毛病吧？”楚清后背全都湿了，薄薄的睡衣沾在身上很不舒服。她气得转身过去，又被淋了一身水，此刻算是从头到脚都湿了。

程易安手里拿着花洒，很是无辜地瞧着她。

“给我。”楚清恶狠狠地将花洒抢了回来，一手捂着程易安的眼睛，一手抓着花洒往他脑袋上淋，“我就不该信你的，让你摔在这浴室才好。”

程易安此刻脑门上、脸颊上、腰上、腿上全是泡泡，整个一个大龄失智儿童，丧失了自己洗澡的能力。

楚清念着他那鼻子是自己踹的，好脾气地给他冲去了泡泡，又扶着人出了淋浴间，她拿了条干净浴巾给程易安围上。

“自己出去穿衣服等我。”她打发走了程易安，自己又脱了衣服冲澡。

这一来一回两个人洗了三次澡，折腾了两个多小时，楚清擦干头发出浴室的时候某个人正靠在床上扣手，眼皮子都耷拉下来了。

见楚清出来了，程易安立刻老老实实地坐着不动了，眼睛瞪得跟黑猫警长一样。

“鼻子不疼了？”楚清掀开被子上床，往程易安身边挪了挪去查看他的伤势。

“嗯，不疼了。”程易安应了一声。

楚清看他这模样就知道他是扯谎呢，伸手往程易安的鼻梁上轻轻戳了一下，眼前的男人眼圈立刻就红了。

“嘶……没事。”程易安还死撑着。

“哎，你们医院有没有什么特殊的止痛方法？”

程易安摇摇头，不知道她葫芦里卖的什么药。

楚清含着笑探着身子靠近，仰起头在他的鼻尖小啄了一口：“亲亲就不痛了，没听说过？”

楚清亲完之后弯着眼睛眨了眨：“是不是觉得不痛了？立马就能用鼻子顶缸？”

程易安笑出了声儿来，随后立马捂住鼻子，生怕鼻血又出来。他闭着眼点点头，又指了指自己的鼻子：“再亲一下我能跷起整个地球。”

楚清笑眯眯地又凑过去，刚碰着鼻尖，眼前的人突然睁开了眼睛。

唇齿间的清新柠檬味儿中冲入了辛辣的薄荷气息，楚清不喜欢那劲爽薄荷味儿牙膏的味道，却爱极了程易安呼出的薄荷气味儿。

程易安接吻总是闭眼的，楚清则喜欢睁着眼看他，她垂着眼，一双杏眼盯着程易安眼下的那颗痣。

从前听人家说眼下有痣的人眼窝子浅，动不动就掉眼泪。程易安这颗痣浅浅小小的，倒像是新长的。

楚清伸手指了指他眼下，趁换气儿的工夫问道：“从前上学的时候没有吧？”

程易安松开了她，微微偏过了头，嘴搁在了她耳边的位置轻言：“前些年刚长的，应该是想你想的。”

“贫嘴。”楚清不自觉地笑出了声来，“人家说有泪痣的喜欢流眼泪，你这新长的是愣哭出来的？”

“嗯，见不着你整宿整宿哭。”程易安半分玩笑半分认真，他说完后抬头看着楚清的眼睛，“嗷嗷哭。”

“哦。”楚清眨了眨眼睛，一翻身就钻进了被子里背对着程易安，毫不在意，“我倒是整宿整宿做梦，今儿个是这个老公，明儿个是那个男朋友。”

程易安闷声笑了一声，伸手往她脑瓜子上弹了一下骂道：“没良心的。”

“不过我也梦到过你。”楚清突然想起来了，赶忙翻过身子脸朝着程易安，“好几次！”

“嗯？”不知道为什么，程易安总觉得在楚清的梦里他不会是什么好人。

楚清用手比了个眼镜儿，高中的时候程易安架着副银边眼镜：“程同学辅导物理之恩还是没齿难忘的。”

“我记得前年还是大前年，夜里梦到你给我讲物理题，重力加速度那块儿，吓得我半夜醒了出了一身的冷汗。”楚清心有余悸地捂了捂胸口，“你可凶了，你说选择题第一道是送分题，是个人就会写。”

程易安满脸写着无辜：“确实是送分题。”

楚清眼睛一瞪：“你再说。”

“不说，睡觉。”楚清这提到物理就发脾气的毛病还是没变，程易安惹不起就只能躲了。

将脑袋闷到了被子里，程易安摸索着往楚清那边蹭，将脑袋猛地伸了出来，正搁在了楚清的肩膀上。

“今天换我搂着你睡？”楚清伸出了胳膊，豪气地笑了两声，“快睡吧，小美人儿。”

“小美人儿”刚躺了约莫一刻钟，楚清就撑不住了，肩膀又酸又麻，连带着浑身都不舒服。她伸手戳了戳程易安的肩膀：“美人儿，你要不还是枕枕头好了。”

程易安刚刚有了些睡意，迷迷糊糊地抬起头来问道：“怎么了？”

“大、大爷我肩膀麻了……”楚清舔了舔下嘴唇，“你这脑袋也太重了点儿，不是洗澡的时候进水了吧？”

程易安连忙抬头躺回了枕头上，双手放在睡裤的插兜里：“睡吧。”

“不行……”楚清拽着他的袖子，“抱。”

“我肩膀也麻。”程易安无奈地笑了笑，尽管嘴里这么说，胳膊还是乖乖伸出来垫到了楚清脖子下面。

“你麻习惯了。”楚清往他身边挪了挪，一手揪着程易安胸前的衣服，一手横在他肚子上。

满足地揉了揉他没有什么肉的肚子，楚清抬头亲了亲程易安的下巴：“睡吧，美人儿。”

第二天一早，楚清睁眼的时候程易安已经起床了。她套上外套下床在屋子里转了一圈，程易安不在。

她扯着嗓子站在院子里喊：“程小安，程小安……”

“程小安”没喊来，倒是叫来了程易笙。

程易笙手里拎着豆浆油条，一进院子就看见自家弟妹撑着腰叫“程小安”。他凝神一看，这姿势，这肚子……怕不是怀了？

“小楚。”他赶忙走近，“两个月有了吗？”

“什么？”楚清蒙了。

“我们家程小安，两个月有了吗？”

楚清明白过来了，不动声色地将小肚子往回缩了缩，然后眨了眨眼睛：“有，不止两月了。”

程易安从书房出来的时候看见程易笙笑得跟见着亲儿子一样，嘴咧到了耳朵根。

“多大了？”程易笙指了指楚清的肚子，他此刻只惦记着小侄子，手里的豆浆漏了都不知道。

“程小安，你哥问你今年多大了。”楚清拽了程易安过来，“去，告诉哥哥。”

“还有两月二十八岁。”程易安接过他手里的早饭，随后将人往外赶，“想抱孩子自己生。”

“大哥……”楚清看着程易笙的背影出神，“他和黎菘结婚也一年了吧，没要孩子？”

程易安脑补了一下程易笙跟孩子抢玩具的画面，实在是不堪入目：“等他再成熟些吧。”

楚清本以为他说的是黎菘，想了想确实也是，黎菘刚二十四岁，也不急。

“等他对玩具不感兴趣了。”

楚清从他这语气里听出了恨铁不成钢：“大哥不会跟孩子抢玩具的吧……”

“上次姑姑的小孙女儿过来看上了他一个毛绒玩具，人家小孩儿年纪连他一个零头都没有，他愣是没给。”说到程易笙这些事儿程易安可是来劲儿了，“我小时候喜欢他一个小熊挂件，穿迷彩服的，哭哑了嗓子他都不给我。”

“你小时候不是喜欢奥特曼吗？”

“他不喜欢奥特曼。”程易笙觉得奥特曼不好看，穿着银白色紧身衣没有那些个长毛的动物可爱。

程易安将豆浆和油条拎回了客厅，招呼着楚清赶紧吃完上班。老宅离她公司虽不远可路上却堵，没个半个小时到不了。

楚清刚喝完了半杯温水，油条已经塞进嘴里了，刚咬开，突然想到了前几天的通知，又给拿出来了：“我今天体检，不让吃东西。”

“去拿点儿饼干放包里，抽完血垫垫。”程易安接过了楚清的油条，“穿外套，拿钥匙到外面等我。”

上了车，程易安打了方向盘出门：“去哪个医院知道吗？”

“不知道，应该是你们医院吧，去年就在你们那儿。”群里头通知了早上集合，然后坐大巴一块儿过去。

“检查完办公室找我一块儿吃午饭，今天晚上我不回来吃饭。”

下车之前，程易安又嘱咐道：“抽完血记得吃东西，晚上回来给你带栗子。”

楚清摆摆手跟他告别，循着车牌号在路边找到了大巴车。一上去就被同车的人打趣，她双手合十求饶，直奔大巴最后面，找了个靠窗的位置坐了下来。

很快人都到齐了，一车人浩浩荡荡地往医院开。刚过了几个路口，楚清发现了这路熟悉，趴在窗户上看了一会儿，果然瞧见了不远处程易安医院的大楼。

发了体检单以后就各自解散，体检的项目多，分散开来效率比较高。

楚清做完心电图以后拿着单子上了采血处，好不容易排到了队，坐下一抬头，姚宇成坐在里头朝她笑。

“体检啊？”

“大姚？你还会这个？”楚清将袖子挽了上去。

“人手不够过来帮忙。”姚宇成将条码贴到了塑料采血管上，“握拳。”

系上压脉带以后，姚宇成左看右看，面露难色：“你等会儿，我找其他人给你抽。”楚清这经脉细得完全不凸显，他不敢戳。这要是没戳准来回扎个几回，回头程易安非得拿他练缝合不可。

寻了个抽了二十几年血的老医生过来，姚宇成乖乖在旁边看着。那老医生虽说年岁大了，可完全不慌，进针后不出血也不急，轻轻往外拔了一寸，又转了一下针头的位置，再进便见了血了。

三管抽完以后拔针，楚清按着针孔起身离开，临了还不忘瞪一眼姚宇成顺便腹诽他技术不好。

体检报告会统一寄到公司，各人检查结束以后有愿意回去的大巴车等着，不愿意回去的就散了。

楚清直奔程易安办公室，这会儿也到了饭点儿了，谁知道到了办公室以后程易安不在。

里头的一个没见过面的医生招呼着楚清坐着等会儿，说是程易安去送病例了一会儿就回来。

坐在沙发上玩了一会儿手机，方才那同事拿着程易安的手机过来了：“你接下，他哥的电话。”

“好，谢谢。”楚清按了接听，同程易笙说了几句以后挂断，无意间瞟到了锁屏上头的通知“您已成功预订XXX餐厅……”时间写的是今晚六点。

那餐厅楚清很熟悉，被誉为M市最适合求婚的三大餐厅之一。夜景尤其漂亮，靠窗的位置看出去整个M市灯火辉煌尽收眼底。

楚清也只是实习的时候跟同事去过一次，菜上桌以后先拍照片，等照片拍完以后东西也就都凉了。五个人分两个人的套餐，僧多粥少每道菜只轮了一口，虽只是一口楚清也足足惦记了一年多了，消费太高去不起，只能指着手机里的照片不时地下下饭。

楚清将手机放到了茶几上，心中暗喜。平时看着程易安不声不响的，关键的时候还挺靠谱，这餐厅她很满意。早晨还跟她说晚上不回来吃饭，原来是想给她个惊喜悄悄盘算着这个。

前脚刚放下手机后脚程易安就进来了，楚清将手放在膝盖上搓了搓，莫名地有种做贼心虚的感觉。

“大哥刚才打电话来了，让你晚上回去的时候去趟外婆家拿二斤黄豆。”楚清老老实实地将手机递给程易安。

“你坐那儿等会儿。”程易安手头上有点事情，他抬手看了看表，还没到饭点，“等我四十分钟，一会儿带你吃饭。”

四十分钟还没到程易安就被叫去了急诊，楚清只能拿着他的饭卡自己去了食堂，吃完了又自己坐公交车回了公司。

这个下午楚清过得十分煎熬，内心跟猫爪子挠一样，恨不得立刻就到五点半打卡下班去餐厅接受程易安的求婚。

她脑补着程易安求婚的场面，越想越可乐，脸和脖子都红了，耳朵也跟生了冻疮一样热乎乎的。

好不容易熬到了五点二十九分，楚清关了电脑，调出了手机的指针钟，盯着秒针看。

五点半，楚清拎着包打了卡就跑，跟火烧屁股一样恨不得蹿出去。兴冲冲地进了电梯，楚清隔一会儿就抬头看一眼楼层，总觉得今儿个这电梯跟没吃饭一样，跑得贼慢。

到了公司门口，并没有意料中的人在等着。楚清咬了咬下嘴唇，有些失望。她扭头去了隔壁的咖啡厅，点了一杯冰拿铁边喝边等。

一直到六点都没看见程易安的影子，连短信都没有。楚清笃定这饭是吃不成了，买完单就走了，回家的路上买了份烤冷面边走边吃，吃完后又瞧见路边有卖炸串的，挑挑拣拣买了二十块钱拎在手里吃。

“破餐厅才没有油炸串串好吃。”楚清恶狠狠地将手里的竹签丢进了垃圾桶，快步往家走。

第十七章

同学，你能嫁给我吗？

QIAOQIAO GAOSU NI , WO HAO XIHUAN NI

到家洗了个澡，楚清坐在沙发上冷静了好一会儿，想着程易安一定是被什么事情耽搁了。总不会订个餐厅带旁的女的去，这一点楚清还是对他们家“程小安”很有信心的。

想明白了以后，她开开心心地躺上了床，反正求婚是少不了的，高级餐厅也是跑不了的，今儿个没吃就等几天，不急。

九点不到，程易安回来了。他将手里的栗子放在了茶几上，然后洗了手出来坐着剥壳。

捧着五颗栗子进了房间，他往楚清嘴里塞了一颗，问道：“晚上吃的什么？”

“烤冷面，豪华版，我加了三个里脊肉。”楚清嘴里被他塞了两个栗子，腮帮子鼓得跟进食的仓鼠一样。

她突然停了咀嚼的动作，凝神嗅了嗅。程易安嘴里有股子很浓的照烧汁的味道……

“你去世贸那家餐厅吃饭了？”这味道楚清绝对不会记错，哪怕就一年多前尝了一口，这也是她这辈子吃过的最好吃的照烧汁。

程易安投喂的动作也停了，低头呼气自己闻了闻，什么味儿都没有，他这女朋友怕是属狗。

“嗯……”话都说到这份儿上了只能承认了，程易安低着头态度良好，等着楚清盘问。

“跟谁啊？”

“大姚。”

楚清盯了他好一会儿，倒不是觉得程易安会撒谎，是实在觉得荒唐。

“你和大姚两人去了求婚圣地吃饭？”

提到这个，程易安也是无奈。他一晚上见着了五对儿求婚的情侣，个个都是深情款款，酸死个人。偏偏一抬头看见的是对面邋邋遢遢，胡子都没刮的姚宇成，实在是觉得辣眼睛。

“他说这家贵。”程易安也没想到是个求婚圣地。

楚清舔了舔嘴唇，也没再问了。她觉得有必要通知一下林襄，让姚宇成破费一把。

“你吃观景餐厅，给我带栗子？”楚清推着程易安将他往外赶，“去刷牙，我闻不得那味儿。”一闻馋虫都出来了。

程易安将最后一颗栗子塞进她嘴里，捂着嘴背过身往卫生间走：“下周末我带你去，管饱。”

“能打包吗？”楚清扬着声音问道。

程易安想了一会儿：“留万把块，回头还得结婚。”

程易安答辩后迎来了一个短假期，整天不是坐着盘核桃就是去隔壁老程院子里头下棋。

好不容易等到双休日了，楚清中午一醒来就见不着他人了。本以为等他放假了就能过几天二人世界，谁知道竟比上班的时候还要忙。

她穿着睡衣，慢悠悠地出去找程易安的外婆讨了个饼吃。嘴上油还没擦呢，姚宇成电话就打进来了。

“喂？哪儿呢？”他个地地道道的南方人不知道什么时候染上了一口北方口音，整天一口大碴子味儿。

“在家。有事儿？还是你们家林襄又跑了？”姚宇成是很少给楚清打电话的，除非是林襄生气跑了，找媳妇的时候才会把电话打到楚清这儿来。

“不是，你、你……”姚宇成蒙了，他捂着话筒，回头踢了一脚程易安，着急道，“你告诉楚清今儿个要来了吗？她还在家呢。”

程易安皱了皱眉，将手里头的花塞给了蒋睿，轻声道：“我给她发邮件了，她没看见？你赶紧问问。”

听见“邮件”二字，蒋睿整个人都不好了，斜着眼睛骂道：“你就作吧你，发邮件……现在谁还看邮件？你怎么不跟她漂流瓶联系呢？”

“赶紧赶紧。”程易安急得打转，一屁股就坐那台阶上了。

蒋睿看见了急得不行，连拖带拽地将他拽了起来，拍了拍他的屁股：“这我大侄儿的校服，他洁癖严重，别弄脏了。”

“有烟吗？”程易安实在是哆嗦，头一次求婚，自己被自己吓得不轻。

林襄实在是看不过眼了，皱着眉：“谁有烟给他一支，实在不行找个高三物理卷子来也成，老程一写物理卷子就冷静了，比啥都管用。”

蒋睿一拍脑袋：“你等着。”他之前给侄子开过家长会，认得教室和座位，寻个物理卷子还是容易的。

在场的人都没想到蒋睿把林襄的玩笑话当了真，一溜烟就跑没了。

唯一有车的人跑了，姚宇成急得不行，这下没人接楚清去了。他和林襄一合计，干脆让程易笙将人送过来，还省点儿油费。

蒋睿去得快回得也快，他手里拿了套物理竞赛题，按着侄子的话寻到了题目：“老程啊，我侄子这儿正好有几题不会……”

“蒋老二你也是，求婚写什么物理题啊……”姚宇成算是服了他了，可回头一看程易安脸都白了，觉得这也不失为一个好办法。

程易安拿到物理题后宛如打了一针强心针，拿着笔算算画画，腿不抖了，嘴不哆嗦了，脸色也红润了。

那头的楚清根本没搞清楚状况，只是隐约觉得程易安要求婚了，并且那个呆驴忘记通知她了。

她套了件风衣就跟着程易笙出了门，坐在副驾驶位紧张得直哆嗦，并且祈祷程易安别整些乱七八糟的东西，比如说录像什么的，她两天没洗头的，实在是见不了人。

程易笙专心开着车，心里将程易安骂了好几百遍，人家叫个快车都得提前约，他倒好，急急慌慌打个电话就指使他当司机了。

在等第三个红灯的时候，楚清的手机突然响了，低头一看是赵思凡打来的，她抿着嘴，没接。

接受程易安的求婚要紧，加班什么的都滚一边儿去吧。

电话响了两轮，赵思凡发来了微信，说是楚清的体检报告下来了，让她得空去趟医院检查。

这话可把楚清吓得不轻，浑身冒冷汗。

“大哥，你上次给我把脉的时候没发现什么吧？”楚清舔了舔嘴唇，这绝症也不是一朝一夕就能得上的，半月前程易笙把脉也没瞧出来什么啊……

“没，怎么了？”

“啊……没、没事儿。”楚清攥着手机，背后冷汗都出来了。思来想去还是给赵思凡回了电话过去，这要是自己有什么好歹，怎么着这婚也不能让程易安求成了。

“喂，思凡姐……”楚清将手心的冷汗擦在了裤子上，末了攥着衣角不敢大出气儿。

“你们可以啊你们！”赵思凡气得不轻，“一次体检三个怀孕的，等七八个月以后这活儿干不干了？”

“啊？”

“啊？啊什么啊，快一个月了，你长点儿心吧。你也踏实点儿，别天天麻辣烫黄焖鸡的。行了行了，周一自己去医院吧，给你放假。”赵思凡这嘴跟机关枪似的，说完就挂了电话。

楚清愣愣地看着前方一分半钟的红灯，偏头看向程易笙，伸出了右手：“大哥，你、你要不给我把个脉？”

程易笙微微皱着眉头，眼睛盯着信号灯旁的倒计时，半晌没动。收了手以后，他咂咂嘴，又把了一次。

一直到红灯转绿，后面的车子疯狂按喇叭，程易笙才后知后觉地踩了油门，又怒又喜：“臭小子……”

楚清看他这反应，心中一沉，真怀上了。这孩子也真会挑时候来，正巧赶上他爹求婚。

下车以后，程易笙带着她往操场走，楚清一路上恍恍惚惚地还差点儿被石子儿绊着了。

程易笙全程紧张兮兮地瞧着自己这亲弟妹，生怕她磕着碰着。到了操场，他左看右看没瞧见人，末了看见医务室外头掉了两瓣儿玫瑰，指了指道：“应该是那边。”

楚清眯着眼睛往医务室走，屋子里动静确实不小。

推门进去，三个大老爷们围成一圈，嘴里叫唤着楚清听不明白的公式，一旁的林襄开着外放看偶像剧。

“咳。”楚清敲了敲门，“你们……”

“等会儿，等会儿。”姚宇成不耐烦地挥了挥手，继续指着那物理题，“这边不对，直接用变形公式啊……”

“程易安。”程易笙实在是看不下去了，一把将程易安从地上揪起来。

“我去……”姚宇成这才发现了来的是楚清，慌忙把散在旁边求婚用的东西往犄角旮旯里塞。

“行了，楚楚又不瞎。”林襄跷着二郎腿，“赶紧吧，人都来了。”

“要不你们先写完？”楚清瞧着他们这讨论得挺激烈的，思绪一旦断了一会儿就接不上了。

那三个男人均是一愣，姚宇成咽了咽口水喃喃出声：“可以吗？”

“可以个屁！”蒋睿将卷子全攥到了手里，然后拉开窗户丢了出去，利索地关窗上锁，“毕业多少年了，写那玩意儿干吗？”

“老程，赶紧啊！”蒋睿拽着姚宇成往后退了两步，末了往程易安身上踹了一脚。

楚清含着笑意，抬头看着眼前一身校服的男人。

一中的校服到如今都没变过，宽大的运动服，白色和蓝绿色的配色，身后印着学校名字的缩写。

这衣服楚清那时候第一天拿到的时候觉得丑，不情不愿地穿上身的。

她第一天到的时候正巧是周一，主任把她领到操场边儿上看他们升旗仪式。教导主任和楚清就站在这医务室门口，主任指着国旗下发言的男孩儿：“那是你们班班长。”

楚清第一眼看到的程易安就是一身校服的模样，迎着八九点钟的太阳站在台上，面上没有表情，毫无情感地读着稿子。

“遇事儿就躲，好不容易才让他写了个发言稿，弄得跟有刀夹在他脖子上一样。”主任无奈地摇了摇头，“走吧，我先带你去见见你们班主任。”

楚清走的时候程易安还没结束发言，她临了回头看了一眼国旗下的男孩儿，身体绷得笔直，放在身侧的一只手在哆嗦。

今天的程易安还特地恢复了高中时候顺毛的发型，配上这一身校服，嫩得能掐出水儿来。

“你好。”程易安酝酿了半天，说了这么一句出来。

他身后的两个男人都快疯了，没听过谁求婚第一句话是你好的。

楚清抿着嘴笑，无意间瞟到了程易安一双无处安放的手，同那年第一次见面一样，哆嗦着。

“同学。”程易安又开口了，两字儿两字儿往外蹦，“你能……”

蒋睿已经忍不住跺脚了，头埋在姚宇成肩上简直是不忍直视，方才给他顺了那么多遍的词儿一个字儿都不记得了。

姚宇成倒是不意外，他附在蒋睿耳边道：“他脑子里全是那题你信不信？”

“嗯，程同学。”楚清觉得好笑，看他这副紧张兮兮的样子又不忍心笑话他，只能使劲儿憋着配合他。

“嫁给我。”程易安说完以后松了一口气，突然觉得哪儿不对劲，回身看了一眼姚宇成。

后者一个激灵，立马将口袋里的戒指盒子掏出来递给他。

程易安打开戒指盒，将戒指拿出来举到楚清面前，刚想帮她戴上，腿弯被蒋睿踹了一脚。

这么一提醒程易安才想起来，“噌”的一声就跪下了，单膝跪地。

“嫁给我……”这一遍明显可以听出没方才的底气足了。

从楚清这个角度看，程易安的脖子都红了。她打量了程易安两秒觉得不对，脖子红了耳朵红了，脸还是白的……

“你抹粉了？”

程易安咽了咽口水，这问题剧本里好像没有啊……

“抹了。”他老老实实地回答，还供出了罪魁祸首，“姚宇成给抹的。”

“哦……”楚清伸出了手，眼前的男人还是呆呆愣愣的样子，举着戒指没动。

楚清晃了晃自己悬空的手臂，问他：“你戴不戴？”

“戴，戴，戴……”程易安将戒指套在了楚清手上，起身的时候没站稳，晃悠了两下撞在了柜子上。

柜子里瓶瓶罐罐乱晃，姚宇成匆忙中一把抱住了柜子，等它站稳了才撒手。

楚清把程易安往前拽了拽，笑着骂道：“呆驴……”

程易安低头傻笑，牵着楚清的手不撒。

程易笙扭头出了门，年纪大了血糖高，见不得这场面。

另一头的姚宇成腻到了林襄旁边，两个人低头说着悄悄话。

独留蒋睿一条单身狗，傻傻地站在原地，待他回过神来瞧见程易安那一身的黑印子差点儿没疯。他侄子的白色校服上头印着两大黑脚印，屁股更是全黑了。

“程易安，你……你负责把这洗干净啊。”蒋睿最是怕他那小侄子了，闷不吭声的蔫儿坏，这要是跑去给他妈耳边吹吹风，他的相亲安排就得排到明年去。

这个点儿也快到吃饭的时候了，程易安牵着楚清从医务室出去：“晚上想吃什么？”

楚清微微拧着眉：“世贸那家……”

“忘记订了……”程易安挠了挠后脑勺，别说是餐厅了，他今日出门的时候差点儿连戒指都忘了带。

“烧烤？西门右边那家还在吗？”

“在在在！”说到这个没人比姚宇成更熟了，“地盘扩了一倍，去晚了还得排队。”

路上，楚清和程易安落在后头，她原本是想着跟程易安说怀孕的事儿，想来想去还是等这顿烧烤吃完再讲。

“我第一次看见你是国旗下讲话。”楚清挽着他的手闲聊。

“我知道。”程易安那时候也瞧见她了，“身上的校服跟偷来的一样。”

楚清那身校服是 185 的码子，能塞进两个她，走起路来跟纸片人一样晃荡。

“大哥把我带到学校的时候我以为你要在教室求婚。”没想到是在医务室，这地儿楚清从前都没进来过，“再不济国旗下头也行啊。”

“姚宇成在广播室折腾了一下午，播了两遍下课铃，没能打开话筒。”原本是想模仿国旗下讲话来着，连稿子都写好了。程易安把口袋里头的草稿拿出来递给了楚清，伸手揉了揉鼻子，有些不好意思。

“尊敬的老师，亲爱的同学们，今天是个特别的日子，九年前的今天我第一次站在领奖台……”楚清一愣，随后不可思议地看向程易安，“九年前？”

“九年前的今天。”是他们第一次见面的日子，程易安特地挑了这么个日子求婚，没想到楚清完全没有领会到他的意思。

“啧啧啧，你说吧，你是不是对我一见钟情！”楚清乐得原地蹦了两下，随后绕到了程易安前面倒着蹦，“要不然你怎么把日子记那么清楚？”

“那是我第一次国旗下讲话。”

“嗯？”

程易安咽了咽口水，随后道：“第一次当着几千个人嘴瓢，太丢人了……”

“呵。”楚清气得牙痒痒，还是嘴硬，“没事儿，男孩子家家脸皮薄，你不承认我可以理解……”

说着说着，楚清瞧见了烧烤店的门头：“看起来高级多了哎。”

烧烤店门口的活计好像还是原先那个，高高胖胖，脑袋上扎了一条白色的毛巾吸汗。

点完菜找桌子一坐下，蒋睿掏出了怀里的一沓试卷：“老程，我侄子那几条题目……”

程易安偏头看了一眼楚清，随后一声不吭地接过卷子。

“哟，这孩子高三了吧？一会儿晚自习？”送烤串的老板瞧着程易安这一身校服还闷头写作业，特地拿了罐旺仔牛奶过来，“来，叔叔请你喝的，吃完再写。”

程易安缓缓抬起头推了推眼镜儿，那副样子跟学傻了一样，完全没搞清楚状况。

蒋睿反应快，连忙拍了拍程易安的肩膀：“还不快接过奶。”

程易安双手接下了旺仔牛奶放在桌上，一旁的蒋睿一把拍在他的后背上。

“这孩子，快谢谢叔叔。”

程易安扭头瞪了一眼蒋睿，从齿缝里挤出了四个字：“谢谢叔叔。”

一桌人除了程易安以外个个笑得眼泪都出来了，楚清更是拿过易拉罐给他打开了牛奶：“快喝，未成年人不能喝酒。”

喝了老板的旺仔，自然就得把戏做到足了。程易安这顿饭乖巧得很，全程面对着姚宇成和蒋睿的打趣一点儿没跟他们急。

走的时候，他走到老板跟前想掏出手机结账，低头看了看屏幕，突然道：“钱不够了……”

“让你家大人给，哪能让孩子结账。”老板拍着程易安的肩膀让他退后，一双眼睛盯着姚宇成和蒋睿两个人。

“叔叔。”程易安回过头看了一眼蒋睿。

后者扯出一个僵硬的笑容，掏出手机付款码。

出了烧烤店的门，蒋睿揪着程易安的校服外套：“你求婚，我请客，哪门子道理？”

“叔叔，我没钱。”程易安还没从角色里出来，他指了指不远处的学校大门，“我要去上晚自习。”

“你去，你去……”蒋睿将他往学校门口赶，“谁不去谁小狗！”

程易安牵着毫无防备的楚清大摇大摆地往学校门口走，到门口的时候撒手了，跟着人群一块儿进了一中的大门。

他今日穿着校服，楚清又穿得年轻戴着口罩，门口四个执勤老师愣是没人拦着。

一路畅通无阻地直奔教学楼，程易安指了指楼上黑漆漆的教室：“这届人少，我们教室空着。”

“真的啊！”楚清拉着他往楼上走，“我当年那腿短一截儿的凳子还在吗？”

“应该都劈了烧柴了。”早几年一中就换了全新的不锈钢桌椅，木头桌椅都淘汰了。

两个人到了教室门口，一推门发现锁上了。

楚清撇撇嘴，探着身子朝教室里看了一眼：“黑板、讲台……都换了。”连瓷砖都重新贴过，当年的一点痕迹都寻不到了。

“什么人？”

还没来得及缅怀逝去的青春，那头巡逻的保安举着手电筒过来了。楚清吓得拽着程易安就往厕所跑，见程易安要往男厕所去，一把将人拽进了女厕。

他们两个人躲在同一个隔间里，楚清轻声教训他：“你是不是傻，保安是男的！”

尽管如此，楚清还是低估了保安的战斗力。

隔间的门板被敲得咚咚响：“出来，哪个班的？班主任哪个？”

楚清无声地询问程易安怎么办，后者指了指门锁，让她开门。

不情不愿地从隔间里出来，楚清低着头站在两个保安面前：“我们马上就走……”

“走哪儿？班主任哪个，不上晚自习偷跑出来还走？”保安那手电筒直往楚清脸上戳，“说，要不然直接送教务处。”

“刘振业。”程易安将楚清往身后挡了挡，“麻烦您给他打个电话吧。”

“偷偷摸摸的……”保安低头翻着通讯录，“明儿个就得找你们家长。”

“喂？刘老师是吧，你们班两个学生现在在云德楼这边……”

“刘老师问你们俩叫什么。”

“程易安，楚清。”

保安又往电话那头传话，随后挂了电话以后押着两个人去了刘振业的办公室。一路上保安苦口婆心，三句不离好好学习。

“就算是早恋，也要共同进步，不能逃课的对吧？”

“是，您说得对。”楚清紧张得冒了一身冷汗。

两个人进了刘振业办公室，乖乖靠着墙边站着。

刘振业送走了保安，然后冷着脸坐到了沙发上：“要造反啊？能耐大了，夜探学校？这是还偷了套校服？”

“老刘……”程易安上前一步，“我们想来看看你。”

刘振业面色稍稍有些松动，皱着眉将二人打量了一圈，问道：“成了？”

“成了。”

“婚礼什么时候办？”

“夏天吧，暑假，趁着您有空。”程易安这时候嘴比谁都甜，哄得刘振业一愣一愣的。

“胡来，学校是能随便闯的吗？”刘振业一脚踹在了茶几上，“多大的人了没有分寸。”他说完叹了口气，手心放在膝盖上搓了搓，随后抬眼看了看表。

“坐会儿，一会儿下晚自习跟着学生们出去。”

程易安拉着楚清坐了下来，还没回过神来，刘振业摔了一沓试卷给他。

“单元测验，改完了走。”他随手丢了支红笔给程易安，“这些兔崽子一届不如一届，填空题第一题八个人错，送分的……”说完后他偏头看了看楚清，“小楚起码填空题第一题不得错。”

师生三个聊了一个多小时，程易安改完最后一张考卷儿的时候正巧响起了放学铃。

“行了，走吧。”刘振业挥了挥手，“下回送请柬给我打电话，别自己往里混。”

……

跟着学生们往外走，程易安跟楚清不敢太张扬，两人并排走着，手都没敢牵。

楚清拽了拽程易安的胳膊，小声道：“你看前面那个男生像不像你？还挺帅。”

前头的一个男孩子一米八五的个头，瘦瘦高高，单肩背着书包手里攥着本练习册。一个人闷头走着，有人跟他打招呼也只是轻轻点点头。

随后，一个穿着校服的小姑娘小跑上去，笑意盈盈地说了些什么。

那男孩儿也笑了，翻开手里的习题指了指，随后伸手揉了揉姑娘的脑袋。

那姑娘忙跟他拉开距离，欲盖弥彰地四下里张望。

“不像。”程易安看得心头一酸，伴着些许苦涩。

他上学时没有那男孩儿的勇气，喜欢个姑娘都憋在心里。

“你好，请问你是哪个班的？”突然有个女孩儿从程易安身侧冒了出来，怯生生地问了一句。瞧见楚清以后微微皱眉有些不解，因为楚清这模样实在是不像是高中生。

“这是你们 09 届的学长。”楚清朝那小姑娘笑了笑，随后挽上了程易安的胳膊像是宣示主权，“是学姐孩子的爸爸。”

番外一

QIAOQIAO GAOSU NI , WO HAO XIHUAN NI

程易安刚求完婚的那几天，楚清发现程易安还是跟往常一样，该干吗干吗，完全没有一点儿初为人父的喜悦和紧张感。她想着程易安天天在医院见多了这些，可能觉得怀个孕没什么大不了的，楚清也就没太在意，但心里多多少少还是有些硌硬的。

倒是程易笙和老爷子经常送些水果补品过来，看起来比程易安那个孩子亲爹上心多了。

程易安晚上下班回来的时候带了两盒烧烤，手里还拿了瓶红酒。

“大哥送来的？”他一进门就看见楚清抱着一盆樱桃坐在沙发上看综艺，腮帮子跟仓鼠一样鼓鼓囊囊的。

楚清往嘴里一连塞了三个樱桃，然后像豌豆射手一样将樱桃核吐进垃圾桶，这才空出时间来跟他说话：“大哥说是山东那边的朋友送的。”

“嗯，以后有机会带你去那边玩，他那个朋友包了个樱桃园。”程易安将烧烤盒子打开来放在楚清跟前，“你前几天嚷嚷着要吃的那家，我托大姚去买的。”

楚清拿了串羊肉串嗅了嗅，扬声问他：“我现在可以吃烧烤吗？”

程易安正在小厨房洗杯子，没听明白楚清这话里的意思，随口回答：“少吃点儿。”

他拿了两个红酒杯出来，开了方才带回来的红酒，递了一杯给楚清：“蒋睿前几天去法国带的，尝尝。”

楚清捧着红酒杯，晃了晃杯中的液体，想来想去觉得不对劲。程易安给她买烧烤零食也就罢了，如今还给她倒酒喝……”

“你……”楚清话到嘴边又不知怎么问了，她皱着眉想了想没直接问程易安是不是不知道自己怀孕，而是问他他们医院生孩子可不可以打无痛。

这话说完以后，楚清看程易安那一脸茫然的表情，确定了心中的想法，这呆驴根本就不知道她怀孕了。楚清突然开始慌了，她仔细想想，自己好像真的没有认认真真地跟程易安说过这件事情……

“那个……”楚清将红酒杯塞到了程易安手里，然后将体检单抽出来给他，小声道，“大哥说怀孕不能喝酒。”她微微低着头，死死抱着怀里的樱桃盆，心虚极了。

程易安反应了好几秒，脸色由红转白，再由白转青。他盯着手里的体检报告单看了好久，随后冷哼了一声，气得说不出话来。

楚清是个识时务的，立马将手里的果盘一丢，凑到程易安旁边去挽着他的胳膊讨好道：“你要不要摸摸肚子？”

“不摸。”程易安这才恍然大悟，为什么楚清这几天重油重辣的都不碰了，就连他求婚那天吃的烧烤她都要的是微辣。

“我、我以为你知道的啊。”楚清瘪着嘴数落他，“我那天都说了你是我孩子他爸……”

程易安气笑了，这暗示倒是比从前的阅读理解还要难上几分。他摸了摸额头，随后将烧烤盒子的盖子盖上了：“一会儿让阿姨给你熬粥。”

“别啊，偶尔吃一次应该没事儿吧？”楚清死死扒着程易安的胳膊，“让我吃完这顿。”

程易安冷着脸盯着她，不慌不忙地开口：“前天吃了烧烤，上周吃了火锅，上上周……”

见程易安开始翻旧账，楚清立马松手，捂着耳朵倒在沙发上装死。

程易安将烧烤全都投喂给了隔壁院子的程易笙，被后者嘲笑了好一通，说是没见过老婆怀孕老公是最后一个知道的。

“怎么了？”楚清一见他进来，赶忙把薯片藏了起来。

“你怀孕这事儿几个人知道？”程易安问道。

楚清歪着脑袋想了想：“也就爷爷、你爸妈、大哥，还有我单位领导同事，还有林襄和大姚，还有公司附近卖小吃的奶奶，就是跟我们一个小区，养哈士奇的那个。”

听楚清念完这一溜儿人名，程易安脑袋都大了，合着连狗都在他之前知道自己老婆怀孕了。

“我错了……”楚清认错态度良好，“我没想到你阅读理解能力这么差。”

“从现在开始，戒火锅戒烧烤，每天晚上散步。”程易安探身将她藏在沙发后面的薯片抢了过来，继续说道，“零食也少吃。”

楚清捂着肚子，躺在沙发上哀号：“宝贝儿啊，你还是回去吧，这不是要你妈的命吗……”

程易安将楚清的衣领整理好，把她无意间露出的肩头遮上，随后悠悠地来了一句：“也要了你爹的命。”

楚清还没反应过来他的意思，就被程易安催着上床休息了。

“我就知道怀孕以后你得把我当幼儿园小朋友看着。”楚清不情不愿地躺在床上，“这才九点半呢。”

“以后九点半准时上床。”身边的程易安也躺下了，双手不停地搓着，搓了好一会儿，人往楚清那边凑。

“你要干吗？”楚清往后躲了躲，双手挡在胸前，“三个月以前好像不、不行吧？”

程易安抬手给了她一个脑瓜崩儿：“想什么呢，摸摸肚子。”他小心翼翼地掀开楚清的睡衣，然后在她的小腹上轻轻挠了两下。

“神医，摸出来是男孩儿还是女孩儿了吗？”楚清笑着问他，“我看电视剧里说肚子尖的就是男孩儿？”

程易安小幅度地摇了摇头：“摸不出来。”

“那你想要儿子还是女儿？”

“女儿。”程易安不假思索道。

楚清偏头看他，透过窗外些许的光亮，她仿佛能看见程易安眼里的期待：“你不会是想天天给孩子扎小辫儿吧？”楚清又想到了她那爆炸头。

谁知道程易安颇为认真地点了点头，并且承诺以后给孩子扎辫子的工作由自己全权负责。

第二天程易安上晚班，楚清下班回来的时候他已经出门了。一踏进房里，楚清就嗅到了鸡汤的味道，循着味道到了厨房，她将那一小瓦罐的汤端到了茶几上。

再回到厨房，楚清看见了冰箱上的便利贴，粉色的爱心形状，上面写着：酸奶拿出来回温一会儿再喝。

楚清拿了一瓶酸奶出来，又发现了冰箱里也粘着几张便利贴。

“樱桃一天只能吃一小碗”“酸奶一天一小杯不能过量”……

楚清低头笑了笑，关上了冰箱。回身出去，她发现电视上、空调上、衣柜上……家里能看见的所有地方，几乎都被程易安贴上了便利贴。上面写着大大小小的孕期注意事项，还有偶尔的几句情话。

楚清一张一张看过去，然后再一张一张将便利贴抚平贴牢。

程易安的字是从小跟着老爷子练的，即使是用一根再普通不过的中性笔，也能写出利落的笔锋来。

楚清仿佛能想象到程易安下午在家里忙忙叨叨的样子，这人虽然话不多，可这份细致是她都比不上的。

晚上睡得早，一觉醒来天已经亮了。楚清看了眼时间，估摸着程易安快到家了，哼着歌等着。

听见外头院门嘎吱嘎吱的声音，她立马紧闭双眼，屏住呼吸。在程易安蹑手蹑脚走到床边的时候，突然张开双臂大喊：“Surprise（惊喜）！”

程易安吓了一大跳，退后了一步，他无视了楚清张开的双臂，直接去了卫生间。

“喂！”楚清急了，她好不容易这么主动一回。

听见楚清不满的声音，程易安又急忙从卫生间探出头，好脾气地解释道：“洗个澡，身上脏。”

冲完澡出来，程易安穿了个花裤衩钻进了被窝：“怎么这么早就醒了？”

楚清双手环着他的腰，十分严肃地喊口号：“早睡早起身体好。”她将头埋在程易安的颈部，“你是不是偷用我的沐浴乳了？”

程易安刚洗完澡，身上带着湿润的水汽，发间留着薄荷味洗发水的味道，可肩颈处却是甜腻的水蜜桃味。

“狗鼻子。”程易安轻笑了一声，“再睡会儿，一会儿我送你上班。”

楚清摇摇头表示不用，她用手捂着程易安的眼睛：“疲劳驾驶不可取，安全第一位。”

“没事儿，我送完你再回来睡觉。”总不能让楚清怀着孩子还挤地铁上班。

“真不用。”楚清拍了拍程易安的肩膀，“你安心睡，我今天调休，约了林襄逛街。”

程易安一听，浑身都放松了下来，懒洋洋地打了个哈欠，然后从外套里摸了钱包出来拍到床头柜上：“回来的时候给我打电话，我去接你。”

“好。”楚清扬着脑袋，声音甜腻。

“多买点儿，别给你孩儿他爸省钱。”

“放心吧孩儿他爸。”楚清凑过去亲了程易安一口。

程易安故作嫌弃地往后缩了缩，他摸了摸脸颊：“你还没刷牙。”

楚清瞪着眼睛，双手捧着他的脸又噘着嘴巴靠近，从额头到下巴，跟小鸡啄米一样亲了十来下。最后，她将整个脸埋到了程易安胸前一顿猛蹭，嘴里碎碎念道：“我不仅没刷牙，我还没洗脸。”

程易安脸上带着奸计得逞的笑容，等楚清停下动作以后，他翻身吻住楚清的唇，含混不清道：“我刷牙了。还用了你最喜欢的柚子味的牙膏。”

楚清听完以后瞪大了眼睛，将程易安推开：“那支黄色膏体的？”

“对。”

“那是卸妆膏！”

程易安愣在了原地，他见楚清神色认真，突然觉得嘴里一阵刺痛，赶忙翻身下床跑进了卫生间。

楚清趁他去卫生间漱口的工夫穿上衣服就出了门，坑骗“大龄儿童”的感觉实在是太好了。

番外二

QIAOQIAO GAOSU NI , WO HAO XIHUAN NI

程易安给女儿扎小辫儿的梦想在孩子出生的那一刻破灭了，护士抱出来的蓝色小被单里的是他如假包换的儿子，足足八斤重的大小子。

楚清对孩子是男是女没有什么太大的执念，但她也能看出程易安有些遗憾。于是，楚清交给程易安一个神圣而又艰巨的任务——给孩子起名字，她希望能让程易安转移一点注意力，并且从中获得成就感。

最后，程易安给孩子取名叫双峦。这两个字倒是不落俗套，可听完他的解释以后，楚清十分哭笑不得。

程家老宅后头的两个小矮山，这便是程双峦小朋友名字的来源。

楚清当即就给孩子取了小名叫包子，毕竟老宅后头那不是山峦，而是两个小土包子。

一转眼，程双峦小朋友就到了上幼儿园的年纪。

楚清担心孩子离开父母会哭闹，愁得一晚上没睡好觉。她第二天打发了程易安送孩子，说是不愿意让儿子恨自己，就将这得罪人的差事交给了程易安。

但是据程易安所说，程双峦第一天去幼儿园不仅不哭不闹，还十分高兴。这孩子早晨乐乐呵呵地进去，晚上不情不愿地回家，显然是还没玩够。

十一前，幼儿园举行了国庆文艺会演同时也是家长开放日。

楚清听说儿子要上台表演节目，当即请好了假，并且勒令程易安调班。

一大早，一家三口准时起床，然后争抢卫生间洗漱。

程双峦小朋友早早洗漱完毕，背着小书包都快急哭了，拍打着卫生间的门，催促道："妈妈，快点。"

"别催你妈。"程易安坐在沙发上看着早间新闻喝着茶，难得地开口安慰儿子，"一会儿开车过去，不会迟到。"

程双峦瘪着嘴，一屁股坐在了卫生间门口，怀里抱着小书包就这么等着。

楚清拉开门出来压根就没看见地上的儿子，差点儿绊倒。

"你坐这儿干吗？"她捂着胸口，吓得不轻。

程易安听见了动静过来，一把将程双峦拎起来，把他往门口带。

"自己穿鞋。"安顿完了儿子，程易安又回头去找楚清，"他怕迟到，你快点。"

"知道了，知道了。"楚清连忙涂上口红，然后回衣帽间拿外套。

坐上了车以后，后座儿童座椅里的程双峦一直在看小手表，闷闷不乐的。

程易安开车一路飞驰到了幼儿园门口，看见了校门口等着孩子们的副校长，程双峦总算是露出了笑脸。

跟着程双峦到了班，楚清和程易安同班上另外的家长一块儿坐在了教室最后头。

因为平日里孩子们都是校车接送，所以楚清和这些家长也不太熟悉。她和程易安坐在边角的位置，也没上去跟旁的家长搭话。

幼儿园早晨九点到校，等孩子们都到齐了就开始上课了，老师拿着铃鼓，元气满满地教孩子们儿歌。这教学方式好多年了都没变过，楚清小时候上幼儿园的时候似乎也是这一套。

小班的孩子状况多，一会儿哭一个，一会儿起身一个到后头找爸爸妈妈，尽管班里就十几个孩子，但还是不免有些乱糟糟的。

上午的课结束以后，就到了午饭时间。厨房的阿姨们将饭菜搬进了教室，然后把消毒柜里的碗筷拿出来。

每个小朋友排队依次到老师那儿打饭，程双峦乖乖地排在后头。排到他的时候，他凑上前去跟老师说了些什么，然后捧着饭盘回了自己的位置。

老师给孩子们分好饭后，从另外的箱子里拿了一次性的碗筷出来依次给家长打饭。

“程双峦刚才问我可不可以多给他打一点，让他和妈妈分着吃。”老师将饭盒递给楚清，笑着同她耳语。

楚清拿了两盒饭到了教室后头，递了一盒给程易安：“你猜你儿子刚才跟老师嘀咕什么了？”

“怕我们饿。”程易安撕开了一次性的筷子，十分自信地回答。

“是怕我饿，你儿子只说了打饭给妈妈。”楚清从他饭盒里夹走一块排骨，“少给你自己脸上贴金。”

程易安握筷子的手微微顿了一下，一抬头，目光正对上了前头扭头张望的程双峦。

程双峦小朋友嚼着嘴里的青菜，不知道他什么时候又得罪程易安了。他小眼睛提溜一转，捧着饭碗起身跑到了楚清旁边。程双峦一声不吭地将碗里剩的两块红烧排骨夹给了楚清，又夹了一块不知道是什么的东西到了程易安碗里，然后看都没看程易安一眼，着急忙慌地跑回了座位。

“你儿子还是有良心的。”楚清美滋滋地咬着儿子送来的排骨，心里乐开了花。

程易安冷哼了一声，嘴角也是止不住地上扬，一口咬在了那块不知名物体上，然后吐了出来。

“生姜？”楚清见他脸色不对，小心翼翼地猜测道。

“嗯。”程易安夹起了那块生姜仔细地端详，上头有一排小小的牙印，可见程双峦此举是故意的。

孩子们陆续吃完了饭，然后到隔壁房间午睡。趁着这个时间，老师带着家长们参观了学校的后厨等地方。

文艺表演下午两点准时开始，一点钟的时候老师和家长回到了教室，一起去帮要上台的小朋友穿演出服。

楚清拿到老师分配的服装的时候才知道自家儿子演了个什么，黑色的衣服裤子，灰色的外壳……让他演个假山倒也不枉他叫了这么个名字。

给程双峦套上衣服以后，楚清领着他到了教室外头，其余的孩子还要梳头化妆，老师们忙得不行，没空管一座假山的妆发。

“爸爸呢？”程双峦坐了两趟滑梯以后才想起了程易安来，东张西望地寻找。

楚清带着他回到了教室里，指着角落被小姑娘们包围的男人，无奈地开口道：“你爸给人家扎小辫儿呢。”

程双峦的手方才一直牵着楚清，这会儿松开了。他抬头摸了摸自己不算长的头发，似乎是不太能接受程易安这么诡异的爱好。

程易安这双外科医生的手可比幼儿园老师灵活了不少，他方才仔细观察了幼儿园老师给小姑娘编的发型，然后自信满满地叫了一个小姑娘过去。

先将小朋友的头发梳顺，然后挑起一绺头发分成三股编成麻花辫，扎上皮筋以后盘在头顶一侧……程易安扎头发的技术可比以往进步了不少，手法利索又轻柔。

这些小姑娘似乎也是觉得程易安长得好，一个一个地都往他那儿跑，弄得幼儿园老师都快失业了。

“已经穿好衣服扎好辫子的小朋友先跟老师走啊……”老师在讲台上清点着人数，随后跑到程易安那边拜托他帮忙给剩下的孩子扎辫子。

楚清带着程双峦跟老师到了学校礼堂的后台，主持人上台讲开场白的时候她就先去了观众席。等了一会儿不见程易安的身影，她按捺不住给程易安打了个电话：“喂？节目快开始了，你在哪儿呢？”

“我在隔壁班帮忙。”程易安那头乱糟糟的。

楚清咂舌：“隔壁班找你去帮忙扎辫子啊？”

“对。”

听见程易安肯定的回答，楚清彻底服气了，她看了看节目单，给程易安下了最后通牒：“还有一个节目就到你儿子他们班了，你要是来晚了自己看着办吧。”

程易安满口应下，跟楚清保证绝对会准时到场。

终于，在主持人报幕结束后，程易安弯着腰进场，他走到楚清旁边坐下，然后问：“儿子没上场呢吧？”

舞台上刚布好景，还没有上演员。

“上了。”楚清指了指舞台正中间的两座假山，她凝神辨认了一会儿，随后告诉程易安，“你儿子是右边那座。”

程易安眯着眼睛看了好半天，这才在假山壳子中间的缝里瞧见了程双峦的小脸。

“咱儿子演个山？”

楚清点点头，补充道：“是著名的山。”

“黄山？还是华山？”程易安举着照相机，不断改变着角度，想着怎么样能把程双峦的脸照进去。

“愚公移的那山。”

程双峦他们班表演的是趣味成语故事《愚公移山》，程双峦和另外一个小朋友落选了愚公，这才去演了山。

表演开始，扮演愚公的小朋友举着锄头挖了好半天，然后山的后面扮演山神的小朋友翻着跟头出来了，老神在在地念着台词：“我看你如此执着，待我向天帝报告这件事……”

接着，天帝说话了：“大力神夸娥氏何在？”

这声音是刻意压低的，可楚清还是一下子就听出了这是程双峦的声音。

楚清用手肘拱了拱旁边的程易安，笑着道：“他还客串了把天帝。”

很快，大力神夸娥氏儿子出场，背走了程双峦和他旁边那座山，表演也就结束了。

楚清去后台将程双峦接到了座位上，正巧赶上了隔壁班表演的舞蹈节目。

程易安举着相机拍了好几张照片，随后看似冷静实则难掩激动地同楚清和程双峦解释：“台上这九个小姑娘的辫子都是我扎的！”